Romain Sardou

Issu d'une longue lignée d'artistes, Romain Sardou, né en 1974, se passionne très jeune pour l'opéra, le théâtre et la littérature. Après quelques années à Los Angeles, où il écrit des scénarios pour enfants, c'est en France qu'il publie son premier roman, un thriller médiéval, *Pardonnez nos offenses* (2002). Celui-ci connaît aussitôt un immense succès, tout comme les suivants, *L'Éclat de Dieu* (2004) et *Délivrez-nous du mal* (2008). Exploitant d'autres rivages romanesques, Romain Sardou a également écrit trois contes d'inspiration dickensienne, un thriller contemporain, *Personne n'y échappera* (2006), et un roman philosophique, *Quitte Rome ou meurs* (2009). Tous ses ouvrages ont été publiés chez XO.

Romain Sardou explore désormais la fiction historique avec sa série *America*, dont il a déjà publié les deux premiers volumes – *La Treizième colonie* (XO, 2010) et *La Main rouge* (XO, 2012) –, et dans laquelle il aborde l'histoire de la naissance de l'Amérique. Dans son dernier roman, *Fräulein France* (XO, 2014), il raconte le destin mystérieux d'une femme dans la France occupée. Il est également le scénariste de la bande-dessinée *Maxence* (Éditions du Lombard, octobre 2014).

Romain Sardou est marié et père de trois enfants.

Retrouvez l'actualité de Romain Sardou sur :
www.romainsardou.com

MADEMOISELLE FRANCE

DU MÊME AUTEUR
CHEZ POCKET

PARDONNEZ NOS OFFENSES
L'ÉCLAT DE DIEU
DÉLIVREZ-NOUS DU MAL

PERSONNE N'Y ÉCHAPPERA

QUITTE ROME OU MEURS

AMERICA
1. LA TREIZIÈME COLONIE
2. LA MAIN ROUGE

MADEMOISELLE FRANCE

ROMAIN SARDOU

MADEMOISELLE FRANCE

ROMAN

XO ÉDITIONS

Cet ouvrage a précédemment paru sous le titre :
FRÄULEIN FRANCE

FSC
www.fsc.org
MIXTE
Papier issu de sources responsables
FSC® C003309

Pocket, une marque d'Univers Poche,
est un éditeur qui s'engage pour la préservation
de son environnement et qui utilise du papier fabriqué
à partir de bois provenant de forêts gérées
de manière responsable.

ISBN : 978-2-266-25474-8

Il n'y a rien de plus insensé au monde
que la frénésie avec laquelle
les bonnes femmes se sacrifient.

F. DURRENMATT,
Les Physiciens

À Marie et Alain Chevalier

PROLOGUE

Parce que c'était lui
Parce que c'était elle

En 1945, quand les Allemands ont capitulé devant les Alliés, une certaine partie des Français a été déçue.

Malgré les horreurs du nazisme, la collaboration d'État de Vichy, les compromissions, les délations, les déportations, les exécutions, en dépit de la flamme de la Résistance, ceux-là continuaient de penser qu'il valait mieux serrer les rangs avec Berlin, plutôt que de se livrer aux « judéo-bolcheviques » de Moscou ou aux « capitalistes ploutocrates » anglo-saxons.

Seule une alliance avec l'Allemagne pouvait encore, à leurs yeux, « sauver la France d'elle-même ».

Ces hommes et ces femmes ne s'étaient pas mis à réfléchir en ces termes au sort de la nation seulement après la défaite de mai 1940. Bien au contraire, ils étaient conséquents avec leur biographie et celle de leurs pères.

Je les ai bien connus.

Le jour de l'invasion des Allemands en France, j'ai fêté mes soixante-neuf ans, né une année après notre capitulation de 1870 devant le Kaiser prussien.

En l'espace d'une vie, je puis dire que ce n'est pas tant la France que j'ai vue changer... que les *Français*.

En 1870, l'armée de Bismarck avait décapité un pays qui se voyait encore comme la première puissance militaire d'Europe. La victoire de 1918 avait laissé la France un pied dans la tombe. Il n'avait manqué que la fessée administrée par Hitler à la patrie en 1940 pour que remontent à la surface, pêle-mêle, toutes les aversions et les frustrations contenues jusque-là.

Toute ma vie, lorsque j'entendais évoquer le prestige de notre pays, la plupart insinuaient son « héritage » : la France de Louis XIV, plutôt que celle du président Lebrun !

Bismarck avait inauguré notre ère du lent déclin.

De cette amertume, de cette aigreur d'avoir à constater que le pays régressait, qu'il abandonnait sa place dans le monde, que sa suprématie militaire n'était plus qu'une idée, naquit un sentiment singulier, unique en son genre, et souvent porté par une effrayante puissance de haine : le dépit amoureux des Français pour la France.

Les Prussiens avaient défilé en vainqueurs sur les Champs-Élysées en 1871. Les Allemands y défilaient à nouveau le 14 juin 1940.

C'en était trop.

Et, puisqu'en amour la déception engendre toujours le rejet, ma conviction est faite : tout Vichy est là.

Au cours de cette longue période d'incubation, j'ai aussi assisté à la naissance d'un autre particularisme très français.

L'illusion d'un « modèle allemand ».

À côté de la majorité des Français *(revanchards*

d'après 1871 ou *pacifistes* d'après 1918) se constitua une frange d'hommes et de femmes qui décidèrent spontanément de se tourner outre-Rhin pour y chercher des réponses au mal français.

Selon eux, si la France ne pouvait plus vaincre ses ennemis sans l'aide d'alliances étrangères, si elle avait renoncé à son âme épique millénaire, si ses gouvernements rivalisaient d'incapacité, c'était qu'elle s'était relâchée, adultérée, qu'elle avait perdu le sens du sacrifice, qu'elle manquait de discipline, de force, d'ardeur…

Pour son malheur, martelaient-ils, la France n'était pas assez appliquée, pas assez chaste, pas assez… « allemande ».

Plus ceux-là critiquaient la IIIe République, plus ils daubaient sur le déclin de leur pays, et plus ils considéraient que, comme au combat en 1918, la France ne pourrait s'en tirer toute seule.

« Pas assez allemande ! »

Cette résignation était partagée par des élites comme par Monsieur Tout-le-monde qui déclarait volontiers, toujours un peu crédule : « Au moins, chez les Boches, les trains arrivent à l'heure ! »

Perplexe, je devinais que ce « modèle », artificiel et tendancieux, servait seulement à illustrer ce que certains jugeaient être les manques français ; la germanophilie de ceux-là était proportionnelle à leur perte de confiance envers *leur* France…

Pour les hommes de ma génération, en dépit de deux entre-deux-guerres, jamais notre pays n'aura été en paix : obsédé par la trahison, querelleur, corrompu, traquant « l'autre » dans ses propres enfants, divisé jusqu'à la table familiale, la moindre différence d'opinion y devenant un antagonisme irréconciliable…

Les monarchistes n'avaient pas digéré la Chambre de 1879, les militaires n'avaient pas digéré Dreyfus, les catholiques n'avaient pas digéré la fin brutale des congrégations, les pauvres n'avaient pas digéré les deux cents familles, les riches n'avaient pas digéré le Front populaire, etc.

La prime allait toujours à la vindicte[1].

Anti-républicains et ne reconnaissant plus dans la démocratie que ses faiblesses, lassés par les intrigues politico-financières de la IIIe, ceux-là se montraient de moins en moins hostiles à l'idée de rompre avec un régime qui les scandalisait, et de se doter d'un homme qui, comme à Rome ou à Berlin, ferait enfin le « grand ménage », quitte à rogner délibérément sur leurs libertés fondamentales.

À mes yeux, le régime de Vichy n'a jamais été une surprise. Quoique précipité par le désastre de la défaite, Vichy n'a pas été un accident de parcours, mais le vidage en France de comptes mal réglés entre Français. La consommation de conclusions déjà anciennes, aveuglément adaptées à la donne de l'occupant allemand.

À l'orée de juin 1940, plus d'un homme et plus d'une femme étaient « mûrs » pour l'Allemagne.

Des Français de tout tempérament.

Parce que c'était lui.

Parce que c'était elle.

La biographie prime toujours l'idéologie.

L'héroïne de cette histoire était de ces Français-là.

---

1. Le maréchal Pétain n'écrivait-il pas, en octobre 1938 : « C'est sous peine de mort qu'il faut changer la politique intérieure française, mais les Français n'ont pas encore assez souffert ! »

Ou presque.
Ceci est sa trajectoire.
Son roman.

Pages manuscrites du professeur des écoles, M. Jean-Baptiste Meyer, retrouvées dans sa maison de Feuerbach en juin 1952[1].

1. Le lecteur trouvera en fin d'ouvrage une section de notes éclairant les principaux éléments historiques et inventés du roman.

PARODOS

Le 17 juin 1940

Voilà, c'est fini.

Je pense à toute la jeunesse. Il était cruel de la voir partir à la guerre. Mais est-il moins cruel de la contraindre à vivre dans un pays déshonoré ?

Je ne croirai jamais que les hommes soient faits pour la guerre.

Mais je sais qu'ils ne sont pas non plus faits pour la servitude.

Jean GUÉHENNO

1

Le secret le mieux gardé de la Luftwaffe

À 2 h 40 du matin, le bar des pilotes de l'aérodrome militaire de Cologne-Ostheim était presque désert, sans autres occupants qu'un garçon de salle, un chasseur parachutiste affalé sur une table et un aspirant météo qui feuilletait le *Das Reich* tout en rêvant à la poitrine de Dita Parlo.

La majorité des lumières étaient coupées, les stores baissés, laissant dans la pénombre les tables et leurs bancs vissés au sol. Sur un coin du bar, un poste diffusait Radio-Stuttgart en sourdine. Comme toujours, à cette heure de la nuit, la fatigue et l'ennui semblaient ne devoir finir qu'avec le petit matin.

Une porte s'ouvrit. Le crâne rasé, âgé de quarante ans passés et sanglé dans une combinaison étroite pour ses kilos en trop, Peter Böhm vint s'asseoir au comptoir. Sur son col de chemise ressortait la patte jaune brodée en cannetille d'argent du personnel volant.

Malgré son ancienneté et ses états de service, Peter Böhm n'était pas officier supérieur. Pourtant, dès son apparition, l'affalé se redressa, l'homme au journal décroisa les jambes et le serveur derrière le bar s'écarta de la radio.

— Une Kölsch !

La bière lui fut servie, en violation du règlement de la Luftwaffe qui touchait les pilotes et l'alcool.

Doyen de son escadron, ce quadragénaire était l'un des rares aviateurs de l'armée allemande de 1940 encore actifs à pouvoir se targuer d'avoir tenu un manche au combat en 14-18. Il avait ensuite été le meilleur pilote d'essai de son pays. En outre, Hermann Göring, aujourd'hui chef suprême de l'aviation du Reich, jadis jeune commandant de l'unité à laquelle appartenait alors Peter Böhm, ne l'avait jamais oublié. Aussi l'armée de l'air, tout en freinant son avancement dans le rang, fermait-elle les yeux sur ses frasques, son âge, son poids et son goût immodéré pour la boisson.

En lui servant sa bière, le jeune barman savait très bien à qui il avait affaire.

Dans le poste Wega, Radio-Stuttgart crut bon de diffuser une chanson pimpante, avec la voix haut perchée de Marika Rökk.

« *Ich brauche keine Millionen.* »

Il était 2 h 45.

Par une entente tacite, personne ne se parlait.

Böhm avait mal refermé la porte : l'air doux du mois de mai circulait dans la pièce.

« *Musik ! Musik ! Musik !* »

À l'instant où Peter Böhm voulut se saisir de son bock, une intense lumière se diffusa à travers les stores et la porte entrouverte.

Les projecteurs de l'aérodrome venaient de s'illuminer.

Il y eut quelques secondes de stupeur, pendant lesquelles les quatre hommes du bar se regardèrent, puis les sirènes hurlèrent.

L'affalé bondit de son banc. L'aspirant météo plia son journal avec soin avant de disparaître. Seul Peter Böhm resta sans bouger, les coudes appuyés sur le comptoir.

Le barman l'observait. L'homme demeura un long moment à examiner la robe blonde de son verre de bière.

— Garde-la-moi au frais, petit, dit-il enfin en se levant. Je pars gagner la guerre en moins d'une heure, et je reviens.

À la radio, Marika Rökk pépiait toujours son air rythmé, succès populaire de 1939, qui devait un jour devenir le générique du fameux Muppet's Show.

En cette heure décisive, c'est sur cette mélodie à la gaieté contagieuse que le barman suivit du regard le vétéran de la Grande Guerre qui s'éloignait, le considérant avec un mélange d'effroi et d'admiration.

Lui n'avait pas vingt ans.

L'âge auquel Peter Böhm s'était mis à pleurer, au lendemain de la défaite de l'Allemagne à l'automne 1918…

*

* *

Ils auraient pu s'écraser lors de raids sur la Vistule.

Bombarder Copenhague.

Sauter sur Stavanger ou Oslo.

Sombrer en patrouillant la Baltique.

L'année précédente, certains procuraient encore l'appui aérien promis par Hitler au général Franco.

Ce matin du 10 mai 1940, à 3 h 30, sur la piste du petit aérodrome de Cologne-Ostheim, les quatre-vingt-cinq membres d'un bataillon-pionnier de la VIIe division aéroportée allemande étaient alignés par groupes, non loin de leurs appareils de combat.

Harnachés dans des vestes de saut et arborant l'aigle des parachutistes, tous étaient sereins, sûrs de leur force, fiers d'être *le secret le mieux gardé de la Luftwaffe*.

Depuis six mois, alors que leurs frères d'armes combattaient déjà à l'est et en Scandinavie, eux vivaient en absolue autarcie, s'entraînant loin des champs de bataille, dans la région des Sudètes et près de Gleiwitz en Pologne occupée. Leur encadrement leur avait assigné des matricules et des patronymes d'emprunt. Toute la durée de leur formation, ces volontaires ne se virent accorder aucune permission, ni ne purent communiquer avec le monde extérieur sans autorisation et surveillance. L'accès aux bars des villes où ils étaient cantonnés leur était défendu ; seules quelques sorties au cinéma furent admises, sous bonne garde. Personne, y compris au sein de l'armée de l'air, ne devait pouvoir deviner les modalités de leur entraînement, et leurs objectifs. La consigne venait du sommet du Reich : deux membres du bataillon surpris en train de flirter avec des jeunes Tchèques furent fusillés sur-le-champ !

Dans l'armée, quelques-uns s'interrogeaient sur ces mystérieux bataillons qui changeaient d'emplacement, et même de nom, se demandant s'ils étaient une unité de combat d'un type nouveau, s'ils possédaient une arme secrète, ou si ces deux hypothèses n'en faisaient qu'une.

Aujourd'hui, dans cette nuit de mai 1940, sur l'aérodrome de Cologne-Ostheim, ces quatre-vingt-cinq sapeurs-parachutistes étaient parés au combat.

Équipé et casqué, la check-list de son appareil effectuée, Peter Böhm s'approcha du groupe d'un jeune capitaine nommé Friedrich Grimm.

— C'est le grand jour ? lui dit Grimm.

— Si seulement je pouvais avoir vingt ans, moi aussi !

Böhm adressa un clin d'œil à Grimm, puis rejoignit sa place dans les rangs du bataillon en bord de piste.

Le chef de l'opération et de cette unité baptisée « Granite », le capitaine Rudolf Witzig, ne prononça qu'un très bref discours.

— Camarades, nous devons désormais prouver que nous n'avons pas dépensé notre temps en vain et que nous avons retenu tout ce que nous devions apprendre.

Ce jeune homme de moins de trente ans appuya sur chacun de ses mots :

— Vous êtes les héritiers des grands pionniers de l'art de la guerre ! Ceux qui ont œuvré à la bataille de Chypre, du Crécy, de Charleston, de Verdun, de Villers-Bretonneux, comme de tant d'autres. Montrez-vous dignes de ce haut lignage. À vos machines !

*

* *

L'avion de Peter Böhm fut le premier à décoller.

Dix appareils le suivirent, roulant sur la piste de Cologne-Ostheim par chaînes de trois.

À 4 h 35 (heure de Berlin), ils disparurent dans la nuit allemande.

Tous feux de navigation éteints.

L'escadrille mit le cap à l'ouest, s'orientant grâce à une suite de balises lumineuses disposées au sol. Ces projecteurs et ces bûchers faisaient comme un collier de brillants dans l'obscurité du territoire allemand imposée par le black-out.

— Tout va bien à l'arrière ? demanda Böhm dans son combiné radio.

Son appareil était un Junkers 52, gros trimoteur de transport en tôle ondulée.

D'ordinaire, ces engins pouvaient embarquer une vingtaine de soldats.

Mais cette nuit, la carlingue de Peter Böhm était déserte.

À la queue de l'avion, un câble de cinquante mètres le reliait à un gros cargo-planeur de combat dans lequel avaient pris place le capitaine Friedrich Grimm et six membres de l'unité Granite.

— Ici, rien à signaler, répondit le pilote du planeur, un chasseur de 1re classe nommé Alfred Sapper. Attendons les instructions.

Cinq cents mètres plus bas, les habitants de Frechen entendirent le ronflement des trimoteurs qui gagnaient en altitude, mais sans pouvoir les distinguer dans le ciel.

Ce ne fut qu'au-dessus du village de Vetschau, au nord-ouest d'Aix-la-Chapelle, après une demi-heure de vol, que Peter Böhm put annoncer par radio :

— Altitude huit mille pieds. Objectif avant à vingt-sept kilomètres. Décrochage !

Aussitôt, le pilote du groupe de Friedrich Grimm actionna la commande de largage du cordon. Le gros planeur encaissa un brusque à-coup, son nez piqua, Sapper corrigea l'assiette, puis l'appareil poursuivit librement son vol, autonome, silencieux, imité derrière lui par les dix autres couples avion-planeur identiques.

Peter Böhm et les Junkers 52 de la flottille reprirent la direction de Cologne.

Pour ne pas donner l'alerte en pays voisins, ces bruyants remorqueurs devaient *impérativement* demeurer au-dessus de l'Allemagne.

De leur côté, les planeurs franchirent discrètement la frontière hollandaise en direction de la Belgique.

Dans l'appareil de Friedrich Grimm, maintenant que le bruit et les vibrations du Tante Ju de Peter Böhm s'étaient évanouis, que le vent sifflait sous les ailes, que l'appareil répondait comme une feuille au moindre changement de pression, tous les soldats se dirent qu'il n'y avait plus de retour en arrière possible.

Malgré ses déclarations répétées selon lesquelles il respecterait scrupuleusement leur neutralité politique et militaire, le chancelier allemand Adolf Hitler violait à ce moment-là, avec ses cargos-planeurs, l'espace aérien des pays du futur Benelux.

Sans la moindre déclaration de guerre.

*

* *

Le groupe commandé par Grimm était composé de cinq sapeurs-parachutistes de combat.

Gustav, Josef, Paul, Helmut, Erwin.

Très jeunes pour la plupart, aussi différents que possible d'origine et de métier, l'Allemagne du Führer les avait admirablement faits pour s'entendre.

Dans le fond de l'appareil s'empilaient trois cents kilos d'explosifs, des mitrailleuses, des fusils et le réservoir d'un puissant lance-flammes.

— Vous n'avez pas peur, capitaine ? demanda le plus jeune soldat, Erwin Franz.

Grimm hocha la tête.

— Peur ? Non, je n'ai pas peur… Mais un regret. J'aurais bien aimé une *femme* avant de m'embarquer !

Ses hommes sourirent.

Diplômé du fameux gymnasium de Frederic-Wilhem de Trêves, il avait beau connaître les grands livres, parler un français impeccable, être aussi à l'aise dans un camp militaire que dans les salons de l'aristocratie wilhelmine, Friedrich Grimm n'en restait pas moins un bon paillard teuton ; et c'était pour cela, surtout, que ses hommes l'aimaient.

En outre, Grimm n'était pas un officier comme les autres. Quelques mois auparavant, il opérait encore comme conducteur de Panzer III dans la 2e division de la VIIIe armée. Un jour qu'il se plaignait de la boue permanente, de l'odeur d'essence et de voir toutes ses initiatives sur le terrain bridées par des ordres transmis par radio depuis l'autre bout de l'Allemagne, son capitaine lui lança :

— Tu n'as qu'à prendre de la hauteur et rejoindre la Luftwaffe !

Friedrich Grimm le prit au mot.

Il se présenta au détachement aéroporté du capitaine Koch, nouvellement implanté à Hilsdesheim. En seulement quelques semaines, il réussit ses brevets de pilotage et de parachutisme, se sauvant fréquemment de situations extrêmes. Un exploit qui suscita la méfiance de ses frères d'armes : seule une tête brûlée, inconsciente du danger, pouvait avoir réalisé les prouesses de Friedrich Grimm.

« Pour me comprendre, frères, leur dit-il, il vous faudrait connaître ma mère. Depuis ma naissance, elle veut faire de moi un Allemand capable de laver l'affront de la défaite de 1918. C'est la citoyenne du Reich la plus revancharde que je connaisse. Selon Ada Grimm, la guerre a toujours été une certitude, une évidence, une nécessité morale. Et son arme, avec ses modestes moyens, ç'a été son fils unique. Croyez-moi, ne vous étonnez pas de mon avancement rapide. Ayez confiance. J'ai vingt-neuf ans. Toute ma vie, j'ai appris à apprendre… »

*

* *

Dix minutes après le largage au-dessus d'Aix-la-Chapelle, et après avoir survolé les plateaux limoneux et verts du Limbourg néerlandais, la montagne Saint-Pierre apparut dans l'axe des planeurs de Cologne-Ostheim.

Cette colline belge située à une dizaine de kilomètres au sud de Maastricht était fendue en deux par la trouée du canal Albert qui permettait aux péniches de relier Lièges à Anvers.

Grimm se détacha et se pencha dans le cockpit pour mieux observer.

Sur la rive ouest du canal, la montagne Saint-Pierre n'avait plus rien de la simple colline de craie, de quartz et de gravier façonnée par les millénaires.

De 1932 à 1935, l'armée belge l'avait entièrement nivelée et fortifiée.

En son cœur, près de cinq kilomètres de souterrains bétonnés donnaient accès à une trentaine de postes de combat. Ce fort militaire était considéré comme le plus moderne et le plus puissant du monde. Mille deux cents hommes y opéraient à couvert, dotés d'un système de tirs capable de projeter un déluge de feu sur n'importe quelle cible à vingt kilomètres à la ronde.

Le « toit » entièrement plat du fort occupait une superficie de quatorze hectares de gazon, l'équivalent de cent cinquante terrains de football, sans arbres, ponctués çà et là de coupoles blindées, de canons antichars, de bunkers à tirs multiples et autres batteries qui balayaient toute la Belgique en direction de la frontière allemande.

L'élévation du fort dans la montagne Saint-Pierre, en plus de lui assurer une position dominante, le dotait d'immenses fossés infranchissables.

Cet incroyable môle de résistance, qui prit le nom du village belge voisin d'Eben-Emael, était unanimement réputé inexpugnable.

— Nous y allons, avertit simplement le pilote quand son point d'atterrissage fut à portée de vue.

Grimm retourna s'asseoir.

— Il va falloir avoir le cœur bien accroché, les gars.

L'unité Granite à laquelle il appartenait n'était forte que de quatre-vingt-cinq hommes répartis dans onze planeurs. Sur le papier, fondre sur Eben-Emael de la sorte, c'était comme s'attaquer à un Léviathan les mains nues.

Le planeur piqua du nez.

Ce n'est qu'à ce moment que les premiers nuages blancs de la DCA belge éclatèrent autour des appareils.

Si la flottille partie de Cologne-Ostheim avait pu approcher si près du fort sans être repérée, c'était parce que la Wehrmacht savait que les défenses antiaériennes de la Belgique n'étaient pas équipées de radar, mais de systèmes de localisation acoustique.

Pour attaquer le puissant Eben-Emael par surprise, les cargos-planeurs étaient une audace de génie.

À 4 h 25, Alfred Sapper réussit la pose la plus extraordinaire de son unité sur le gazon d'Eben-Emael, à moins de vingt-cinq mètres de sa première cible : un bunker de béton, armé de trois canons.

Grimm parvint à s'extraire par le cockpit.

Il aperçut trois, puis quatre planeurs atterris sur le plateau de la forteresse. Deux autres volèrent à sa hauteur, emportant la fine brume matinale dans leurs ailes.

Chacun des onze appareils allemands avait un objectif particulier à atteindre sur le toit du fort en moins de dix minutes.

Grimm sourit.

Le décor était planté.

La partition sue par cœur.

Il sauta.

Pas un seul geste de son groupe n'avait été perdu. Les soldats avaient déjà libéré à l'arrière du planeur les armes, l'échelle et les explosifs répartis en diverses charges individuelles.

Indifférent aux sifflements et aux ricochets des

balles traçantes belges, Grimm alla se saisir de son lance-flammes et d'explosifs.

— En avant ! s'écria-t-il.

Il fonça vers « son » bunker, suivi par Erwin et Helmut. Les autres couvraient leur progression. Le bunker visé avait beau être camouflé sous d'épais rideaux de feuillage, Grimm savait que cette « bête de béton » n'avait aucun secret pour lui.

Il grimpa avec l'échelle sur le toit plat du bunker. Aidé par Helmut, il mina la tourelle d'observation avec une puissante charge creuse.

L'explosion fut redoutable.

Sans tourelle, la position d'artillerie était désormais aveugle.

Grimm fit ensuite sauter le blindage de la porte du bâtiment, pendant qu'Erwin et Helmut activaient des bombes dans les embrasures des canons.

À l'intérieur du bunker, le chef de poste belge s'était replié avec ses hommes par l'escalier qui descendait dans les souterrains du fort. Grimm et les siens projetèrent plusieurs grenades qui anéantirent le monte-charge à munition, le système électrique, et firent s'effondrer la cage d'escalier.

La position était prise.

Moins de cinq minutes avaient suffi à ce groupe de trois hommes pour démanteler une position capable de décimer par le feu une division de Panzers !

Non loin de là, les autres groupes de l'unité Granite désemparaient, à leur tour, les défenses d'Eben-Emael, avec une précision et une coordination parfaites.

Les Belges ne comprenaient rien à ce qui leur arrivait. Repliés dans leurs souterrains, ils se pensaient assaillis par des centaines d'Allemands, horrifiés par l'écho des détonations de charges creuses qui se répercutaient le long de leurs galeries, et fuyant devant les fumées qu'ils prenaient pour des gaz mortels.

Le jeune Erwin déroula un large drapeau nazi sur le toit du bunker conquis par le groupe de Grimm, afin de signaler à l'aviation allemande, qui ne tarderait pas à venir en soutien, que cette position était acquise.

Grimm emporta ses hommes vers leurs prochains objectifs : un poste d'aération et le bloc 20. Mais, au cours de ce redéploiement, il s'aperçut que, à quelque deux cents mètres de là, une importante position n'était entreprise par aucun Allemand.

La coupole 120. L'arme la plus destructrice du fort.

— Continuez vers le poste d'aération et le Bloc, ordonna-t-il à ses hommes. Je vais avec Erwin à la coupole 120.

— Mais, capitaine...

— Obéissez ! Il n'est pas question de perdre une minute sur nos propres phases de combat. Vous savez ce que vous devez faire. Allez !

Grimm et Erwin s'élancèrent vers la coupole 120 avec une grosse charge explosive, le lance-flammes, deux fusils et plusieurs grenades.

Le jeune capitaine s'était souvent dit que Tolstoï se trompait lorsqu'il écrivait dans *Guerre et Paix* qu'une armée était comme un mécanisme d'horlogerie, les gros engrenages entraînant inexorablement les petits. Si tel avait été le cas, un simple grain aurait dû suffire à gripper toute la machine. Or, au sein d'une armée entraînée et vigilante, au moindre accroc, les hommes s'adaptaient et rien ne parvenait à interrompre le mécanisme.

Grimm comprit que deux des onze planeurs partis

de Cologne avaient manqué leur atterrissage sur le toit d'Eben-Emael. D'où le fait que la puissante coupole restait épargnée.

Ce ne fut qu'après d'énormes efforts qu'Erwin et lui atteignirent la pièce circulaire pivotante, forte de deux énormes canons de 120 mm et large de six mètres. Grimm tira immédiatement une salve à travers l'ouverture périscopique de la coupole, tuant deux soldats belges.

Il posa avec Erwin sa charge creuse à l'aplomb de la coupole. L'explosion enfonça la position, mais sans la perforer. Les Allemands firent ensuite sauter l'issue de secours. Grimm activa son lance-flammes, déversant un jet infernal à l'intérieur du poste de combat.

Lorsqu'il pénétra sous la coupole, six Belges gisaient à terre, carbonisés.

Comme pour le bunker précédent, la destruction de l'escalier vers le réseau intermédiaire du fort emporta la position.

Ivre de joie, Grimm alla recouvrir lui-même *sa* coupole du grand étendard nazi.

Au même moment, dans le ciel, montait le vrombissement des premiers bombardiers Stukas qui approchaient depuis l'est.

Maintenant que les sapeurs-parachutistes de l'unité Granite avaient démantelé toutes les défenses antiaériennes du fort, les bombardiers pouvaient commencer d'anéantir les dernières poches de résistance d'Eben-Emael. Une de leurs cibles était un baraquement qui servait à entreposer les machines d'entretien du toit du fort. À la différence d'Erwin, Friedrich Grimm ne vit rien venir. Lorsque l'obus du Stuka frappa le baraquement proche de la coupole 120, il fut emporté par le souffle. Il se retrouva projeté à plat ventre à une quinzaine de mètres, le nez dans la terre, les tympans hurlant, criblé par les débris de l'explosion qui continuaient de tomber autour de lui.

Erwin se précipita vers lui. Grimm était en sang, atteint à l'arrière du crâne. N'ayant pas une conscience claire de son état, il ne comprenait pas pourquoi il lui était si difficile de reprendre son souffle. Le soldat le hissa sur son dos et courut vers leur planeur. Il l'étendit à l'ombre de l'appareil, pendant que Sapper recherchait la trousse de premiers soins.

L'attaque des Stukas fut de courte durée. L'aviation allemande poursuivit sa course vers d'autres objectifs. En quelques secondes, les quatorze hectares du fort d'Eben-Emael retombèrent dans un silence presque irréel.

La brume qui roulait sur la prairie s'était levée. La journée annonçait un soleil magnifique.

Le pilote fit boire une goutte de rhum à son capitaine. Grimm retrouva ses esprits. Indifférent à la douleur, il regarda ses hommes. Il écouta. Le silence le toucha.

— Déjà plus de combats ?

Il fit un large sourire.

Cinquante-cinq !

Au final, privés des groupes de deux planeurs qui n'avaient pas atteint Eben-Emael, ils n'avaient été que cinquante-cinq assaillants allemands sur le fort belge.

Cinquante-cinq sapeurs-parachutistes venaient de désemparer la forteresse la plus puissante du monde. Cinquante-cinq Allemands contre mille deux cents Belges, pour seulement six morts et treize blessés…

La première attaque de planeurs de l'histoire.

La première fois que des « charges creuses » étaient employées sur un théâtre d'opérations.

Le secret le mieux gardé de la Luftwaffe.

Grimm arracha la gourde de rhum des mains de Sapper et avala une longue gorgée.

— Cette rasade-là, dit-il en contractant les traits de son visage, elle est pour ma mère !

*

* *

Rien n'avait été laissé au hasard.

Rien.

Exactement dix minutes après le début des opérations aéroportées sur le fort d'Eben-Emael, à 4 h 45, le 10 mai 1940, les unités blindées allemandes massées aux frontières avaient pénétré en territoires hollandais, belge et luxembourgeois, laissant monter derrière elles les fumées crasses de leurs fourgons d'infanterie et de leurs Panzers.

Après neuf mois d'entracte, la *guerre assise*, comme l'appelaient les Allemands, se mettait enfin en mouvement, la *guerre en toc*, selon les Anglais, gagnait du poids, et la *drôle de guerre*, aux dires des Français, tombait le masque.

L'Europe de l'Ouest entrait dans le conflit armé avec Hitler.

Ce dernier prit ses quartiers de commandement près de Bad Münstereifel, au GQG dit le Nid des Roches, avec les généraux Keitel, Jodl et d'autres membres de son état-major. Là, à seulement quarante kilomètres de la frontière belge, grâce à un système de communication radio inconnu de toutes les autres armées en présence, il pouvait suivre sur d'immenses cartes, engagement par engagement, le déploiement de son plan de guerre, le « *Fall Gelb* », lequel, renforcé par ses expériences militaires récentes en Pologne et en Norvège, ainsi que par un entraînement tactique sans précédent de la part de ses troupes d'élite, avait été, sur de nombreux postes clefs, minutieusement préparé.

Minutieusement.

Ce fut là que les messages victorieux envoyés directement par l'unité Granite depuis Eben-Emael, l'un à 4 h 50 et l'autre à 5 h 45, terminèrent leur course.

En faisant tomber le fort belge, Adolf Hitler, seule tête pensante de ce coup de main sans précédent, s'ouvrait la route vers le ventre de la Belgique et les Ardennes luxembourgeoises.

Quand, à la veille de l'attaque, Friedrich Grimm entendit pour la première fois le nom et l'emplacement de l'objectif militaire pour lequel les hommes de l'unité Granite s'étaient entraînés en secret pendant des mois, il déclara, radieux :

— De là, la France s'ouvrira comme une fleur !...

*

* *

Le doyen de l'unité, Peter Böhm, honora sa parole.

Il retourna bien au bar des pilotes de Cologne-Ostheim après avoir largué son planeur, pour boire sa bière.

Les communications radio étaient rétablies depuis l'entrée en lice des blindés allemands. Radio-Stuttgart ne diffusait plus que des bulletins d'informations du haut commandement des forces armées du Reich.

L'exploit des hommes d'Eben-Emael était connu de tous.

Peter Böhm jurait toujours que, s'il en avait eu l'âge, lui aussi aurait sauté sur le fort belge avec ses camarades.

— C'est égal, lança-t-il, sa chope de verre à la main. L'Allemagne se relève. Les anciens temps merveilleux sont de retour ! Cette bière, frères, ça fait vingt-deux ans que je l'attends !...

2

Maintenant, Paris !

— Un homme averti ne vaut rien. Et une nation tout entière, non plus !

L'homme serra fortement le poing, le bras tendu vers son feu de cheminée.

Le bruit des Panzers et du pilonnage de l'aviation allemande résonnait au loin. La Wehrmacht avait enfoncé le front de la Somme.

— Dix mois ! Dix mois à attendre qu'ils nous surprennent. Et certains qui prétendaient que cette guerre n'aurait jamais lieu. Ils n'avaient qu'à écouter la radio allemande.

— Alfred ?

Une femme venait d'entrer. Elle blêmit.

Alfred Riquier, soixante ans, les cheveux blancs, encore grand et fort, était en train de brûler son uniforme de capitaine de la guerre de 1914. Avec ses décorations.

— Les Boches s'installent dans la région, dit-il. C'est la Der des Ders qui recommence ! À tous les coups, des officiers vont prendre leurs quartiers chez nous !

Quatre jours seulement après l'attaque du fort Eben-Emael en Belgique, la Wehrmacht avait franchi la

Meuse et crevé toutes les défenses de l'armée française. Une semaine plus tard, le 20 mai 1940, les divisions blindées du général Guderian occupaient la Somme. Dans cette région, à Bonneville, les Riquier possédaient un grand manoir, une demeure seigneuriale de brique et de craie, la mieux pourvue de la commune. Une réquisition toute désignée pour des forces d'occupation.

— Je brûle ce qui peut les énerver, dit-il. S'ils découvrent que j'ai été officier, je leur serai suspect. On a connu ça dans la famille…

Alfred Riquier, comme tous les habitants du Nord français, avait en mémoire les exactions commises par les troupes allemandes sur les populations du cru en 1914. Sous le toit familial, les officiers avaient saccagé les lieux en découvrant que son père avait été officier en 1870, décoré pour avoir tué cinq Prussiens. Sa vieille mère avait failli en mourir de peur.

Ce soir, presque tous les Français de la région étaient déjà sur les routes, à pied, à vélo, en voiture, fuyant l'avancée allemande, mais Alfred Riquier avait un fils d'un an et demi avec sa jeune épouse et de fréquentes crises de sciatique qui pouvaient le clouer sur son lit plusieurs heures par jour.

Partir était un effort trop important pour lui.

Abandonner son manoir familial de Bonneville, impensable.

— J'ai réussi à rendormir le petit, dit simplement Émilienne Riquier, inquiète.

Son mari s'assit dans un fauteuil, l'œil fixé vers les flammes de la cheminée, un verre de cognac à la main.

Une énorme détonation gronda au-dehors.

Sans lever le regard, Alfred Riquier murmura :

— Ils viennent d'abattre l'église.

Peu avant minuit, deux motos s'arrêtèrent devant le perron du manoir. Mitraillette au poing, des Allemands frappèrent à la porte. Alfred leur ouvrit. Bien qu'ils aient vu de la lumière aux fenêtres, les soldats de la Wehrmacht furent surpris de constater que les lieux étaient encore habités.

— Qu'est-ce que vous attendez de moi ?

Riquier parlait un allemand parfait.

— Il nous faut trois chambres pour notre commandant en chef et ses aides de camp.

Ils entrèrent et inspectèrent la demeure. Non seulement les chambres, mais aussi les combles et les caves, à la recherche du moindre soldat français caché. Pas un mètre carré du manoir ne leur échappa.

— Excellent, Herr Riquier, conclut l'un des Allemands. Les conditions d'hébergement sont remarquables. Mon collègue va rester avec vous le temps que j'aille avertir notre commandant en chef.

Avant de repartir sur sa moto, il ajouta :

— Nous n'abuserons pas de votre cuisine. Le commandement emporte tout ce dont il a besoin avec lui. Nous ne voulons pas être une gêne pour vous, ni pour votre femme.

— Étrange..., murmura Émilienne à son mari. Tu as vu quand ils sont entrés dans la chambre de François ? Ils ont tout fait pour ne pas réveiller le petit !

— Hmm... Disons que ceux-là se font passer pour plus civilisés que leurs pères de 1914...

Le soldat à moto revint au bout d'une heure. Il parla à son compagnon, à voix basse, puis se présenta devant Alfred Riquier.

— Herr Riquier, il semble que nous vous ayons

importuné pour rien. Notre armée reprend sa route. Notre commandant en chef n'aura pas l'honneur de profiter de votre hospitalité. Nous vous saluons bien, monsieur.

Les deux soldats claquèrent des bottes, puis disparurent sur leurs engins.

En effet, le 19e corps blindé de Guderian, malgré la nuit tombée, reprenait sa course vers la Manche. Depuis sa percée des Ardennes, il avançait si vite à travers les lignes françaises que l'état-major de Berlin ne savait pas toujours où le retrouver et lançait régulièrement, à lui comme à d'autres unités de chars, des messages de modération et de prudence que les généraux n'écoutaient pas ou contestaient vigoureusement. À Berlin, personne ne s'était attendu à ce que les positions françaises soient enfoncées aussi rapidement.

Pas même Hitler.

— Tu as brûlé ton uniforme pour rien, regretta Émilienne.

— Je ne crois pas.

*

* *

Moins d'un mois plus tard, Alfred Riquier écouta à la radio l'appel du gouverneur militaire de Paris demandant à la population de la capitale de n'opposer aucune résistance à l'entrée des troupes allemandes.

Trois jours après, le 17 juin, il entendit la voix du maréchal Pétain inviter son armée en déroute à la cessation des combats.

— Quand il parle, on dirait une vieille grand-mère,

le héros de Verdun !... s'effraya Riquier. Et pourquoi appelle-t-il à la fin des combats, alors qu'on n'a pas encore signé d'armistice ? C'est suicidaire. Les Allemands, eux, ne vont pas s'arrêter !

Le lendemain, un message radio essaya de rectifier la bévue du maréchal, en affirmant qu'il fallait plutôt « tendre à cesser les combats », mais le mal était fait.

Grâce à ce malentendu, l'armée allemande captura plus d'un million de soldats français prisonniers entre ce 17 juin et la signature de l'armistice, cinq jours plus tard.

Riquier conclut :

— Ah ! elle est belle, l'entrée en lice du sauveur de la France.

Quatre jours plus tard, deux officiers allemands arrivèrent à Bonneville.

Ils se présentèrent d'emblée au manoir des Riquier.

Il s'agissait du commandant Friedrich Grimm, nouvellement promu des mains mêmes de Göring pour son exploit à Eben-Emael, et du capitaine Peter Böhm.

Grimm portait des bandages sur le haut de la nuque, suite à ses blessures lors de l'attaque du 10 mai. Une note du 19e corps d'armée leur avait indiqué le manoir des Riquier de Bonneville comme un hébergement d'excellente tenue pour des officiers de la Wehrmacht.

Ces deux Allemands étaient en route pour Paris.

Dès qu'il les vit entrer sous son toit, Alfred Riquier flaira les ennuis. Böhm se précipita sur le bar à liqueurs, et Grimm ne cessait de parler de ce qu'il ferait à son arrivée à Paris.

— D'abord les femmes ! Après seulement les restaurants et les musées !... Mais en premier les femmes !...

Les putains, les femmes mariées, les filles de bonne famille, les héritières, les actrices !...

Quoiqu'il parlât très bien le français, il semblait n'avoir aucune considération pour le pays ni pour ses habitants. Cependant, ce jeune commandant avait l'air instruit et maître de lui, capable de soutenir une conversation. En revanche, Peter Böhm, gros, chauve, le regard souvent tourné vers sa femme, paraissait à Riquier beaucoup plus dangereux.

Sous l'emprise de l'alcool, cette force de la nature était certainement capable du pire.

Le seul élément rassurant pour Riquier, c'était que ces deux hommes étaient très pressés de rejoindre la capitale.

Alors qu'il parlait avec Böhm de son affectation dans le nouveau gouvernement militaire d'occupation de la capitale (« Il paraît que nos locaux sont logés dans un ancien palace ! »), Friedrich Grimm dut s'éclipser peu avant le dîner. Une dispute entre soldats s'était déclarée dans une auberge de Bonneville et il lui revenait d'aller y mettre bon ordre. Il quitta le toit des Riquier. Böhm était déjà trop soûl pour le suivre.

— Je ne serai pas long, dit Grimm.

Mais à peine le commandant dans sa voiture, Böhm se transforma en bête furieuse.

Sans raison, il assena un puissant coup de poing sur le visage d'Alfred Riquier. À moitié assommé, le vieil homme fut victime d'une violente crise de sciatique qui le cloua sur son tapis. Böhm s'esclaffa à le voir incapable de se redresser. Émilienne cria et voulut lui porter secours, mais Böhm l'agrippa par les cheveux et la renversa sur la table de la salle à manger qu'elle était en train de dresser.

Là, sous les yeux horrifiés de son mari paralysé, il

commença à la violer, indifférent à ses cris, comme à ceux du petit garçon qui s'était mis à hurler depuis sa chambre, prisonnier de son lit à barreaux.

Émilienne se débattit. Elle essaya de saisir un verre et des couverts pour les retourner contre Böhm, mais celui-ci la gifla si fort qu'elle perdit presque connaissance.

Le vieux Riquier se traînait douloureusement au sol. Il allait vers la cheminée pour essayer d'attraper un tisonnier, dans l'espoir fou de frapper l'Allemand. Böhm le surprit. Il abandonna Émilienne et renversa un lourd fauteuil sur le vieil homme qui hurla.

Il retourna ensuite sur la femme.

Friedrich Grimm ne revint qu'au bout d'une longue demi-heure. Quand il rentra dans le manoir, Émilienne gisait au sol, aux trois quarts nue, sanglotante, Böhm se reposait dans un fauteuil, le pantalon encore baissé sur les chevilles, et Riquier s'était à peine dégagé du poids du fauteuil.

— Böhm !...

Effaré, Grimm lui rappela les règles édictées par Berlin sur le comportement des armées allemandes en France occupée. Le moindre pillage, le moindre écart était sévèrement sanctionné par l'état-major !

— Je m'en fiche, répliqua Böhm. On a bien le droit d'en profiter. Ce sont des Français après tout !

— Si on l'apprend, tu peux dire adieu à Paris. Et moi aussi ! Enfin, je n'ai pas fait tout ça pour passer la fin de la guerre en Pologne !

— Mais non, mais non..., voulut tempérer l'aviateur. On est des héros de guerre, ou pas ?

C'est alors qu'Alfred Riquier se dressa enfin, armé de son tisonnier, prêt à fondre sur Böhm.

Tout alla très vite.

Grimm sortit son Lüger et tira deux balles dans la poitrine du Français.

Riquier s'effondra. L'Allemand resta un moment figé, sourd à tous les cris qui l'environnaient.

— Merde…

Le lendemain matin, les Allemands se préparaient à quitter le manoir des Riquier.

Peter Böhm somnolait sur le siège passager de leur voiture, le moteur en marche. De son côté, Friedrich Grimm se dépensait sans compter. Il n'avait pas fermé l'œil de la nuit. Il rentra dans la maison, un mouchoir sur le nez, l'air empestait l'essence, les yeux lui piquaient. La main tremblante, il réussit à craquer une allumette.

Le manoir était protégé du regard des habitants de Bonneville par un grand parc et plusieurs allées boisées. Le grand corps de bâtiment aurait le temps de prendre complètement feu avant que les premiers secours n'interviennent. Si secours il y avait, puisque Bonneville s'était vidé de presque tous ses habitants.

Avant d'abandonner les lieux fumants, Grimm se hâta d'allumer un second brasier, cette fois grâce à une mèche confectionnée au cours de la nuit. Il courut à sa voiture et démarra à fond dans l'allée principale.

Derrière son dos, la cuve à fioul de la maison explosa.

Peter Böhm, le menton collé sur la poitrine, secoué de droite et de gauche par l'allure de la voiture, ne vit ni n'entendit rien.

— Un « accident domestique » effacera cette nuit, murmura Grimm.

Il réprima un frisson d'horreur, puis s'écria :

— Allez. Maintenant, Paris !

PREMIÈRE PARTIE

Elle était semblable à ces courtisanes qui n'ont jamais manqué de soupirants : elle attendait l'élu.

Ernst JÜNGER

[illegible] Marc [illegible]
[illegible] pages [illegible]
[illegible] commencer [illegible]

1

Ils *vont adorer*

Une jolie fille « Chez Marcel », au 33, boulevard Edgar-Quinet à Paris, ça faisait longtemps que les habitués du restaurant n'en avaient plus vu.

Elle était assise seule à une table, près de la fenêtre.

Depuis une heure, elle attendait sans rien consommer, le regard triste et tendre tourné vers le boulevard.

Ce matin du 20 novembre 1940 était doux pour la saison. Une accalmie au milieu de la tempête. Les vieux arbres du boulevard Edgar-Quinet s'effeuillaient tranquillement au soleil. Quelques voitures pleines d'officiers allemands roulèrent à hauteur du restaurant. Un corbillard motorisé du cimetière du Montparnasse qui circulait un peu vite sur le boulevard surprit davantage les passants que le déploiement d'un tank léger de la Wehrmacht.

Cela faisait exactement cent cinquante-neuf jours que les Allemands occupaient Paris.

Le quartier était silencieux. Tout comme le restaurant Chez Marcel où la bande des trois habitués sexagénaires alignés au bar se retenaient, miraculeusement, de commenter les journaux et l'air du temps.

La présence de la jeune femme n'y était pas étrangère.

Il y avait là un « Double blanc », une « Mousse » et un « Café allongé ».

Le premier feuilletait le journal *Le Matin*. La déclaration d'un ambassadeur français de retour de Berlin prévenait, en première page : « Je demande de la patience aux familles de prisonniers. » L'homme haussa les épaules. Cinq mois qu'on avait signé l'armistice et l'on ne voyait toujours pas venir ce traité de paix avec l'Allemagne promis par Vichy, et qui devait rendre les prisonniers de guerre à leurs familles ! Près de deux millions de soldats français restaient détenus depuis juin de l'autre côté du Rhin. « Dans l'histoire, une situation pareille se serait réglée par une noce ! aimait-il à dire. Louis XV voulait la paix avec l'Espagne, Napoléon avec l'Empire autrichien ? On leur fourguait vite fait une petite princesse à marier, et l'affaire ne sortait pas des chancelleries. Ça épargnait la soldatesque et donnait l'occasion de jolies fêtes dans les campagnes ! Aujourd'hui, on n'a pas une seule héritière digne de ce nom à refiler au grand Jules de Berlin. C'est bien beau la République, mais sa Marianne, elle nous sert à quoi, cette salope ? »

Avec cela, rien n'avançait, l'hiver menaçait et les soldats français allaient se geler dans le pays de Goethe. Pourtant, ce matin, l'homme au petit blanc ne ronchonnait pas. Il lorgnait plutôt du côté des minces chevilles et des jambes nues de l'inconnue.

À sa gauche, un petit homme vidait son quatrième demi d'affilée. Il observait la fille du restaurant, puis, le regard dans le vague, pensait à sa femme, après trente ans de mariage, bien moins jolie aujourd'hui qu'hier. « Printemps de la jeunesse, pourquoi ne pas durer toujours ? » fredonna-t-il soudain, sous le regard amusé de ses compagnons.

À l'extrémité du bar, l'homme qui laissait son café allongé refroidir épluchait la une de *L'Œuvre*. Elle le taraudait plus que tout en ce 20 novembre 1940 : « Allons-nous enfin trouver du poisson ? »

— Hmm…, ça dort, ce matin !...

À Montparnasse, tout le monde le savait : Chez Marcel, le patron se prénommait Max-Pol.

Vétéran de 14-18, bien en chair, trois fois décoré, il avait eu le majeur de la main droite emporté par un éclat d'obus à la bataille de Bapaume.

Aujourd'hui, il astiquait tranquillement ses verres, une cigarette de tabac de troupe pendue au bout des lèvres, en regardant ses trois habitués, qu'il appelait affectueusement son « chœur antique à la petite semaine ».

— Une vraie carte postale de feu la IIIe République ! eût dit d'eux quatre Mme Max-Pol, réfugiée depuis l'été en Normandie avec ses enfants.

Le timbre d'un coup de sonnette et le bruit d'une porte résonnèrent depuis la cuisine.

L'instant d'après, un individu apparut dans la salle.

C'était un long trentenaire dégingandé. À onze heures du matin, il portait toujours un haut de pyjama sur un pantalon à pinces. La paupière lourde et le cheveu hirsute, tout disait chez lui que la nuit avait été longue…

Il avança jusqu'à la table de la jeune femme.

— Paul Thénard ? lui dit-elle.

L'homme acquiesça et fit un signe de la tête.

— C'est par là.

Il tourna les talons et l'inconnue le suivit, avec une petite valise qui était restée posée à ses pieds. Elle n'avait pas vingt ans. Un ravissant visage, de longs cheveux noirs, des yeux fortement maquillés de khôl, elle portait une robe de lainage à carreaux gris et blancs.

Elle était vraiment très belle.

Les trois hommes du comptoir, plus le gros Max-Pol, se figèrent dans l'admiration des quelques pas que fit la jeune femme dans leur direction.

Un même sourire se peignit sur leurs visages.

L'habitué à la bière soupira.

— Ça fera deux cents balles, lui dit Max-Pol.

— Quoi ? Ma conso ?

— Non, patate... La fille.

*

* *

L'inconnue franchit une porte étroite dans la cuisine du restaurant et se retrouva dans un vestiaire qui donnait dans le hall d'entrée du 31, immeuble voisin de Chez Marcel sur le boulevard Edgar-Quinet.

Elle découvrit une pièce tout en longueur, tapissée de velours, avec des portemanteaux et des cintres recouverts de satin blanc. Dans le hall, elle laissa passer devant elle dix caisses de champagne transportées sur un diable. Une cage d'ascenseur dominait la salle blanc et or. Elle aperçut dans une grande pièce voisine une flopée de femmes de ménage en train d'astiquer des chromes et des miroirs, de remplacer l'eau de grands vases ou de lustrer un sol de mosaïque.

Au premier étage, la visiteuse s'assit dans le fauteuil-club d'un coin de palier, après que Paul Thénard lui eut demandé d'attendre.

Comme dans les hôtels particuliers de la haute bourgeoisie, le petit personnel s'agitait à chaque étage. Plusieurs lingères passèrent par grappes devant l'inconnue. À force, celle-ci s'appropria l'exclamation de Mac-Mahon devant la crue de la Garonne : « Que de draps ! Que de draps ! »

Une dame surgit d'un salon de coiffure particulier, libérant des effluves de gomina et de vernis à ongles. Elle était courte, épaisse, un peu noiraude, sans maquillage, le cheveu chenu en forme de casque, une cigarette aux lèvres.

— N... de D..., un Greuze ! s'exclama-t-elle en voyant l'inconnue.

La jeune femme se leva.

— Thénard ! s'écria la dame.

L'homme de Chez Marcel reparut.

— Fais-nous porter du Pol-Roger pour mademoiselle et un calva pour moi. On va bavarder dans mon bureau.

Au quatrième étage de l'immeuble, une vaste pièce ressemblait en tout point à un bureau d'homme d'affaires. Beaux meubles en bois épais, suspensions dorées, des dossiers empilés un peu partout, une odeur de tabac froid et un gros coffre-fort blindé.

Hormis qu'aux murs s'étalait un accrochage de photos peu ordinaire...

Une femme, qui n'était pas la dame présente, corpulente elle aussi, mais plus souriante, se tenait successivement au bras de Maurice Chevalier, de Mistinguett, de Jean Cocteau, de Colette, des aviateurs Nungesser,

Navarre et Guynemer. L'acteur Wallace Beery, la star de *The Champ*, lui mordillait l'oreille, entouré d'une nuée de « filles » dévêtues. Il y avait de même des politiques français de haut vol et des grands flics, tels le préfet Chiappe et le commissaire Métra. Henry Torrès côtoyait Georges Simenon. Maurice Garçon surplombait Joseph Kessel. Une photo enfin, aux côtés des truands marseillais Carbone et Spirito, suscitait particulièrement la curiosité, accompagnée d'une dédicace où se lisait « Love » écrit en grosses lettres : Al Capone.

La dame s'assit derrière son bureau, posant un paquet de cigarettes anglaises et un briquet en or massif près d'une enveloppe entrouverte qui contenait la lettre et les photos de nu envoyées par l'inconnue pour obtenir le rendez-vous.

— Je t'écoute, dit la dame. D'où nous viens-tu, ma jolie ?

— De Poitiers, répondit-elle en s'asseyant à son tour. Mais je suis originaire de Chaumont, en Haute-Marne.

La dame hocha la tête.

— Ce n'est pas tout à fait le même coin…

La jeune femme haussa les épaules et croisa les jambes.

— J'ai pris la route au printemps dernier. Comme tout le monde. Ce n'est pas tant l'arrivée des hommes de la Wehrmacht qui me chagrinait que le risque de me retrouver sous les bombes. À Poitiers, j'ai cru devoir attendre. Les Italiens venaient d'attaquer dans le Sud. Comme on entendait dire tout et son contraire, j'étais aussi bien là qu'ailleurs.

— J'vois ça d'ici…

— Quand j'ai voulu repartir, les Allemands venaient

de tirer la ligne de démarcation. J'étais coincée à Poitiers, en zone nord.

— Ça fait quelque temps tout ça… À quoi tu t'occupais ?

Pour toute réponse, la jeune femme releva ses jupes jusqu'à mi-cuisse.

La dame approuva.

Puis elle lui fit un signe du menton, l'air de dire : « J'veux tout voir. » Elle se méfiait des photos que les filles lui envoyaient pour se faire remarquer.

La visiteuse se leva et fit tomber un à un tous ses habits. Sans la moindre hésitation. Sous-vêtements y compris. Elle s'afficha complètement nue, n'ayant conservé que ses escarpins à talons aiguilles. Même la dame, qui en avait vu d'autres, fut cueillie par autant d'assurance.

— En l'espace de quelques semaines, dit la jeune femme, j'ai tous les gros bonnets de Poitiers qui me sont passés dessus. J'avais beau débuter… quand j'ai vu que les clients de la rue Rabelais se disputaient pour m'avoir, ou que certains me proposaient déjà en mariage, je me suis dit que tout *ça*…

Elle fit glisser sa main de ses seins à ses cuisses.

— … c'était décidément le gâcher que de le réserver aux Poitevins.

La dame n'arrivait pas à quitter des yeux le corps de la jeune femme. Des jambes interminables. Des seins en « chute libre », comme on disait dans le métier : dodus et pointés vers le ciel. Au-dessus, un visage qui fascinait, régulier et fin, du pur Renaissance.

Guerre ou pas, la dame savait qu'il n'y avait que deux sortes de femmes qui finissaient dans le *milieu* : les malheureuses et les vicieuses. Mais, depuis le début de l'Occupation, une brouettée ininterrompue de « malheureuses » venait bouleverser les critères de recrutement du marché.

L'origine de celle-là n'était pas commode à définir. Dans sa lettre, elle n'avait pas commis une seule faute d'orthographe.

— T'as de la famille ?

— Pas à Paris.

— Un mac ?

— Non plus, je suis libre. C'est pour cela que je désire une place en maison. Je veux rester tranquille.

La dame approuva. L'œil vif, elle creusa les joues en aspirant une longue bouffée de tabac.

— Tu t'es déjà montrée à Paris ?

La fille répondit que non.

— Pour autant, répliqua-t-elle, si vous ne m'offrez qu'une bouchée de pain pour salaire, vous pouvez être certaine que mon cul ira postuler au *One* ou au *Chabannais* !

La dame écrasa son mégot dans un cendrier, en levant un regard indécis, puis sourit.

On frappa. Paul Thénard entra avec les deux verres commandés sur un plateau. Il se pétrifia à la vue de la jeune femme nue. Celle-ci ne cilla pas. Rien ne passa dans ses yeux maquillés de noir qu'une assurance tranquille.

Thénard posa les boissons sur le bureau. Il resta un moment à contempler la femme en silence.

— Tu peux te reloquer, ma jolie, dit la dame à la jeune femme.

Elle avala son calva cul sec.

— Tire-toi maintenant, Thénard, ajouta-t-elle. Et va t'habiller aussi. T'as l'air d'un con avec ton pyjama.

Comme arraché à sa rêverie, Thénard répondit :
— Oui, madame Freda.
La jeune femme ramassa ses sous-vêtements et sa robe.
Elle ne trahit aucune pudeur mal placée.
Mal placée *sous les ors de la prostitution close.*
— Ici, c'est soixante francs la chambre et deux cents francs la passe, expliqua fraîchement Freda. Les premiers sont pour nous, les seconds, tu les partages avec la sous-maîtresse qui t'aura en compte. Hors ça, tout ce que tu peux tirer d'un client, c'est à toi.
La fille renfila sa jupe.
— Tu encaisses aussi sur les consommations au bar. Ce n'est pas négligeable si tu sais faire bavarder les payeurs à coups de bouteille de champagne. Tu seras rémunérée au bouchon, comme tout le monde.
La fille boutonna lentement son chemisier. Elle ne portait pas de soutien-gorge.
— Voilà les termes, dit Freda. La consigne est la même que partout : sois jolie, fais-les sourire, fais-les reluire, fais-les revenir. Maintenant, si tu me réponds que ton cul veut aller négocier autre part une meilleure enveloppe, c'est que tu n'as rien dans le crâne !
La jeune femme sourit.
— Je n'ai rien dit, fit-elle innocemment.
— Il va aussi falloir te faire à la clientèle. On n'est pas à Poitiers ! Ici, c'est un peu devenu une annexe du *Salon Kitty* de Berlin ! On n'a plus que des Allemands galonnés. *Nur für Offiziere*, comme ils disent ! Réquisition oblige. Les Français ne peuvent s'amuser chez nous que s'ils sont invités par l'occupant et après avoir passé une visite médicale. C'est comme ça.

— Ça ne me dégoûte pas, dit la fille en se rasseyant. Au contraire. Ils ont gagné le pays, non ? Du reste, les Français ne m'intéressent plus. Comme le disait ma sous-maîtresse à Poitiers : « Ça fait longtemps qu'ils bandent mou ou par procuration. » Déjà, avant la débâcle, elle ne voyait plus que des maris qui venaient avec leurs femmes au bordel pour faire les voyeurs. Une « prophétie ! », disait-elle…

Sans demander l'autorisation, la jeune femme se servit une cigarette dans le paquet de Freda et l'alluma avec son briquet en or.

— Moi, je ne cours pas après le Français, reprit-elle. À quoi cela rimerait-il ? Quitte à me caser un jour, je préfère encore un bon officier supérieur allemand. Quand la paix arrivera, j'irai vivre de l'autre côté du Rhin, là où les choses se passent.

Freda fronça les sourcils.

— Peut-être… dit cette dernière, seulement l'avenir, ma jolie, c'est pas pour demain. Et puis, on ne fait pas de politique chez nous. Si des clients posent des questions, on répond à côté ; on joue les idiotes. Ici, la seule intelligence qui vaille, c'est celle de la fesse.

La jeune femme souffla sa première bouffée de tabac droit vers Freda.

— Ça n'empêche pas d'avoir ses idées…

Freda appela soudain.

— Alphonsine !

La belle reposa le briquet sur le bureau et saisit le verre de champagne qu'elle but du bout des lèvres, à petites gorgées, comme une bourgeoise prometteuse.

Une centauresse de soixante ans arriva dans la pièce à l'appel d'Alphonsine. Dans son peignoir battant et pelucheux, on en aurait mis deux comme Freda. Des rides avaient gravé sur son front tous ses exploits de tapin.

— Je te présente ta nouvelle sous-maîtresse, dit Freda. Profites-en : c'est le Digest du Biseness ! Elle a tout vu, tout connu, des bains du prince de Galles à Jojo la Truite froide, des palaces de la Belle Époque aux tavernes à banjo dégueulasses d'Amérique du Sud !

— Oh, protesta Alphonsine, il ne faut pas tout noircir, madame Freda. J'ai connu des *gauchos* sur la frontière chilienne qui valaient le dérangement.

— On te prend trois soirs à l'essai, reprit Freda à l'intention de la jeune femme. À partir de maintenant, Alphonsine, pour toi, c'est Dieu-la-Mère. Si tu la contentes, tout le monde sera content. Où est-ce que tu couches ?

La jeune fille logeait dans un hôtel de la rue Pasquier.

— C'est réglé. Tu t'installeras dans le dortoir du sixième, avec les autres pensionnaires. Tes affaires ?

— Je n'ai que ça, dit la fille en montrant sa valise.

Un bagage de voyage en carton vulcanisé aux bords renforcés de caoutchouc.

— Alphonsine, amène-la à la visite médicale. La table-spéculum, la radioscopie des poumons, la fraise du dentiste, et tout et tout. Je la veux au bar dès ce soir.

Freda glissa une nouvelle cigarette entre ses lèvres.

— Si, après trois jours, tu donnes satisfaction au client, dit-elle, on t'enregistra dans les règles à la préfecture. Évidemment, t'es une môme et t'as pas vingt et un ans ?

— Non.

— On verra ça aussi.

Freda alluma la flamme de son briquet et fit un signe de la tête.

— Allez-y, maintenant, vous avez du boulot pour être prêtes ce soir.

Alphonsine s'apprêta à quitter le bureau, mais la jeune femme demeura assise, fumant et buvant.

— Tu veux encore savoir quelque chose ? lui demanda Freda.

— Vous m'avez exposé vos conditions, dit-elle. Mon tour est venu. Vous me donnez trois jours. Soit. Moi, je vous donne six mois.

— Pardon ?

Freda referma le clapet de son briquet sans avoir allumé sa cigarette.

— Dans pas longtemps, on aura la paix, dit la fille avec aplomb. Pétain et son gouvernement quitteront Vichy et remonteront à Paris, les Allemands rentreront chez eux, avec leur Alsace et leur Lorraine sous le bras, mais moi, je n'ai aucune intention d'être remisée à l'arrière. La France, c'est du passé ! Je n'ai pas le cœur à vivre dans les décombres.

Alphonsine regarda Freda.

— Je vous l'ai dit, poursuivit la jeune femme, je veux me caser. Et le plus tôt sera le mieux. Je vous donnerai donc la moitié de ce que je toucherai en extra de mes clients. Je désire partir au moment où je le déciderai. Cette liberté, je ne vous la demande pas, je vous l'achète.

Freda hocha la tête.

— Faut encore voir ce que cela représente…

— De plus, compléta la fille, je ne veux que de l'Allemand riche. Et le plus aryen possible. Non seulement c'est mon goût, mais aussi la réputation que je désire me faire dans Paris. J'ai retenu la leçon, à Poitiers. Si je commence par me taper tous les officiers d'active, je vais me déprécier et j'obtiendrai moins au final.

— C'est tout ?

— De mon passé, je n'emporte que cette petite valise. Je veux bien résider dans votre dortoir à filles, mais je vous préviens, si l'une de vos pensionnaires venait à mettre le nez dans mes affaires, je lui arracherais les yeux.

Elle se leva.

— De même, si je mets le grappin sur un très haut gradé du Reich, elles n'ont pas intérêt à essayer de me le rafler. Je serai loyale, si on le reste avec moi.

— C'est tout ? finit par demander Freda, presque amusée par tant d'assurance.

— Oui.

— Bon. On en reparlera quand tu seras en piste. Bienvenue au Sphinx, quand même !

Alphonsine et la fille quittèrent le bureau.

Freda décrocha aussitôt son téléphone et appela Georges Martel, son homme et le bordelier de la maison. Elle lui décrivit, enthousiaste, la beauté de sa nouvelle recrue.

— Elle nous vient de province. Personne ne la connaît encore à Paris ! Une beauté à un million. On n'en trouve plus des pareilles !... Puis de l'attitude avec ça ! Un vrai petit lot d'élite. Dégourdie comme il faut. Maintenant, attends de connaître son nom !... Au moins, en voilà une qui ne planque pas sa patrie dans le fond de sa culotte. *Ils* vont adorer.

Freda alluma enfin sa cigarette.

— Elle s'appelle France…

2

« Il est si beau d'être soldat, Rosemarie »

En grand uniforme, Friedrich Grimm claqua la portière noire de sa Mercedes devant le 127, avenue de Malakoff, à Paris.

Son chauffeur lui tendit un sac enrubanné comme un paquet-cadeau.

— Ne vous éloignez pas, lui dit Grimm. Je ne compte pas m'éterniser. Dans moins d'une heure, nous serons repartis.

La nuit allait bientôt tomber.

Dans l'ascenseur qui l'emportait au cinquième et dernier étage, Grimm épousseta ses épaulettes de commandant et réajusta sa Croix de fer autour du cou. Il se contempla dans un miroir et repensa furtivement à Leni, une fillette de paysans qui avait grandi dans son village en Rhénanie et que ses parents pensaient le voir épouser. Depuis qu'il était en poste à Paris, ses pensées allaient fréquemment à cette lointaine Leni.

Un vieux majordome lui ouvrit la porte de l'appartement du comte d'Avaugour. Impeccable sous son frac et son col empesé, raide et peu disert, on eût dit qu'il était dans le métier depuis Louis XIII.

Quand Grimm apparut dans le grand salon des Avaugour, une dizaine de personnes en habits de soirée firent silence.

Cela ne l'embarrassa pas.

Depuis qu'il était à Paris, il en avait pris l'habitude.

Le maître de maison, Charles-Maurice d'Avaugour, Breton septuagénaire tout en os, alla à sa rencontre.

— Soyez le bienvenu, lui dit-il. Merci de vous joindre à nous. Même si je me doute que c'est à ma fille, davantage qu'à moi, que nous devons le plaisir de votre présence !

La jeune Rose-Marie, blonde et fraîche dans une robe à volants, pressa le bras de son père, feignant un reproche.

Grimm sortit de son sac une boîte en galuchat qu'il tendit à la jeune femme. Elle contenait une paire de boutons d'oreilles or et diamants achetée au marché noir. Rose-Marie poussa un cri d'émerveillement devant le bijou et Charles-Maurice gloussa en recevant à son tour une boîte de cigares cubains arrivée tout droit du Portugal.

Grimm et lui s'étaient rencontrés en octobre dernier à Paris, au ministère de la Production industrielle et du Travail, rue de Grenelle, pour un discours du ministre de Vichy, René Belin. Avaugour avait appris à cette occasion que le jeune héros de guerre Friedrich Grimm travaillait désormais auprès du chef allemand de l'état-major économique, le « doktor » Elmar Michel.

Un interlocuteur de premier choix.

Propriétaire d'une douzaine d'usines bétonnières en France, inventeur d'un brevet novateur et chef d'une grande famille aristocratique devenue une puissance industrielle sous la IIIe République, Avaugour était prêt à tout pour s'attirer les bonnes grâces d'un homme comme Grimm.

Un déjeuner chez Prunier et une garden-party au parc de Bagatelle en présence de sa ravissante fille avaient suffi pour accrocher l'attention de l'Allemand.

Depuis, dans une France en pleine crevaison, Charles-Maurice d'Avaugour se pensait tiré d'affaire.

De son côté, Grimm dissimulait peu son désir de voir Rose-Marie d'Avaugour à son bras au su et au vu de ses amis allemands, comme une nouvelle prise de guerre supplémentaire. En plus de la trouver à son goût, l'héritière d'un nom qui côtoyait celui de Saint Louis dans les vieilles chroniques était une conquête inespérée pour un fils de simple régisseur agricole de Rhénanie, qui pensait jadis que la dodue Leni était, pour lui, le meilleur parti du monde…

— Venez que je vous présente à nos chers hôtes, lui dit le comte, allant parader avec « son » Allemand.

L'officier de la Wehrmacht rencontra Charles-Edmond, le fils cadet d'Avaugour, âgé de vingt-cinq ans, aussi squelettique que son père, mais l'air incapable en plus.

Simon G., fasciste flou, hésita à faire le salut hitlérien. Il était l'homme de confiance du comte. À voir comment ce roturier couvait du regard la belle Rose-Marie, Grimm se dit qu'il avait là un rival bien trop facile à écraser.

Les autres invités, l'Allemand retint à peine leurs noms et leurs fonctions : des belles plantes (toutes notablement plus âgées que Rose-Marie pour ne pas lui faire d'ombre) et des hommes d'affaires. Comme à son habitude, après quelques poignées de main et claquements de talons, Grimm n'écoutait plus. Fasciné par l'ostentation sociale des Parisiens, il n'en possédait pas encore toutes les clefs.

Toutefois, tout le monde se récria de surprise devant son français parfait.

— J'ai beau avoir eu une enfance modeste, dit-il, ma mère a toujours tenu à ce que nous ayons une jeune Française instruite à la maison.

L'assistance approuva. La vieille comtesse Pomeline d'Avaugour frappa même dans ses petites mains :

— Ainsi donc, votre mère est francophile, major Grimm ?

— Pas vraiment, comtesse.

Son visage se rembrunit, provoquant un malaise immédiat et général.

Le majordome sauva l'instant en annonçant le dîner.

À table, le sujet de conversation principal ne tarda pas à être la nécessité urgente d'un « plus grand rapprochement franco-allemand ». Un toast fut même porté en l'honneur des armées de Gaule et de Germanie qui avaient résisté ensemble contre l'envahisseur romain ! Les convives des Avaugour en arrivèrent à se demander ce qui avait jamais pu dresser ces deux pays l'un contre l'autre.

De leur côté, Rose-Marie d'Avaugour et Grimm se dévoraient des yeux.

Surtout elle.

L'Allemand se demanda ce qui poussait cette belle princesse à fondre pour lui. Coup de foudre ? Bravade ? Ou simple dévouement familial pour sauver les usines de papa ?

Lorsqu'il avait entendu son prénom pour la première fois, chez Prunier, il lui avait déclaré :

— Avant d'aller au combat, mademoiselle, nous entonnons des chansons. L'une d'elles dit : *Es ist so schön Soldat zu sein, Rosemarie.* « Il est si beau d'être soldat, Rosemarie. » Si l'un d'entre nous avait pu placer votre doux visage blond derrière ce prénom, il est certain que ce refrain n'aurait plus été un simple chant de troupe, mais l'hymne de toute l'armée !

— C'est la première fois qu'un officier allemand me déclare quelque chose d'aussi gentil et d'aussi neuf, major Grimm, s'était-elle exclamée. Le plus souvent, les compliments qu'on reçoit des Allemands semblent sortis d'une brochure d'apprentissage accéléré du français. Vous devriez mettre à profit votre séjour dans notre pays pour apprendre les meilleures manières de faire la cour aux dames. C'est encore une chose que nos compatriotes ont sur vous. Sûrement, les Allemandes vous en seront très reconnaissantes à votre retour.

— Vous m'apprendrez ?

La jeune femme n'avait pas répondu, mais avait rosi à point nommé.

En langue allemande, Grimm avait un parler gras et populaire, très apprécié de ses hommes, à des lieues de son français « scolairement parfait » qui, ainsi que pour beaucoup de ses compatriotes, lui donnait l'air de s'exprimer comme un livre. Cet écart causa de nombreux malentendus chez les Français de l'Occupation quant à l'apparente « culture » des Allemands : une concordance des temps bien négociée, et un simple Feldgendarme devenait l'héritier de Goethe.

À table, un nouveau verre fut levé en l'honneur de l'entente franco-allemande. Une entente « naturelle » selon tous.

— Vous avez la mémoire courte, finit par dire Grimm. Sans remonter jusqu'à la bataille de Bouvines, prenez seulement mon exemple. Je suis né à proximité d'une ville baptisée Wittlich, à l'est du Luxembourg, sur la rive gauche du Rhin. Aujourd'hui, certains de vos compatriotes vivent mal notre « occupation ». C'est oublier qu'un Allemand comme moi a grandi sous *occupation française*. Une garnison était implantée chez nous, comme dans toute la Rhénanie, pour garantir l'exécution de ce « Diktat de la honte » que vous avez appelé le traité de Versailles. De 1918 à 1930, nous avons vécu sous l'œil de soldats étrangers. Je revois encore le drapeau tricolore qui flottait sur notre place du marché et devant lequel il fallait se découvrir, au risque de se faire battre par vos troupiers ! Je vous laisse imaginer ce que cette occupation a nourri en nous, les plus jeunes.

Il insinua que, alors que l'Allemagne s'enfonçait dans les difficultés économiques et politiques, tout ce temps, la France, elle, vivait ses « Années folles ».

— Il y eut de votre part, chez nous, dit-il, des vols, des viols, des coups qu'on ne pouvait rendre, des récoltes de blé massacrées par les manœuvres de vos soldats. Un jour, se jurait-on, nous allions vous faire payer tout cela. Ma mère, passionnée et intransigeante, nationaliste et militariste, n'avait que le mot de vengeance à la bouche.

Il se tourna vers Pomeline d'Avaugour.

— Si Ada Grimm m'a fait apprendre un français parfait, madame la comtesse, c'était, entre autres mesures, pour me préparer au jour où nous viendrions *chez vous* rendre la monnaie de votre pièce.

Tous les convives se regardèrent, gênés par le tour que prenait la conversation.

— Vous connaissez la légende de notre héros Siegfried ? renchérit l'Allemand. Pour devenir invincible, il dut s'enduire le corps du sang d'un dragon. Eh bien, dans ses rêves, c'est dans du sang français que ma mère espérait me voir plongé !...

Une des convives en laissa échapper sa fourchette.

Grimm reprit, imperturbable :

— J'ai lu sous la plume de certains de vos propagandistes anti-allemands que l'Allemagne aurait été envoûtée, « hypnotisée » par Hitler. En ce qui me concerne, un démon n'était pas nécessaire pour faire de moi un combattant. N'importe quel paillasse eût fait l'affaire, à condition de porter un message de salut !

Il regarda le comte d'Avaugour.

— Aussi, quand vous déclamez vos jolies phrases sur l'importance d'un rapprochement franco-allemand, n'oubliez pas de prendre cela en compte… entre autres.

Il porta son verre de vouvray à ses lèvres devenues sèches.

— En revanche, votre vin est excellent.

— Donc, il n'y avait pas de moyen d'éviter la guerre ? demanda Rose-Marie.

— Si, fit Grimm. Par la force.

Il reposa délicatement son verre de vin blanc.

La conversation changea radicalement et se poursuivit, plus libre et plus enjouée. Il y eut même des éclats de rire.

À l'heure des vieilles liqueurs, alors que Grimm commençait à être ivre, les hommes prirent congé des dames et se retrouvèrent dans la bibliothèque.

Le vieux comte alluma un cigare et évoqua avec Grimm son brevet de prise béton accélérée dont il était très fier. Il espérait pouvoir le faire enregistrer au Patantamt en Allemagne, craignant de le voir annuler par les occupants ou confisquer par le gouvernement de Vichy.

Grimm promit de regarder ce qu'il pouvait faire.

Aussitôt, il lut dans l'œil des autres hommes installés

dans la bibliothèque l'envie de venir, eux aussi, lui demander quelque chose.

— Ma fille m'a dit que vous vous revoyez demain soir ? dit Charles-Maurice.

— En effet. Mais j'ignore de quoi il s'agit.

Charles-Maurice sourit.

— Une surprise ? C'est tout elle, ça ! Vous verrez, major Grimm, vous ne trouverez jamais mieux pour vous accompagner. Paris est le boudoir de ma Rose-Marie.

Là-dessus, arguant de l'heure et de son grand âge, il se retira en saluant ses invités.

Grimm en profita pour jeter un regard sur les rayonnages de livres. Il ne voulut pas donner l'air de s'intéresser plus que de nécessaire aux invités de Avaugour. Il était seulement retenu dans l'appartement par un très vieux cognac de 1806.

« L'année de la bataille d'Iéna[1] ! » pensa-t-il.

Après avoir bien entamé la bouteille, il se leva enfin et déclara brusquement devoir partir.

Ses saluts furent réduits au minimum. Derrière chaque poignée de main, il comprenait : « Je vous appellerai prochainement, major Grimm. »

---

1. Le 14 octobre 1806, Napoléon écrase les armées prussiennes à Iéna. Cette défaite aura des conséquences décisives pour l'histoire allemande. Véritable traumatisme, elle fait naître, au sein de l'élite et des peuples disparates du très ancien Empire germanique, le premier sentiment d'appartenance nationale, transcendant le cadre des nombreux États hérités du passé (à Iéna et à Auerstaedt, Napoléon ne se bat pas contre l'« Allemagne », qui n'existe pas, mais contre le royaume de Prusse et l'Électorat de Saxe). L'établissement d'un État-nation allemand est né de cette résistance outre-Rhin à l'occupation des troupes napoléoniennes. Sans Napoléon, pas d'unité allemande, pas de IIe, ni de IIIe Reich ?

L'un des invités, un homme d'affaires, chevalière de platine, rosette fanée, et qui se flattait d'être interdit de présence dans tout le Commonwealth, essaya maladroitement de mettre sur le tapis le sujet d'un nouveau port pour sous-marins que la Kriegsmarine comptait faire bâtir à Bordeaux.

Ce fut le vieux majordome de la famille qui eut le mot de la fin, en raccompagnant l'Allemand à la porte de l'appartement.

— Aujourd'hui, tout le monde cherche ses repères, plaida-t-il.

— Et vous ? Vous n'avez pas aussi quelque chose à me demander ? râla Grimm, agacé par le comportement des Français.

Le majordome regarda l'officier allemand qui avait du mal à marcher droit.

— Je crois que je vais vous demander de rentrer chez vous, monsieur.

Grimm acquiesça, s'excusant avec un sourire pour son comportement, et monta dans l'ascenseur.

Sur l'avenue :

— Nous retournons à votre hôtel, major ?

— Non.

Grimm ordonna plutôt à son chauffeur de rejoindre une bande d'officiers d'état-major de sa section qu'il savait en vadrouille. Il n'avait aucune envie de finir sa soirée seul dans sa chambre, avec ces visages et ces discours de Français encore en tête. Il retrouva ses amis à la Rôtisserie de la Reine Pédauque, près de la gare Saint-Lazare. Grimm renaquit. Il parlait sa langue, s'esclaffait à ses propres plaisanteries, jouissait sans fausse pudeur de son statut de vainqueur. Au Monte-Cristo, rue Fromentin, il se laissa cajoler sur des coussins profonds et bas par des filles d'émigrés russes aux seins énormes. L'héritière Avaugour avait ses charmes, certes, elle était même très couchable, mais elle tardait à lui céder sur l'essentiel. Les voitures de la bande de noceurs de la Wehrmacht, désormais présidée par Grimm, continuèrent leur tournée dans la capitale, phares éteints à cause du couvre-feu. On fit étape dans un bordel de l'avenue de Suffren : champagne, fines, mais filles nues aux corps décevants. On se rattrapa au célèbre Shéhérazade de la rue de Liège. Grimm saisit, dès son arrivée dans le cabaret, une géante à la chevelure interminable costumée en habits du Moyen Âge.

Ce ne fut qu'entre les bras de cette « Walkyrie » qu'il comprit, comme un éclair, ce qu'avait osé lui dire le vieux majordome du comte d'Avaugour !

« Je crois que je vais vous demander de rentrer chez vous, monsieur. »

Il pensait à l'Allemagne !

Au lieu de s'indigner, Grimm sourit. Il oublia vite cette impertinence. « *Gut gemacht !* » Tout était tellement facile, ces temps-ci. Il vivait en maître dans la plus belle ville du monde, il avait troqué son réduit de Berlin pour une suite à l'hôtel Raphaël avec vue sur l'Étoile, il était passé de la fréquentation des hommes de troupe à celle d'une famille de haut lignage français dont les aînés se transmettaient, depuis seize générations, leur grade dans l'ordre du Saint-Sépulcre.

Comme le disait son ami Peter Böhm : « Les anciens temps merveilleux sont de retour ! »

Soudain, l'un de ses compagnons, couvert jusqu'au menton de la mousse artificielle du Shéhérazade, s'écria :

— Ça suffit. Au Sphinx !

3

Aryen en diable

Le colonel August von Sachs, héritier bavarois d'une immense fortune métallurgique, descendit de sa Mercedes 770, la plus grosse de la marque à l'étoile à trois branches, vers minuit, devant l'entrée du Sphinx, boulevard Edgar-Quinet.

Paul Thénard, le portier de la célèbre maison close, en casquette et frac dignes d'un huissier anglais, se précipita à sa rencontre.

Aryen en diable, von Sachs était l'Allemand le plus généreux de la capitale. Distribuant des pourboires indécents, dilapidant sans compter dans les restaurants et dans les femmes, tarifées ou dominées, les mains toujours pleines de bons de tabac et de charbon, ou d'*Ausweis* pour franchir la Ligne.

Il fut aussitôt pris en charge par les sous-maîtresses et s'assit dans la salle de bal, à sa table attitrée, la plus proche d'une immense statue d'albâtre, le symbole de la maison.

Il était fier comme un enfant d'emporter avec lui une caméra portative dernier cri, une Wollensak K-8mm, saisie sur un espion américain capturé en Norvège.

Il alluma un cigare et commanda du champagne.

— La voix publique parle d'une nouvelle recrue, Fräulein Freda, dit-il après avoir fait un signe à la tôlière.

La patronne du Sphinx protesta :

— Paul Thénard n'a pas su tenir sa langue !

— Il avait des consignes ?

— J'aurais préféré vous faire la surprise…

Von Sachs sortit de son veston une enveloppe qu'il posa en souriant sur la table.

— Je vais tout de suite la faire venir, colonel, dit Freda en la saisissant rapidement.

Elle fit un geste pressé de la main en direction d'Alphonsine. La sous-maîtresse disparut vers le sous-sol, là où se trouvaient les cuisines du Sphinx, la chaufferie, une salle à manger privée et ce que les filles nommaient entre elles le *bahut* : une pièce où elles avaient leurs placards, leurs tables à maquillage et leurs douches.

France, la « nouvelle », y était en train de redessiner le contour noir de ses yeux avec un bâton de khôl. Elle portait l'uniforme réglementaire des filles de l'établissement : une tunique de soie blanche, très pigeonnante, à la grecque, fendue sur le côté et échancrée sous les bras.

Elle était « en piste » depuis huit heures du soir. Sans surprise, plus d'une vingtaine d'Allemands s'étaient déjà précipités à sa rencontre. Mais pas une seule fois elle n'avait daigné *monter*. Elle les avait gardés au plus près du bar, leur faisant dépenser des fortunes en champagne, puis, par on ne sait quel sortilège, elle s'en débarrassait.

Cette conduite faisait les affaires du bar, mais pas celles de sa sous-maîtresse.

— J'ai dit que je restais seule juge de mes clients, rappela France. Jusqu'à présent, vos Allemands ressemblent davantage à des crétins des Alpes qu'à des Aryens ! Et puis, tous ceux que j'ai « chauffés » sont vite montés avec une autre, non ? Ça reste dans la maison…

— Oui ? Eh bien, continue comme ça, et, à la fermeture, tu fais tes valises ! menaça Alphonsine.

Cette dernière apparut dans le bahut après l'arrivée de von Sachs et somma France de se montrer.

À cette heure, plus d'une centaine d'officiers allemands en civil se vautraient au Sphinx, buvant, fumant, chantant, dansant, baladant leurs mains. Dans la salle de bal, une vingtaine de femmes leur étaient constamment offertes. Il y en avait pour tous les goûts : la fille enfant, des blondes, des brunes, des rousses, des fortes, des femmes à spécialités, des naturelles et des fardées, des seins « volcans », « abricots », « fleur de lotus », « boulet de 24 », mais la réapparition de la nouvelle dans la salle, svelte et souple, racée et mystérieuse, excita l'appétit des plus sophistiqués.

Le Sphinx n'avait pas d'orchestre, mais un pick-up et une sonorisation américaine ultramoderne ; quand France reparut, un air langoureux de jazz enveloppait les Allemands, trop occupés à boire et à flirter pour protester contre cette musique « dégénérée ». Ce fut dans les spots violets et les volutes de son cigare que France découvrit pour la première fois August von Sachs, assis sous la haute statue blanche.

Un véritable ange blond.

Une beauté subnordique parfaite, portant à merveille son costume de soie bleue et sa cravate Charvet.

— Est-il riche ? demanda-t-elle.

— À millions, lui répondit Alphonsine.

France haussa les épaules.

— Il fallait commencer par ça !

Si elle cherchait à se faire remarquer, ce fut en tout point réussi : elle se pencha à l'oreille de von Sachs, lui susurra quelques mots, sans faire mine de vouloir s'asseoir. Personne ne sut ce qu'ils s'étaient dit, mais le colonel et elle montèrent immédiatement dans une chambre du deuxième étage.

Un vrai rapt !

Qui n'échappa ni aux filles ni aux autres officiers précédemment éconduits.

— C'est une maligne !... murmura Alphonsine.

À l'entrée du Sphinx, Paul Thénard fut lui aussi prévenu que France était enfin avec son premier client.

— Ce n'est pas trop tôt !

Il consulta sa montre. Il avait pour habitude de toujours intervenir auprès des nouvelles filles de la maison, juste après leur première passe. Plus elles étaient jeunes et inexpérimentées et plus il jouait au consolateur, au grand frère, couvrant les malheureuses de petits trésors du marché noir, entrant dans leur vie, avant de les mettre dans son lit. Puis, si tout allait bien, il devenait leur protecteur, enfin leur maquereau ; quand il n'écartait pas *volens nolens* celui que les filles pouvaient avoir.

N'y avait-il pas une vie après le Sphinx ?

Cependant, cette nuit, avec la nouvelle, rien ne se passa comme prévu.

Après une heure, France ressortit de la chambre où elle s'était enfermée avec August von Sachs, radieuse et récompensée d'une montre en or d'au moins trente mille francs.

Le « bahut » en fit des gorges chaudes. Et quand Paul Thénard vint pour interpréter son petit numéro de séduction, il fut très mal reçu.

— Ne te fatigue pas, lança France, les autres m'ont prévenue. Je n'ai besoin ni de toi ni de personne.

Puis elle l'ignora, au grand plaisir de toutes.

Thénard essaya de tourner la chose à la plaisanterie, mais masqua mal son dépit. Personne ne lui avait encore jamais parlé sur ce ton. Il regarda avidement la belle Breguet « Empire » en or de von Sachs.

France avait aussi pris la caméra portative américaine de l'Allemand et essayait d'en comprendre le mécanisme.

— Sachs m'aurait donné ses chaussettes si je les lui avais demandées ! Boche ou pas, ça reste bien des hommes !...

À 2 h 15, l'équipée menée par Friedrich Grimm arriva devant le Sphinx, sur le trottoir du boulevard Edgar-Quinet, ce qui dérida un peu le portier Thénard, toujours vexé après l'affront du bahut.

— Bonjour, major Grimm, lui dit-il. Il y a longtemps qu'on ne vous a vu.

— Cinq jours. Je chasse sur les terres d'une putain armoriée. Une vieille famille de sang bleu breton.

Thénard hocha la tête.

— Nos aristocrates ont perdu leur fumet d'avant la Révolution. Ce ne sont plus que des bourgeoises à particule. Nous en avons connu beaucoup ici, avant la guerre. Neuf fois sur dix, leur place était plutôt de l'autre côté du boulevard.

Il faisait allusion au Monocle, un bar à lesbiennes situé en face du Sphinx.

La troupe d'Allemands éclata de rire.

Thénard connaissait toutes les ficelles de son métier, il savait que son art était le même que celui de ceux qui font la manche : « Si tu veux qu'ils te donnent une pièce, inspire de la pitié aux pauvres, et fais marrer les riches ! » Ça marchait à tous les coups.

À ce jeu, il soignait particulièrement le jeune Friedrich Grimm. Comme Freda et les filles du Sphinx, il savait que ce héros de guerre, blessé en Belgique, travaillait depuis plusieurs mois au service économique allemand, avenue Kléber. La poule aux œufs d'or. Les portes de saint Pierre du marché noir. Le Graal des centrales d'achat. L'Eldorado des chaînes de production.

Antisémite par sa mère, pro-allemand depuis qu'il avait vu les premières actualités Gaumont sur les défilés nazis en 1935, Paul Thénard ne se cachait pas d'être un ultra de la collaboration. Seul homme à vivre dans l'immeuble avec les pensionnaires du Sphinx, il était le « mâle à tout faire » de la maison : recruteur, placier, approvisionneur au marché noir, garde-chiourme, suborneur des autorités, prince de la combine. Mais surtout, il revêtait chaque soir sa casquette de portier, accueillant les officiers d'occupation avec une soumission confondante. Il n'aurait échangé cette position contre rien au monde. Grâce à ce poste, il s'était fait connaître de tous les généraux qui fréquentaient les bordels parisiens et en profita pour se constituer, sur un petit carnet, une liste de noms, d'adresses et de contacts dans la Wehrmacht qu'eurent enviée bien des ministres français coincés à Vichy.

Grimm entra au Sphinx, après avoir donné cent francs de billets au portier. Ce dernier, ravi, se sentit bien payé de sa blague sur le Monocle.

En habitué des lieux, Grimm fit une apparition tonitruante dans la salle de bal et réclama aussitôt le *choix*. Branle-bas au bar, au bahut et dans les étages : toutes les filles disponibles devaient être présentées en ligne pour ses compagnons et lui. France se vit appelée comme les autres. Mais, à peine arrivée dans la salle, apercevant de loin Friedrich Grimm, après un silence, elle haussa les épaules et lâcha :

— On dirait un moricaud !

Grimm était un Allemand du Sud. Ses origines italiennes l'avaient affigé d'une peau mate, de cheveux et d'yeux noirs. S'il avait du charme et de l'énergie, il n'entrait pas dans les canons auto-proclamés aryens.

— C'est un commandant, plaida Alphonsine. Un véritable héros de guerre.

— Eh bien, qu'il retourne au front.

— Il a la main administrative sur des millions et des millions.

— Pour d'autres !

France voulut redescendre au bahut, mais une voix puissante s'éleva :

— Eh là !

C'était Grimm.

Il l'avait vue et approchait déjà à grands pas.

— Une nouvelle ? Eh bien ?... On ne m'annonce rien, Fräulein Alphonsine ? Allons, il ne faut pas faire la timide, mademoiselle. Il n'est pas encore trop tard pour faire connaissance. Puis-je commencer par vous offrir un verre ?

France le regarda étrangement.

— Une bouteille de champagne, répondit-elle.

— Nous n'allons jamais la boire à cette heure.

— C'est égal. Du moment que vous réglez la note.

Grimm sourit.

— Vous savez, lui dit-il en l'entraînant vers le bar, ici, chaque fois qu'un Allemand paye quelque chose, c'est la France qui régale. Quatre cents millions d'indemnités par jour, il faut bien les dépenser !

— En ce cas, ce sont deux millésimés que vous m'offrirez.

Il sourit à nouveau.

— Soit. Alors vous me remercierez en lieu et place du gouvernement du Maréchal.

France lui fit déboucher non pas deux, mais quatre bouteilles de pommery grand cru.

Cependant, Grimm se sentit rapidement décontenancé à côté d'elle. Il n'avait pas l'habitude de faire la conversation ou de prendre autant de gants avec une prostituée. France était l'opposée des « pouffiasses » de Berlin et de sa banlieue qu'il avait connues avant la guerre. Non seulement elle était beaucoup plus belle, et d'une beauté qui devenait intimidante, mais aussi plus racée, et plus posée, au point qu'on doutait toujours de pouvoir retenir son attention.

Elle semblait constamment prête à vous glisser entre les doigts.

Si France soûlait méthodiquement ses clients, elle-même, grâce à un système de plateau à double fond percé de trous et de verres dits de Pythagore, évitait de boire la moindre goutte d'alcool. Alors que les autres filles ressentaient le besoin de s'enivrer pour pouvoir sortir leur grand jeu face aux Allemands, France feignait l'ivresse, mais restait parfaitement sobre et maîtresse d'elle-même.

— Je bois à tout ce que vous aimez, major, disait-elle simplement.

— Votre nom ?

— France.
— C'est plus beau qu'un nom, ça. C'est un titre !
Quand il fut complètement gris, France l'observa avec un demi-sourire, puis porta une vraie coupe à ses lèvres. Pour la première fois, elle ne s'en débarrassa pas et la but jusqu'à la dernière goutte. Enfin, elle se leva et regarda autour d'elle, parmi les autres Allemands du Sphinx.
Grimm descendit de son tabouret du bar, titubant mais sûr de lui : « On monte ? »
— Désolée, major Grimm, lui dit-elle, mais je suis attendue par quelqu'un.
Puis elle le planta là.
Elle s'éloigna, comme s'il n'avait jamais existé.
Elle monta enfin, cinq minutes plus tard, avec un grand blond, général de la Marine.
D'autres filles se précipitèrent sur Grimm qui, dans les vapeurs de champagne, ne comprenait plus ce qui lui arrivait.
C'est seulement avant la fermeture du Sphinx que France redescendit au bahut. Elle était seule.
Témoin de cette retraite discrète, Thénard décida d'aller lui reparler, cette fois sans auditoire.
Il descendit vite, mais ne retrouva personne.
Le bahut était désert.
Il chercha, puis, interloqué, passant près des cabines de douche des filles, il s'arrêta devant une porte close.
Il posa l'oreille et entendit clairement… sangloter.
Il sourit.
Jusque-là, il avait été évident que cette nouvelle fille n'était pas comme les autres.
Sa forte personnalité impressionnait.
Et derrière sa beauté ensorcelante, rien ne semblait

pouvoir l'atteindre. On avait le sentiment qu'elle faisait ce métier depuis toujours.

Thénard l'écouta pleurer.

« Tu parles ! pensa-t-il. Je m'en étais bien douté. Elle est pareille aux autres… Que de la gueule !... Ça prendra un peu de temps, mais je n'en ferai qu'une bouchée. »

Et il s'éclipsa, sans faire de bruit.

4

Les Allemands, ça va, ça vient

Les Allemands étaient partout à Paris.

Propres, racés, bien nourris.

Impossible de les manquer.

Fort aimables, le plus souvent, à la surprise de beaucoup.

Cette obligeance, toute relative, cachait l'entreprise mûrement réfléchie de pillage du pays par les forces du IIIe Reich. « Dépouiller les Français, mais sans les cabrer », telle était la consigne, en ces premiers mois d'occupation.

Les pénuries rythmaient déjà le quotidien des Parisiens, surtout à l'arrivée de l'hiver. Les files d'attente devant les magasins d'alimentation s'allongeaient à mesure que les jours raccourcissaient.

En cette semaine du 21 novembre 1940, bien que Hitler ait perdu la bataille d'Angleterre le mois précédent, renonçant de facto à envahir le Royaume-Uni, on apprenait que les bombardements allemands n'avaient jamais été aussi intensifs outre-Manche. La ville de Coventry était-elle vraiment rayée de la carte ?

Cependant, Londres tenait bon.

Londres ne rompait pas.

En France, les uns se réjouissaient de la bravoure britannique (en dépit de Mers el-Kébir), d'autres y voyaient une humiliation supplémentaire pour leur pays. Comment une île, sans ressources, sans armes et sans alliés, arrivait-elle à tenir tête, depuis cinq mois, à la plus puissante concentration armée du monde, alors que la France s'était rendue en seulement six semaines ?

Le « moral », répondaient certains.

La « fierté », disaient d'autres.

C'était donc ça ? La France avait *aussi* perdu la guerre parce qu'elle n'avait pas été assez fière ?...

Au Sphinx, rien n'avait vraiment changé depuis l'armistice, hormis les tarifs qui avaient doublé. On pouvait vivre au Sphinx et ne rien sentir des effets de l'occupation du pays. L'état-major allemand interdisait à ses officiers d'apparaître dans les bordels en uniforme, aussi même les épaulettes et les bottes de cuir, partout omniprésentes, avaient-elles disparu du 31, boulevard Edgar-Quinet. Enfin les pénuries n'y avaient pas cours. Au contraire : le foie gras, le champagne, les cigarettes anglaises et les grands bordeaux n'avaient jamais été aussi abondants.

Comme pensionnaires permanentes au Sphinx, il y avait Claudie, Georgette, Nadia, Fabienne, Lina, Marcelle, Pierrette, Zouzou, Sonia, Lison, Dina, Mado, Diane, la grande Andrée, la petite Andrée, Édith, Blanche, Joséphine, et d'autres encore, toutes logées dans le dortoir du sixième étage de l'établissement.

France s'y était choisi le lit le plus à l'écart.

Elle n'ouvrit jamais sa valise fermée à double tour en présence des autres filles. Celles-ci comprirent qu'elles avaient affaire à une farouche et une terrible rivale.

Le lendemain de sa première nuit dans la maison, tout auréolée de son « butin » inattendu arraché à August von Sachs, France suivit Alphonsine venue la chercher au dortoir, vers midi.

Les deux femmes enfourchèrent des bicyclettes et partirent vers le nord de Paris.

— Où m'emmenez-vous ?

— Pigalle. Rue Victor-Massé.

Une couturière y fabriquait depuis des années l'uniforme gréco-érotique sur mesure des filles du Sphinx.

— Il te faut le tien, à présent.

Alphonsine souhaitait aussi lui emprunter une robe de gala.

— Freda veut te lancer, dit-elle. On fait ce soir ta « présentation ». Cet après-midi, on ira aussi t'encarter à la Préfecture.

France sourit. Sa période d'essai au Sphinx n'avait pas fait long feu !

Les deux femmes descendirent la rue de Rennes et le boulevard Raspail jusqu'à la Seine.

Les grands axes étaient quasi déserts. Sur la chaussée apparaissaient parfois de gros essaims d'Allemands : soit des troupes de soldats en permission, soit des touristes amenés par cars entiers de Berlin, armés d'appareils photo. Les Français les observaient, le visage maigre et fatigué. Pour un peu, ils s'excuseraient d'apparaître sur leurs images. Les uns avaient envie de faire un massacre, les autres, de courir se cacher.

Le faux plat de la rue du Bac eut raison de l'endurance d'Alphonsine. Ce fut à pied que les deux femmes franchirent le Pont-Royal, où un petit groupe de soldats se filmaient en riant, ravis de glisser leurs profils dans la perspective de Notre-Dame.

Au passage de France, leur joie fut décuplée. Ils lui sourirent, l'approchèrent, lui baragouinèrent des compliments sur sa beauté, et Alphonsine dut prendre son air de dogue pour l'arracher à leur ardeur.

À la sortie du pont, elles aperçurent une croix de Lorraine tracée à la craie sur le macadam. La sous-maîtresse s'arrêta, fit un lent mouvement de dénégation de la tête, puis roula avec dédain sur l'emblème de la France libre.

— Je ne comprends pas, vous n'avez pourtant pas l'air d'aimer beaucoup les Allemands, madame Alphonsine ?

Alphonsine haussa les épaules.

— Tu as vu comme je suis faite ? À ton âge, tout est permis. Au mien, on ferme sa gueule et on espère.

— Vous espérez quoi ?

Alphonsine s'arrêta. Elle regarda le Louvre, la Seine et ses quelques pêcheurs à la ligne, elle écouta Paris, qui avait aujourd'hui les mêmes longues plages de silence que les villes de province.

— J'ai un môme dans l'armée, dit-elle en reprenant sa marche.

— Vous avec un fils soldat ?

— Oui. Il est quelque part derrière les barbelés en Poméranie… Alors, pour moi, les Allemands, il n'est pas question de les aimer ou de ne pas les aimer. S'il faut les cajoler pour qu'ils me refilent un certificat de libération, j'irai ! J'aimerais seulement que De Gaulle la mette un peu en veilleuse. Il nous énerve les Allemands pour rien et nous fait perdre du temps.

Elle avait encore à l'esprit une déclaration lue hier dans *La Gerbe* : « Les gaullistes d'aujourd'hui veulent-ils la mort lente ou violente de nos millions de prisonniers ? Veulent-ils qu'après une tentative de soulèvement la France devienne une province de l'Empire allemand ? »

C'était un cardinal qui posait la question.

Alphonsine remonta sur sa bicyclette.

— On a le vieux Pétain pour qu'il nous rende nos fils. Moi, tant que mon rejeton ne me sera pas remis, je serai la dernière à chercher des noises à nos nouveaux maîtres.

Après le Louvre, les femmes prirent la rue des Pyramides et l'avenue de l'Opéra.

— Alors, Mme Freda avait raison quand elle disait que vous aviez tout connu du métier ? demanda France. Même les turnes de Buenos Aires ?

À la Chaussée-d'Antin, Alphonsine, en nage, posa à nouveau le pied par terre.

— Ma vie, c'est particulier, dit-elle. Moi, je suis née avec la vocation. Dé à toute petite, il n'y avait que les hommes qui m'intéressaient. Alors, quand j'ai compris que je pouvais reluire et, en même temps, manger à ma faim, j'ai tout de suite su que la vie serait belle ! En plus, je suis une sentimentale. Je fonds pour tous les spécimens. Y compris les petits crevés, les moches, les mal bâtis, les vicieux, les tordus, les irrécupérables. Avec des dispositions pareilles, crois-moi, j'ai jamais été en chômage. Mais à vingt ans, j'ai eu l'envie de voir du pays…

Elles remontaient la rue Lafayette. Elles passèrent devant le siège du MOI, l'organisation syndicale de la Main-d'œuvre immigrée.

— J'étais à ce moment-là en maison aux Belles Japonaises, rue de Tracy. Les expatriés de passage à Paris y venaient souvent. À les entendre roucouler sur les colonies, j'ai voulu aller y voir. L'objectif, c'était Saigon. Mais mon mac de l'époque, un veuf très bien, à particule et qui ne manquait de rien, m'a incitée à courir la cordillère des Andes, là où les Français tenaient le haut du pavé. On a pris des tickets sur le Le Havre-Buenos Aires, et c'était parti ! À peine installée dans le quartier de Belgramo, je suis devenue la plus jolie *Franchucha* de Buenos Aires. Toutes les jalouses voulaient m'arracher les sourcils. Mon homme m'avait pris une maison pour moi toute seule, je roulais en Packard, et tout et tout. Une vraie rupine ! Ah, Buenos Aires, tu verrais !... On dit de Paris qu'elle est la Ville lumière, mon œil ! Là-bas, ce sont des toqués de l'ampoule électrique, ils en tressent des guirlandes à tous les coins de rue. Et l'Argentin, ma petite, c'est un homme ! Le regard fier et le bras galant. Rien à voir avec le petit Français qui empoisonne la vinasse. Je les ai tous connus, et ils m'ont tout montré : Rosario, Santa Fe, le Rio de la Plata, la Pampa, la Cordillère, et puis Mendoza, à la frontière du Chili !

À mesure que lui revenaient ses souvenirs, Alphonsine ne voyait plus le bitume parisien.

— Mendoza, c'est là que j'ai découvert mon *gaucho*. Il n'avait pas un *peso*, le bougre, mais c'était le plus beau prototype de bonhomme qui soit. Je suis restée perchée un mois avec lui, dans sa *casa*, à je ne sais combien de mètres d'altitude. Seulement, il devait aller transhumer ses bêtes vers les plaines de La Payunia. Il m'a demandé de l'attendre jusqu'à la saison suivante. J'ai dit oui, mais, cinq jours après son départ, j'ai compris que j'étais grosse. De qui ? Seul le petit Jésus le sait. La fin de l'histoire, c'est que je ne pouvais plus rester à flanc de Cordillère avec un petit à venir. Je suis retournée à Buenos Aires. Puis à Paris. Tant pis pour le *gaucho*. J'espère qu'il est rentré de sa transhumance et qu'il pleure encore sur sa *Franchucha* envolée... De belles grosses larmes, à la Pierre Loti. Quand on en tient une comme moi, on ne la lâche pas pour aller faire becqueter des moutons !

Mais soudain le visage d'Alphonsine se rembrunit.

— Enfin, c'est loin tout ça...

Les deux femmes arrivèrent au pied de la rue des Martyrs.

— Tout ce que je sais, c'est qu'aujourd'hui mon petit est chez les Frisés.

*

*   *

La boutique de la couturière du Sphinx se situait à l'angle des rues Victor-Massé et Henri-Monnier.

Deux jeunes soldats du Reich y terminaient leurs achats.

— Tu as vu comme ils sont beaux, s'exclama la couturière à Alphonsine quand ils furent partis. Et il y en a partout ! Tu te rends compte : Paris redevient jeune !

Alphonsine lui expliqua qu'elle avait besoin d'une nouvelle tenue de maison pour France et d'une robe de gala pour le soir même.

Aussitôt, la couturière changea d'expression. Plaintive, elle argua qu'elle n'avait plus rien en magasin, qu'elle était « dévalisée » par ces Allemands qui vidaient Paris de ses vêtements et de ses accessoires féminins.

— C'est une deuxième invasion ! gémit-elle. Une véritable rafle sur les petites culottes. Avec le taux de change favorable, même l'homme de troupe peut s'accorder des folies à Paris. J'en suis à devoir faire grimper mes prix pour ne pas épuiser mon stock. Et j'ai six tailleurs à terminer pour demain !

Clairement, la demande d'Alphonsine tombait au pire moment.

D'abord, Alphonsine ne répondit rien. Depuis quelques mois déjà, elle trouvait que les artisans et les petits commerçants de Paris ne savaient plus se tenir. Ces nouveaux tyrans du tiroir-caisse, enrichis par l'inflation des pénuries, devenaient insupportables…

Une autre forme de revanche : le vendeur sur la clientèle.

— Tu sais, dit enfin Alphonsine, les Allemands, ça va, ça vient… Par contre le Sphinx – à qui tu dois quand même d'avoir croûté pendant des années alors que tu n'étais qu'une petite main obscure dans une maison sans nom –, lui, il sera toujours là. Un peu comme Notre-Dame ou les Buttes-Chaumont. On a sucé les Britanniques quand ils étaient à Paris, aujourd'hui on suce les Allemands, demain on sucera les Amerlos ou les Russes, si le besoin s'en faisait sentir. Alors, si j'étais toi, j'éviterais de faire l'ingrate. Ou pire : la vaniteuse.

Alphonsine inspecta les portants de robes de haute couture.

— Et puis, des Allemands, on en connaît de plus haut gradés que toi, reprit-elle. Tu sais quoi ? En venant ici, France et moi, on n'a vu que des volets clos aux appartements, des écoles primaires changées en casernes et des boutiques derrière leurs rideaux de fer. Faudrait pas qu'un coup comme ça t'arrive !...

La couturière blêmit.

France souriait.

Alphonsine choisit une robe magnifique dans la collection du magasin. Un original haute couture de Schiaparelli, bleu ciel et argent.

— Je ne te demande pas où tu l'as trouvée, dit-elle à la couturière. Va m'essayer ça, France. Après une ou deux retouches, elle sera parfaite.

La jeune femme entra dans une cabine d'essayage.

C'était la première fois qu'elle posait les mains sur un vêtement de millionnaire. Elle s'y glissa délicatement. Dans le miroir apparut une sublime silhouette d'écuyère dans une robe de princesse.

D'un coup sec, elle rouvrit le rideau de la cabine.

5

« *La femme est naturelle. C'est-à-dire* abominable »

… et sortit. Toutes les personnes qui attendaient sur le trottoir du boulevard de l'Opéra tournèrent les yeux dans sa direction.

C'était soir de première au palais Garnier. France quittait la Delage cinq portes grise qui servait aux grandes occasions du Sphinx. Thénard était au volant. Alphonsine l'accompagnait, enveloppée dans un manteau d'astrakan. La crème de l'état-major allemand et du Tout-Paris était de sortie et guettait les arrivées sous les grilles de la façade principale de l'Opéra.

France se redressa, vérifia les plis de sa belle robe, mouilla ses lèvres et entra dans la nasse.

Sur l'avenue de l'Opéra, la voiture de maître des Avaugour apparut devant le palais, au milieu d'autres berlines arborant de petits drapeaux nazis sur leurs ailes avant.

Friedrich Grimm en sortit avec Rose-Marie.

Elle resplendissait dans sa plus belle toilette.

C'était la surprise qu'elle lui avait annoncée la veille : leur première apparition dans le grand monde.

Une authentique légitimation publique du couple franco-allemand.

De surcroît, en pénétrant dans le grand vestibule de l'Opéra, Grimm put se dire : « Enfin ! » Voilà un décor comme il les aimait. Chez les Avaugour, avenue de Malakoff, tout le mobilier était Arts-Déco. Grimm était de ces Allemands qui attendaient de la France qu'elle leur montre partout ce que les livres d'histoire leur avaient enseigné sur les bancs de l'école, en particulier son faste royal. Sans pouvoir nommer ni dater précisément ces exemples de décoration, Grimm était friand de marqueterie du XVIIe siècle, de parquets Versailles, de tapisseries Aubusson et de bergères Marie-Antoinette. Nulle part son uniforme de la Wehrmacht ne lui semblait plus éclatant qu'au milieu d'un salon Grand Siècle. Il s'était attendu à humer ce parfum fané de la France historique chez les Avaugour, mais les Arts-Déco omniprésents avaient rabaissé cette grande famille au rang de vulgaires banquiers de Berlin, de New York ou d'ailleurs. Heureusement, à l'opéra de Paris, tous ces lustres, ces colonnades, ces marbres, ces feuilles d'or, cette débauche de styles anciens entremêlés, où l'on ne savait plus si l'on était sous Napoléon III ou sous Louis XIV, l'enchantaient. Grimm croyait toucher là au summum du goût.

Rose-Marie retrouva deux héritières de son âge, aussi riches et belles qu'elle. Elles se congratulèrent sur leurs robes et leurs bijoux.

Quand la sonnerie de début du spectacle retentit, Grimm et deux autres officiers vinrent prendre leur bras et chacun gravit le grand escalier d'apparat de l'Opéra en emportant son petit bout de Paris avec lui.

France et Alphonsine quittaient le grand foyer pour

rejoindre leur loge. Ce fut en haut des marches que la putain et l'aristocrate s'aperçurent.

La première détourna le regard, alors que la seconde se figea.

Elles portaient la même robe.

L'une avait au poignet la montre en or de von Sachs, l'autre, les boutons d'oreilles offerts par Grimm.

L'une était blonde et l'autre avait les cheveux noirs.

Hors ça, on eût dit des répliques.

La ressemblance des toilettes attira des regards moqueurs. France était plus grande et avait plus de seins : Rose-Marie savait que sa robe était mieux portée.

Elle entraîna rapidement Grimm. Ce dernier avait soudain reconnu, non pas la robe, mais la fille de la veille qui l'avait abandonné au bar du Sphinx.

Rose-Marie les installa dans la loge habituelle des Avaugour, située au premier balcon. Devant eux, tout le parterre était aux trois quarts occupé par des uniformes allemands, gris ou bleus selon l'arme de la Wehrmacht, noirs pour la SS. La jeune vicomtesse d'Avaugour s'efforça de surmonter l'affront de la robe en composant son meilleur visage, mais elle se rembrunit quand la fille en question vint, spectaculairement, s'installer dans une loge en face de la sienne.

Grimm était trop Rhénan de Wittlich pour s'intéresser de près au drame intérieur qu'éprouvait Rose-Marie. Comment s'imaginer qu'à Paris on puisse mourir d'humiliation ? Un ami allemand de la loge voisine, grand noceur lui aussi, se pencha vers Grimm.

— La petite en face, dit-il en allemand et à voix basse, August von Sachs en a parlé toute la journée au Ritz ! Il est monté avec elle hier au Sphinx et lui a offert sa Breguet. Il prétend qu'il n'a jamais connu un morceau de fesse pareil !... Je l'avais repérée, moi aussi, avant l'arrivée de Sachs au bordel. Si tu la voyais de près, mon bon Friedrich, comme son visage est beau ! J'ai essayé de la convaincre de monter avec moi, mais elle ne m'a fait que trinquer au bar. Et au final, elle m'a congédié en me disant, comme une fleur : « Désolée, Herr Ferchau, mais je suis attendue par quelqu'un. »

Il éclata de rire.

— Le toupet !

Grimm sourit, sans avouer qu'il avait subi le même traitement.

Ferchau expliqua que la loge en face était connue à l'Opéra pour être réservée par des grandes maisons closes de Paris, et qu'elle servait à la « présentation » des nouvelles recrues.

Il fit un signe du front en direction de Rose-Marie.

— D'où sa tête. Avec cette histoire de robes, on ne dira jamais de la putain qu'elle ressemble à la vicomtesse, mais que la vicomtesse… Ces Parisiens sont irrésistibles !

Il éclata de rire, puis montra les sièges d'orchestre où beaucoup d'hommes, comme eux, lorgnaient du côté de la loge de France.

— En tout cas, ce qui est sûr, c'est que, ce soir, il va y avoir du monde au Sphinx !

Dans leur loge, Alphonsine désignait pour France les grands personnages français qui occupaient le parterre : les généraux, les ministres, les académiciens, les vedettes, les aristos, les millionnaires, les journalistes, les mondaines et les demi-mondaines.

— Des clients d'avant-guerre.

Elle hocha la tête.

— Regardez-les. L'ont-ils crue gratuite, la liberté, ces cochons-là, avant de se retrouver sous la botte de Hitler ! Vise un peu leurs tronches. À quelque chose près, on s'imaginerait qu'ils l'ont gagnée, la guerre !

Le rideau de Garnier se leva sur une nouvelle adaptation lyrique du mythe de Médée.

Très vite, France oublia son rôle de représentation et se laissa gagner par le récit de l'opéra. Tout sembla la fasciner. Cette femme, Médée, qui avait tout sacrifié à un homme avant de se voir rejetée, comme un simple accessoire. Sa haine de ce Jason qu'elle adorait un instant plus tôt. Sa folie. Sa vengeance enfin. Monstrueuse.

Quand Médée tua sur scène ses propres enfants qu'elle avait eus de Jason, France semblait comme aspirée par le vide de la scène.

— Eh bien, ça te fait impression, la musique ! s'exclama Alphonsine.

— C'est la première fois que j'assiste…

— Tu verrais ta tête ! Une momie. Ressaisis-toi !

De son côté, Grimm avait passé une partie du spectacle à lorgner la fille du Sphinx. Il s'était servi des jumelles de Rose-Marie pour suivre discrètement les lumières rouges et bleues de la scène qui se reflétaient sur la gorge de France. Aux entractes, il avait essayé de la voir, mais en vain. Elle était restée dans sa loge, à écouter les compliments d'officiers allemands.

Lorsque le rideau tomba sur le dernier acte, il se hâta de rejoindre le grand vestibule, toujours dans l'espoir d'approcher la prostituée.

— Vous avez aimé ? lui demanda Rose-Marie à propos de *Médée*. Notre Baudelaire ne s'y est pas trompé : « La femme a faim et elle veut manger. Soif, et elle veut boire. Elle est en rut et elle veut être foutue. La femme est naturelle, c'est-à-dire *abominable.* » J'ajouterai qu'elle peut s'effrayer d'un rien, mais que si on touche à son droit ou à son lit, elle sait aller plus loin que n'importe quel homme. Major Grimm, notre sexe n'a rien fait de plus monstrueux que la femme grecque hier… et la femme française aujourd'hui !

Elle lâcha ce trait d'un air résolument provocateur.

Grimm ne releva pas. Cependant il ne put revoir France dans la cohue.

De toute façon, se dit-il, Rose-Marie ne l'aurait jamais laissé l'approcher.

Il emmena la vicomtesse dîner chez Maxim's.

Là, ils s'isolèrent dans un salon particulier et le repas se passa avec tout le génie qu'une Parisienne sait apporter à une conversation où personne ne lui fait d'ombre. Elle raconta qu'elle avait souhaité devenir une grande tragédienne. Elle s'était présentée avant la guerre au cours d'Escande, mais le sociétaire de la Comédie-Française n'avait pas tardé à lui déclarer qu'elle se trompait de voie, confondant, comme presque toutes les filles de son âge et de son rang, son besoin de paraître avec le goût réel du théâtre. Elle décida alors que la vie parisienne serait une scène assez vaste pour qu'elle y brille de tous ses feux.

Grimm se dit qu'il était sans doute le premier acte de la pièce mémorable que voulait désormais se jouer la vicomtesse d'Avaugour.

« Tant mieux, après tout. »

Au dessert, il se montra plus entreprenant. Il rapprocha sa chaise et commença à lui caresser l'épaule.

Il posa la main sur ses cuisses.

— Major Grimm… Vous êtes bien pressé.

Elle fit le geste de vouloir repousser sa main.

— J'ai une communication téléphonique importante à effectuer demain, avec l'Allemagne, lui dit-il à l'oreille. Le Patentamt.

— Qu'est-ce que c'est ?

— L'office des brevets de Berlin.

Le visage de Rose-Marie s'illumina. Un moment silencieuse, elle ne fit plus aucune pression sur sa main.

— C'est mon père qui sera soulagé, dit-elle enfin. Vous viendrez le lui dire ?

— Non.

Il la renversa complètement en écartant ses cuisses.

— Vous lui annoncerez vous-même la bonne nouvelle.

*

* *

Deux heures plus tard, il était au Sphinx.

Il y retrouva un certain Walter Odewald, SS trentenaire qui dirigeait la Kripo, section de la Gestapo chargée des affaires criminelles. Comme d'habitude, Odewald entraîna la conversation sur ses dernières enquêtes policières, mais Grimm ne l'écoutait que d'une oreille ; il attendait plutôt le retour dans la salle de bal de la fille de l'opéra.

Il savait que, après le palais Garnier, ayant revêtu la tunique des filles de la maison, elle était montée avec le général de division et commandant de Paris,

Ernst von Schaumburg, puis avec le richissime comte Willibald von Hofmannsthal, pièce maîtresse du dispositif diplomatique du Reich. À cette occasion, elle l'avait ouvertement préféré à August von Sachs, en dépit de ses largesses de la veille…

Elle reparut vers une heure. Sublime, comme une vedette des planches ou du cinéma, et attirant tous les regards. Grimm ressentit aussitôt, comme la veille au bar où elle l'avait abandonné, à quel point cette femme déroutait, combien sa beauté et son assurance impressionnaient même les hommes les plus « mâles ». À ses yeux, il ne faisait aucun doute que la beauté « donnait de la noblesse ». Même à une putain. C'était la vraie royauté des êtres. « Certains naissent coiffés ou fils de roi. D'autres naissent beaux ! » Pour Grimm, la véritable princesse de sang, ce n'était plus Rose-Marie d'Avaugour, mais France du Sphinx.

Elle ne fit qu'une rapide apparition.

Odewald surprit le penchant appuyé de Grimm pour la nouvelle pensionnaire, et lui murmura, goguenard :

— Tu sais, on a déjà compris avec cette fille. Si tu n'es pas millionnaire, ou très haut placé, tu risques de te ruiner pour rien. Freda l'a annoncé : cette fille n'est pas pour tout le monde.

Au bar, lors de son bref passage, à force d'insister, August von Sachs réussit à avoir France pour lui.

Ils montèrent vers les étages.

Grimm alla retrouver Paul Thénard sur le boulevard.

— Il y a moyen de *voir* ?

— Voir ? Ici, c'est interdit, major…

Thénard lui expliqua que le Sphinx devait sa bonne réputation, depuis 1932, à une formule simple : « Ne rien voir, ne rien entendre, ne rien laisser dire. »

— Ici, la règle, c'est qu'on bouffe bien, on picole bien, on reluit bien, mais sans jamais prendre le client en traître. Il n'y a pas de galeries secrètes, ni de placards pour voyeurs, ni de glaces sans tain de chez Coppo-Paris, et encore moins de micros espions comme dans les autres maisons. On laisse la mauvaise réputation à la concurrence.

Grimm sortit de gros billets de banque.

Thénard dit alors, en les empochant :

— Mais ça, c'était avant que j'entre dans la maison ! Venez avec moi.

Il emmena Grimm au deuxième étage, dans le couloir des chambres réservées aux filles de la brigade d'Alphonsine.

Ils entrèrent dans un cagibi où étaient entreposés le linge et les ustensiles de ménage, éclairé par une ampoule au bout d'un fil. En déplaçant une pile de draps, Thénard libéra un œillet pratiqué dans le mur qui permettait, en actionnant un petit clapet, de voir dans une alcôve voisine.

Il appliqua son œil contre la paroi et retrouva France et son grand blond germain. Elle était déjà seins nus. Elle avait ce même air tranquille et affirmé qu'elle affichait déjà dans le bureau de Mme Freda.

— Ils sont bien là, chuchota-t-il. À vous, major.

La chambre était décorée dans le pur style égyptien de la maison. Du blanc et de l'or, et un immense lit à baldaquin avec des colonnes pseudo-Karnak.

Grimm observa France.

August von Sachs était assis sur le bord du lit. La jeune femme alluma trois bougies et éteignit l'éclairage électrique. Elle fit tomber le reste de sa tunique restée suspendue autour de la taille. Sublime dans la lumière blonde, elle releva son client et commença de le déshabiller.

France était d'une insoutenable beauté.

Grimm la dévorait des yeux.

On frappa à la porte de la chambre et Alphonsine entra avec un menu froid et une bouteille de champagne. Elle déposa le tout sur un guéridon où étaient déjà placées des flûtes de cristal, et sortit d'un buffet le coffre des clients « à caprices » : il était rempli de cagoules, de martinets, de culottes à froufrous, de fouets, de menottes, de chaînes, de harnais, de bottes à cuissardes, de ceinture de chasteté, etc. Même des fioles de faux sang.

Elle posa en évidence une poignée de préservatifs dans des emballages en forme de tickets de métro, puis s'éclipsa, sans que France ni August von Sachs n'aient réellement fait attention à elle.

L'œilleton de Paul Thénard était pratiqué dans une fresque de hiéroglyphes. À travers un petit pictogramme, rien n'échappait à Grimm. Il n'arrivait plus à s'en dégager, l'œil collé à l'ouverture. Thénard avait éteint l'ampoule pour que la lumière du cagibi ne s'aperçoive pas, maintenant que la chambre de France et de Von Sachs baignait dans la pénombre.

Von Sachs était nu. France alla au guéridon, après avoir fait signe de la main à l'homme de s'allonger, d'un geste de commandement. Depuis qu'il était dans la chambre, von Sachs n'avait rien dit. France se servit une coupe de champagne. Ce fut à ce moment que Grimm vit ce qu'il espérait : le défaut de la cuirasse.

Une défaillance.

France réprima un très léger haut-le-cœur en terminant son champagne.

Seul Grimm le vit.

Il avait compté dessus.

Ça, ou toute autre chose.

Cette jeune femme ne pouvait être un automate. Une guerrière des alcôves. Elle devait bien cacher des faiblesses. Un dégoût rentré pour ce qu'elle faisait.

Cet imperceptible haut-le-cœur la lui rendit plus humaine. Plus atteignable aussi.

France apporta le préservatif à von Sachs, ce *gummischutz* dont le soldat allemand, biberonné à l'hygiénisme nazi, avait la religion.

Elle monta sur l'homme.

Ensuite, elle ne feignit rien. Pas de faux geignements, ni d'ondulations hypocrites, comme le proposaient toutes les putes pressées de finir leur passe. Rien de forcé. Rien de joué. Elle resta calme, le visage impassible, mais le regard enflammé. Elle fixait von Sachs dans les yeux, et quand, un bref instant, elle baissa les paupières, le riche colonel se laissa à penser, comme Grimm derrière son mur, qu'elle vibrait intérieurement du même plaisir que lui.

Grimm admirait l'effet provoqué par son maquillage dans le reflet des bougies : ses paupières entourées de noir avaient quelque chose de démoniaque.

Enfin, France se releva pour servir une coupe à son client. Puis elle s'allongea sur le lit et, pour la première fois, se mit à échanger quelques mots avec le colonel.

En allemand.

— Oui, murmura Thénard, hilare, à Grimm. Allez comprendre qui elle est. Son trobar à elle, c'est le chleuh !

Depuis la représentation de *Médée* à l'Opéra, Grimm n'avait plus qu'un fantasme : coucher avec France dans la même robe de Schiaperelli que portait Rose-Marie d'Avaugour.

Le Sphinx après Maxim's…

La putain après la vicomtesse…

En quittant la maison du boulevard Edgar-Quinet, bredouille, il se dit que ce serait d'une manière ou d'une autre, maintenant ou plus tard, mais qu'il y arriverait.

6

Le bon cartésianisme français

Le lendemain, Grimm s'éveilla dans sa vaste suite de l'hôtel Raphaël.

Pour soulager son cerveau alourdi par l'alcool, il vida un fond de verre de porto.

À huit heures trente, il longeait l'avenue Kléber vers son quartier général : l'ancien palace Majestic, situé à deux pas du Raphaël. Ce bâtiment très luxueux avait été réquisitionné par l'occupant pour y implanter, outre son haut commandement militaire, l'administration économique allemande de la France.

Arrivé dans son bureau, son adjoint lui apporta un grand bol de café noir.

Grimm s'écroula dans un fauteuil et alluma une cigarette.

— Nous ne vous avons pas vu hier, major. Vous étiez souffrant ?

— Hier ?... Oui... J'ai préféré prendre un congé. La soirée précédente avait été... éprouvante, avoua-t-il, en repensant à sa longue virée après le dîner chez les Avaugour, avenue de Malakoff. J'ai dû forniquer quatre putains, briser deux tables et trois chaises, fait chanter *Bei mir bist du shön* à tout le Shéhérazade, fermer le Sphinx à cinq heures puis, avant d'aller dormir, montrer mon cul à l'Arc de triomphe !

Il avala son café brûlant.

— J'en oublie sûrement.

— Et hier soir, à l'Opéra ? demanda l'adjoint.

— Hier… ça été plus calme. J'ai revu le vieux comte, en allant chercher sa fille chez lui. Comme vous le pensiez, le malheureux est tétanisé à l'idée de voir son brevet nationalisé par Vichy ou confisqué par nous. Il se couperait un bras pour voir son invention inscrite à notre Office des brevets et des marques !

— Engage-t-on quelque chose dans ce sens ?

Grimm secoua la tête.

— Non. Pas tant qu'il ne se montrera pas plus coopérant sur le terrain. Ses ouvriers et ses bétonnières ont été envoyés à Calais pour construire les nouveaux bunkers. Ils ont traîné la patte, paraît-il. Sa table est excellente, certes, sa cave me ravit, sa fille a des fesses douces et fermes, mais ses états de service laissent encore à désirer envers le Reich.

Il eut un sourire en repensant à Rose-Marie renversée chez Maxim's.

— Je veux que les Avaugour se *couchent* complètement.

— Son fils était présent au dîner, avenue de Malakoff ?

— Son fils ? C'est un nabot. On n'en tirera rien. Rayez-le de vos listes. On s'en passera : sa sœur est à nous.

— Et les autres invités ?

Grimm rechercha dans ses souvenirs et dit, avec un grand sourire :

— L'un d'eux a proféré une ânerie qui devrait réjouir nos enquêteurs sur l'opinion des Français. D'après lui, Hitler ne va pas tarder à transiger sur l'antisémitisme.

— Vraiment ?

— Oui. Parce que ce serait un « argument électoral », qu'il en a tiré tout le parti qu'il pouvait espérer, mais que maintenant cela risquait de lui être un handicap. Surtout pour négocier une paix blanche avec l'Angleterre.

— Ah, s'exclama l'adjoint, le bon cartésianisme français !...

Il passa en revue les rendez-vous de la journée de son supérieur, certains reportés depuis la veille. Trois entretiens dans la matinée, une interview avec un journaliste du *Pariser Zeitung*, un déjeuner avec des camarades de la Luftwaffe au Cercle interallié, une réunion avec Elmar Michel dans l'après-midi au cabinet d'Otto von Stülpnagel, enfin un rendez-vous à dix-huit heures avec M. Murdel, le directeur de la Caisse de crédit du Reich, afin de discuter de ses finances à Paris.

— Mon premier entretien ?

— Un homme qui nous a été recommandé par la Kriegsmarine, répondit l'adjoint en déposant une fiche devant Grimm. Un certain… Michel Szkolnikoff. Juif.

— C'est une plaisanterie ?

Grimm consulta la fiche.

— Pas du tout, répondit l'adjoint. Sa demande d'entretien a été chaudement appuyée par le contre-amiral Lietzmann, chef de cabinet de l'amiral Schuster.

— Je vois.

Il fit un geste de résignation.

Resté seul, il acheva sa tasse de café et jeta un œil sur sa correspondance. Une enveloppe avec la mention « personnel » avait été laissée intacte par son adjoint : un mémorandum annoté de la main du garde des Sceaux de Vichy. Il était adressé à l'autre Friedrich Grimm de Paris. Un célèbre juriste, excellent propagandiste, qui avait ses bureaux à l'ambassade allemande, rue de Lille. Agacé, Grimm rejeta le document sur une pile destinée à son adjoint.

La porte de son bureau s'ouvrit.

Grimm vit approcher un homme de quarante-cinq ans, au front bas, mais très large, dégarni, les cheveux tirés en arrière, le nez épais, le menton prononcé, la mâchoire indécrochable, le regard dur, accentué par des cernes de fatigue. Assez petit, il portait un costume de gros tissu gris, une chemise claire au col fermé jusqu'au dernier bouton, sans cravate.

— Michel Szkolnikoff est mon nom, major Grimm, dit-il.

Son fort accent russe apporta, pour l'officier allemand, la dernière touche à la description du personnage.

— Michel ou *Mandel* ? demanda Grimm, en visant la fiche de son adjoint.

— Oh ! je ne me formalise pas pour ce genre de choses, répondit Szkolnikoff en prenant un siège. Vous pouvez aussi bien m'appeler Michael. Je suis seulement un petit Russe de Vilno, major Grimm. Un petit Russe qui essaye de ne pas démériter.

Grimm lut que Szkolnikoff était officiellement apatride, qu'il avait souvent fait fortune et faillite, et de la prison pour chèques sans provision. Au moment où les armées allemandes étaient entrées dans Paris, tous les marchands de tissus juifs de la rue d'Aboukir avaient fui.

Sauf lui.

Le soldeur Szkolnikoff haussa les épaules et dit, après que Grimm lui en eut fait la remarque :

— Qui ne rêve de voir la concurrence disparaître d'un claquement de doigts ?

Pour dresser son portrait, Szkolnikoff évoquait toujours ses exploits de jeunesse.

— En 1917, à vingt et un ans, grâce à l'entreprise de textile de mon père, j'étais l'un des premiers fournisseurs de l'armée du tsar Nicolas II. Un an plus tard, les bolcheviques avaient renversé l'empire, et j'étais devenu le premier fournisseur… des communistes. Je me flatte de n'avoir pas laissé se perdre un seul lai de tissu dans cette affaire. Voilà qui est Michel Szkolnikoff, major.

— Puis, après un passage en Allemagne, vous êtes venu en France, rebondit Grimm en souriant, et, aujourd'hui, vous recommencez avec nous.

Szkolnikoff acquiesça.

— L'été dernier, dit-il, mon premier « contrat » clandestin avec le haut commandement de la marine allemande a porté sur deux cent mille mètres de tissu.

— Vous êtes sérieux ?

— Oui. En majorité pour des couchages et des uniformes.

Deux petits contrats avaient succédé à celui-ci. La Kriegsmarine avait ensuite passé une commande à hauteur de dix millions de francs pour le mois de janvier à venir. Vingt millions étaient déjà provisionnés pour février. Et soixante pour le mois de mars !

— Le tout, au meilleur coût. Eu égard aux « circonstances ». C'est cela aussi, Michel Szkolnikoff, major.

Intrigué, Grimm passa des coups de téléphone pour vérifier les dires, et surtout les sommes avancées par le Russe. Il s'avéra que celui-ci avait même minimisé les économies et les profits qu'il apportait depuis quatre mois à la Kriegsmarine.

— Vichy ignore vos agissements ? demanda Grimm.

— Bien entendu. Comment pourrais-je faire autrement ?

Le Contrôle économique de Vichy veillait à ce qu'aucune transaction ne se réalise entre les Allemands et les Français sans son aval. Pour éviter de lourdes sanctions, Szkolnikoff « livrait » sa marchandise dans un endroit incongru, à proximité d'un port. Puis un marin tombait dessus, « par inadvertance ». Alors la Marine allemande s'en emparait, sous le régime de la saisie militaire.

— « Textile abandonné »... dit innocemment le Russe. Comme vous le voyez, major Grimm, je ne suis qu'un petit Juif de Vilno qui désire travailler honnêtement et tranquillement.

— De nos jours, l'honnêteté et la tranquillité ne vont plus de pair.

— Alors je choisis la tranquillité. Sans hésiter.

Il sortit une enveloppe de la poche intérieure de son veston et la tendit à l'officier.

Ce dernier la décacheta et blêmit. Elle contenait un bordereau actant du dépôt d'un montant d'un million de francs sur son compte à la Caisse de crédit du Reich installée à Paris dans les anciens locaux de la Lloyds.

— Mais...

— Major Grimm, l'interrompit Szkolnikoff, il n'existe

que deux sortes d'hommes dans mon genre. Ceux qui veulent gagner un million. Et ceux qui veulent gagner un milliard. Vous avez compris que je suis du nombre des seconds.

Il se leva.

— Votre supérieur, le docteur Elmar Michel, est l'interlocuteur privilégié de Vichy sur les questions économiques. Mon procédé illicite de livraison ne tiendra pas longtemps avec les kilomètres de tissu que je m'apprête à fournir à votre Marine. Lui seul peut nous garantir… disons, de l'interventionnisme français à venir. Aidez-moi à vous aider, et vous n'aurez pas à le regretter.

Il sortit de la poche de son veston une petite boîte plate et rectangulaire qu'il tendit à l'Allemand.

— Un dernier petit quelque chose… pour votre jolie vicomtesse de l'avenue de Malakoff, cette fois, murmura-t-il.

Étonné que ce Juif sache déjà son rapprochement avec la fille Avaugour, Grimm découvrit un magnifique collier de gros diamants.

— Surtout, insista Szkolnikoff, la prochaine fois que vous aurez un présent à lui faire, adressez-vous à moi plutôt qu'à ces minables trafiquants amateurs qui poussent dans Paris comme des champignons.

Grimm sourit et s'approcha pour lui serrer la main.

— Vous avez un nouvel ami dans la Wehrmacht, Herr Szkolnikoff.

— Je n'en avais pas douté un instant en venant ici. Merci d'avoir pris le temps de me recevoir.

En le raccompagnant jusqu'à l'avenue Kléber, Grimm se dit qu'il avait devant lui le spécimen parfait de ce que les Allemands appelaient le « Juif utile » !

« Un million de francs », pensa-t-il en remontant vers les étages.

Il songeait déjà à envoyer une partie de cette fortune à ses parents en Allemagne. Sa mère, qui avait toujours vécu à la campagne avec son mari, rêvait d'une maison cossue dans le quartier historique d'une grande ville, comme Coblence ou Dresde. Ce qui, hier encore, paraissait inenvisageable, même avec la solde d'un commandant, devenait enfin réaliste.

La France, quel beau pays !

Mais, de retour dans son bureau, une nouvelle balaya ses rêves mirobolants d'immobilier.

Grimm ressortit jusqu'à l'avenue où son chauffeur l'attendait déjà, prévenu par son adjoint.

— Au 19, rue de Tournon, s'écria Grimm. Vite !

La Mercedes traversa en trombe la place de l'Étoile. Quelques jours auparavant, des étudiants avaient osé y défiler devant la tombe du Soldat inconnu pour commémorer le 11 Novembre. Ils avaient aussi déposé une gerbe au pied de la statue de Clemenceau sur les Champs-Élysées avec la mention : « De la part de De Gaulle », avant d'être dispersés dans le sang par les forces allemandes qui interdisaient toute manifestation patriotique.

Au bas d'un vieil immeuble de la rue de Tournon, entre une librairie et un marchand d'estampes, Friedrich Grimm retrouva Walter Odewald, le SS de la Kripo croisé la veille au Sphinx.

— Par ici, lui dit Odewald d'une voix grave, après lui avoir donné une tape réconfortante sur l'épaule.

Le concierge français de l'immeuble les conduisit dans l'escalier jusqu'au dernier étage.

— C'était il y a deux nuits, dit-il pour Grimm. Un

peu avant six heures du matin. J'ai vu l'Allemand rentrer. Il était complètement ivre, et accompagné d'une femme.

Le concierge transpirait beaucoup, inquiété par tous ces policiers allemands.

La porte d'un petit appartement était ouverte. Un homme était allongé, chauve, nu, les mains et les pieds attachés par des nœuds aux cadres de son lit. Il avait été égorgé. Le corps lacéré. Un chiffon enfoncé dans la bouche.

Grimm soupira.

Il reconnut tout de suite Peter Böhm.

— Ils montaient vers l'appartement, dit le concierge. Lui titubait et elle le tenait par le bras. « Viens avec moi, mon gros. Viens avec moi, mon gros... », elle répétait... Moi, je ne l'ai aperçue que de dos. La fille était grande. Avec de très longs cheveux blonds. Ils ont continué à faire du bruit dans la chambre. La tête de lit cognait contre la paroi. Votre ami faisait de longs grognements. Ça s'agitait beaucoup. Je me suis dit qu'il passait du bon temps avec la fille...

Il hocha la tête

— En fait, elle était en train de le saigner comme un porc.

— Ça ira, dit Walter Odewald.

Le concierge s'aperçut du mélange de peine et de colère qui se lisait sur le visage de Grimm et s'éclipsa.

— On n'a été alertés que ce matin, déclara le chef de la Kripo. Peter Böhm était absent de son bureau depuis deux jours. Je t'ai fait appeler dès la découverte du corps. Je savais que vous vous connaissiez bien.

Depuis leur rencontre sur les théâtres d'entraînement de l'unité secrète d'Eben-Emael, Böhm, le vétéran de la guerre de 1918 et Grimm, le jeune revanchard de Rhénanie, étaient devenus inséparables. Ils partageaient le même goût du danger, de l'excès, de la boisson et des femmes.

Après Eben-Emael, Peter Böhm avait été appelé à Paris en juin 1940 par Göring qui préparait l'invasion de l'Angleterre par les airs. Il comptait sur son vieil ami pour évaluer le matériel volant confisqué aux Français.

— Je devais déjeuner avec lui aujourd'hui, à l'Interallié, murmura Grimm face au cadavre de son aîné maculé de sang séché.

— Je suis désolé, dit Odewald. On a fouillé l'appartement. Rien ne semble lui avoir été dérobé. Pas même son argent. Ce n'était pas un crime crapuleux, mais une exécution. L'arme reste introuvable.

— La fille ?

— Une grande blonde. Sans doute levée dans une boîte. Tous mes hommes sont à sa recherche. La police française est avertie. Le problème, c'est que nous n'avons aucune idée où Böhm terminait sa soirée. Il était seul.

— Peter aimait partir en éclaireur vers les lieux les plus sordides de Paris.

Il repensa au mot d'exécution employé par Odewald. Il y avait déjà pensé, ces derniers temps, en se baladant dans Paris. Il s'était dit que certains Français ne pouvaient pas rester éternellement passifs devant le millier d'étendards à croix gammée qui pavoisaient les rues de leur capitale.

L'histoire se répétait.

Ils étaient aujourd'hui comme lui, petit garçon, qui dégueulait jadis sur le drapeau tricolore qui flottait sur Wittlich...

Walter Odewald ajouta :

— Nous irons au bout de cette enquête. Même s'il faut pendre mille Parisiens pour ne faire parler qu'un témoin. Göring est à Paris. Böhm était son vieil ami. Le maréchal va exiger que l'enquête aille vite.

— Göring ?...

— On m'a dit que vous vous connaissiez.

— Il m'a promu commandant après Eben-Emael.

— Alors, tu dois le prévenir pour moi.

— Le prévenir ?

— Je me méfie de la SS, qui est trop brutale. Il faut se servir d'abord de la police française. C'est elle qui doit être mise en avant dans cette enquête...

En ressortant dans la rue, Grimm sentit la même nausée qui l'avait saisi au réveil. Il traversa la rue jusqu'au bar Le Tournon et but d'une traite une longue bière fraîche à la mémoire de son ami.

[illegible]

— [illegible]

— Alors, tu dois le prévoir pour [illegible]

[illegible]

[illegible] elle qui [illegible] dans [illegible]

[illegible] de [illegible]

[illegible]

[illegible] en terme [illegible] éloquent [illegible]

[illegible]

— [illegible] Vous [illegible] de [illegible]

[illegible] dont on [illegible] s'il [illegible]

7

« Elle est le panier. Vous êtes l'œuf. »

La rencontre eut lieu non pas dans un des grands salons de l'hôtel Ritz, mais dans une suite du sixième étage. Occupée par le numéro deux du Reich, elle se déployait sur plusieurs chambres transformées en une longue enfilade d'appartements. Il y avait là de la musique, du champagne, des femmes et des œuvres d'art prêtes à être empaquetées pour Carinhall, la demeure de Göring.

Grimm tenait Rose-Marie à son bras.

Beaucoup de dignitaires allemands regardaient la vicomtesse sur son passage, envieux du jeune commandant.

— Ah ! s'esclaffa Göring en reconnaissant Grimm, un pilote. Enfin un héros de guerre !

Il ne portait pas son uniforme de maréchal, mais une longue robe de chambre en soie avec un col d'hermine. Grimm lui présenta Rose-Marie. Celle-ci fit son plus beau sourire. Göring parla en termes très élogieux de l'exploit de Grimm sur Eben-Emael.

— Au fait, lui dit-il, vous vous souvenez de cette histoire de toit dont on ignorait s'il était miné ?

Il expliqua qu'avant l'assaut aéroporté sur le fort belge, malgré les mois de préparation et les renseignements collectés par les services secrets du Reich, la seule véritable inconnue de l'opération était celle-ci : les Belges avaient-ils miné les immenses étendues de gazon qui surplombaient la garnison souterraine ? Si tel avait été le cas, tous les efforts de l'unité Granite eurent pu être anéantis, et Friedrich Grimm serait certainement, aujourd'hui, un officier allemand de moins.

— Eh bien, s'exclama Göring, euphorique, nous avons eu le fin mot de cette histoire ! Oui, les toits du fort auraient dû être minés, major Grimm. Le Quartier général de Liège l'avait exigé. Mais les soldats s'y sont opposés. Ils ont même rédigé plusieurs pétitions en ce sens. Et pourquoi ? Parce qu'ils voulaient pouvoir jouer au football sur les terrains d'herbe ! Jouer au football ! Vous vous rendez compte. Sont-ils cons, ces Belges ! Imaginez… Sans cela, au lieu de trinquer aujourd'hui au Ritz, on serait peut-être encore coincés avec nos divisions de l'autre côté de la Meuse !

Il éclata de rire.

— Ils n'imaginaient pas qu'on pouvait poser le pied sur leur fort !

Mais sa gaieté s'estompa quand Grimm l'entretint à part de la disparition de Peter Böhm.

— Oui, on m'a prévenu. Une sale affaire… Une sale affaire !

Grimm lui rapporta ce que Walter Odewald attendait de lui, à savoir que, quoique cela puisse paraître paradoxal venant du chef de la Kripo à Paris, il était nécessaire de laisser la police française agir en première ligne sur cette affaire. Ce serait un risque de s'appuyer trop visiblement sur la Gestapo.

Göring dit avoir reçu ces recommandations.

Il était prêt à y souscrire.

Grimm l'y incita.

Ému, Göring finit par secouer la tête.

— Vous savez que nous nous connaissions depuis plus de vingt ans, Böhm et moi ? Je l'avais sous mon commandement en 1918. Nous avons vécu la défaite ensemble, si ce n'est pas quelque chose, ça !

— Il m'en avait souvent parlé, Excellence.

— Allons, Grimm, quelle que soit la méthode employée, on trouvera la saloperie qui nous a fait ça.

Il changea d'humeur et se mit à débiter des galanteries à Rose-Marie, mais elle entendait mal l'allemand.

France pénétra alors dans la suite, au bras du comte Willibald de Hofmannsthal.

Grimm la reconnut tout de suite.

De même que Rose-Marie, dont le visage se ferma.

— Qui est-ce ? demanda Göring.

Tout proche, August von Sachs, qui avait entendu la question, s'avança :

— La plus belle attraction du Sphinx, Excellence. Et de surcroît une femme parfaitement disposée aux succès du Reich en France.

— Oui ?

— J'ai appris, de sa bouche, que son grand-père a été un militaire révolté par l'affaire Dreyfus.

— Hm ?

— Il n'avait rien de particulier contre les Juifs, mais, comme anti-dreyfusard, il souhaitait surtout défendre l'honneur de l'armée française. De ce qu'il a enduré comme humiliation, plus sa mise en fiche, plus tard, par les francs-maçons, parce qu'il était fervent catholique, il est ressorti antisémite et farouchement anti-républicain. Un des grands perdants de la République française qui nous voient comme des sauveurs !

— Excellent !

— Dès lors, sa petite-fille a été élevée dans le culte qu'il fallait que la France tombât une bonne fois pour se relever de ses cendres. Aussi sait-elle très gré au Führer d'avoir accompli le désir de son aïeul. Elle dit même que Hitler fait aujourd'hui ce que César a fait autrefois pour la Gaule : il la revivifie.

— Mon Dieu, des dispositions pareilles, dans un corps comme celui-là et avec un prénom comme le sien, c'est un don du ciel.

Sachs lui susurra quelques mots à l'oreille.

— Vraiment ?

France, plus mystérieuse avec ses cheveux noirs et son regard sombre, attirait davantage l'attention des hommes que la lumineuse Rose-Marie.

Göring s'approcha d'elle et, sans même saluer le comte von Hofmannsthal, la saisit et l'emporta dans une pièce voisine, aussi soudainement qu'il pillait les œuvres d'art des pays occupés.

— Vous parlez l'allemand ? lui demanda-t-il.

— Un peu. Mais je compte m'améliorer.

Ils étaient dans la chambre du maréchal.

À peine la porte fermée, le sourire aux lèvres, France dégrafa, du bout des doigts, les boutons de son chemisier.

— Je puis vous remercier ? dit-elle.

— Et de quoi ? dit Göring en s'étendant sur son lit.

— Je ne suis à Paris que depuis une semaine. Me voilà déjà dans les draps de l'homme le plus important du Reich après le Führer ! Je ne pouvais espérer meilleure réclame.

Elle fit tomber sa robe sur le parquet verni.

Dessous, elle était entièrement nue.

— À ce que j'ai pu entendre, dit Göring, vous n'avez guère besoin de publicité.

Il l'attira sur le lit.

— C'est vous que je devrais emporter et placer dans mon musée, comme souvenir de la beauté de Paris.

Vingt minutes plus tard, ils firent leur réapparition dans la suite bondée de monde ; personne n'osa montrer de réaction, hormis le comte de Hofmannsthal, August von Sachs et Friedrich Grimm, tous trois discrètement piqués par une pointe de jalousie.

Göring avait offert à France un magnifique diamant taille marquise d'époque Louis XVI.

Il recouvrait toute la phalange de son doigt.

Pour ravoir l'attention de l'assistance, Rose-Marie s'assit à un clavecin italien du XVIIIe siècle confisqué par Göring et entama une pièce de Bach, ce qui ravit les Allemands.

Pendant un moment, tous les regards s'étaient retournés vers elle, mais France attira Grimm et l'engagea à danser au son du clavecin de Rose-Marie, redevenant le centre d'intérêt de la suite.

— Décidément, lui murmura Grimm, vous aimez à vous faire remarquer.

Ils étaient les seuls à danser dans la pièce.

— C'est elle, la femme qui avait la même robe que moi l'autre soir, à l'Opéra, n'est-ce pas ? demanda France en jetant un œil en direction de Rose-Marie.

— Oui. Vous devriez la reconnaître. Elle faisait sensiblement la même tête.

Grimm accomplissait les quelques pas que sa gouvernante française lui avait appris pour l'anniversaire de ses douze ans.

— Elle n'est pas très sûre d'elle-même, votre héritière, plaisanta France.

— Elle n'est pas très sûre de moi, dirais-je plutôt.

— De toute façon, elle n'est pas faite pour un officier de la Wehrmacht comme vous. C'est une traîtresse.

— Comment ? Pourquoi dites-vous cela ?

— Vous l'ignorez ? Vos amis ne se cachent pourtant pas pour le dire. Ils en sourient même, entre eux, à vous voir tout miel et tout sucre avec ces Avaugour. C'est le comte de Hofmannsthal qui m'en a avertie, quand nous sommes arrivés tout à l'heure. L'Abwehr sait que le fils aîné du comte d'Avaugour est en ce moment pilote dans la Royal Air Force britannique.

— Quoi ?

— Vous ne saviez pas que les vieilles familles françaises ne mettent jamais leurs œufs dans le même panier ?

Elle regarda Rose-Marie.

— Celle-là est l'œuf. Vous êtes le panier, major Grimm. Son frère aîné est dans celui de Churchill.

Au clavecin, Rose-Marie endurait un calvaire. Enfin, sentant que France et Grimm parlaient d'elle, elle interrompit son morceau de musique et quitta l'instrument.

Grimm et France tournèrent un instant dans le silence, avant de se séparer.

— Pourquoi moi ? lui demanda-t-il. Vous auriez pu prendre le bras de n'importe qui. Vous semblez savoir à qui accorder vos faveurs dans la Wehrmacht. Et à qui les refuser.

— Allons donc ! Qui vous a dit que je ne m'intéressais qu'aux uniformes ?

Elle s'éloigna.

Grimm resta un moment immobile, encore sous le charme, puis retourna vers Rose-Marie.

— De quoi avez-vous parlé ?

— Des œuvres d'art de Göring…

France attrapa une coupe de champagne sur le plateau d'un serveur qui passait à portée de main et la but d'une traite. Elle fit des sourires alentour, gratifia le comte von Hofmannsthal d'un clin d'œil, qu'il reçut comme une victoire personnelle sur les autres hommes, puis s'éclipsa vers une salle de bains.

Elle ferma la porte à clef derrière elle.

Elle soupira longuement, les paupières baissées.

La tête lui tournait.

Elle s'avança vers un imposant lavabo de marbre à la robinetterie en or, et s'observa dans le miroir.

Elle était d'une pâleur effrayante.

Elle tremblait un peu.

Elle passa ses mains sous l'eau froide.

Mais rien n'y fit.

Elle sentait qu'elle allait basculer en arrière ; elle se précipita au-dessus des toilettes.

Un long vomissement.

Incoercible.

Une lave qui lui brûla la poitrine.

Elle avait laissé l'eau couler dans le lavabo pour que personne ne l'entende.

Quand elle eut fini, elle nettoya les lieux jusque dans le moindre détail. Elle parfuma l'air avec un flacon de narcisse noir qu'elle emportait dans son sac à main, puis se frotta les joues et se mordit les lèvres pour retrouver des couleurs.

Enfin, elle rouvrit la porte et retourna dans la suite de Göring.

Comme si de rien n'était.

8

Intouchable

Un mois plus tard, le 20 décembre 1940, Grimm entrait dans la cour d'un vieil immeuble du 8, rue Jacob. Il poussa la porte d'un cabinet médical. Une quinzaine de patients se figèrent à son apparition dans le hall d'attente. L'assistante, terrifiée, fit un geste en direction du cabinet de consultation.

Le médecin, en pleine écriture, se leva aussitôt que l'Allemand en uniforme entra.

— Vous êtes le docteur chargé de l'inspection des filles qui travaillent au Sphinx ? demanda Grimm.

— Heu… Oui

Il blêmit.

— Mais j'applique à la lettre les réglementations de l'office sanitaire de l'armée allemande !

Grimm leva la main, laissant entendre qu'il ne venait pas pour cela.

— J'ai besoin de consulter le dossier médical de l'une de vos patientes, dit-il. Une certaine France.

— Oh ?

Le médecin voyait très bien de qui il s'agissait.

Il invita Grimm à s'asseoir.

— Vous n'avez pas de crainte à avoir à son sujet, commandant. C'est une fille saine.

Il saisit sur une étagère le dossier de la prostituée du Sphinx.

— Une bien jolie fille, dit-il en s'asseyant. J'ai été surpris quand elle est venue la première fois avec sa sous-maîtresse et m'a dit être dans le métier depuis le début de la guerre.

Il consulta le dossier.

— Aucune marque de violence sur le corps. Très peu de lésions vaginales. Rien à voir avec celles qui commencent « très jeunes » à coucher. Ce qui est souvent le cas quand des filles nous arrivent de province. Je n'ai relevé qu'un détail : des traces de brûlure.

— Une brûlure ?

— Oui. À l'avant-bras droit. Elle a aussi un tatouage. Au-dessus de la cheville gauche. Une phrase en latin.

Le médecin chaussa ses lunettes pour mieux se relire :

— *Dulcius ex asperis*.

Il accompagna la sentence d'une mimique d'incompréhension.

— Vous avez parlé de province, dit Grimm. Où était-elle avant Paris ?

— Poitiers. Je lis, là : dans une maison close du 28, rue Rabelais.

— Savez-vous lequel de vos confrères avait la responsabilité de l'hygiène de cette maison, au moment où elle s'y trouvait ?

Le docteur se leva et consulta son annuaire médical. Pour des raisons de prophylaxie et de suivi des épidémies vénériennes, les gynécologistes et médecins de maison pouvaient facilement se reconnaître aux quatre coins du pays.

— À Poitiers, il y a le docteur Hamelin et le docteur Maulnier. L'un d'eux vous renseignera sans doute sur ce que vous désirez savoir sur cette France.

Grimm nota leurs noms.

Le docteur Malassis sourit.

— Je comprends que vous vous intéressiez à cette petite. Elle a vraiment un charme étonnant. Son corps est aussi sain qu'il est beau. C'est une récompense de mon métier que d'avoir à ausculter chaque semaine une telle beauté.

Il désigna de l'œil sa table-spéculum.

Grimm tendit sa carte.

— À compter d'aujourd'hui, je veux que vous me rédigiez un compte rendu sur l'état de cette fille après chacune de vos consultations. Entendu ?

— Bien sûr. Ce sera fait, commandant, répondit le médecin en rejoignant l'Allemand qui retournait vers la sortie.

Pour le saluer, le médecin fit ostensiblement le salut hitlérien.

Grimm ouvrit la porte.

Tous les patients tournèrent les yeux et aperçurent le médecin dans sa posture nazie.

Grimm s'éloigna.

Le docteur Malassis resta un moment le bras tendu, puis le rabaissa, piteusement, sous le regard de ses clients.

*

* *

Le lendemain, Grimm visita la Préfecture de police de Paris. Il se rendit à la brigade mondaine et demanda à consulter le fichier des filles du Sphinx.

Ce fut le commissaire Métra en personne qui le reçut et l'assista.

Dans son bureau, le policier ressortit la fiche ouverte au nom de France dès son arrivée à Paris.

— Son nom est Marie-France Perrin, lut-il. Elle est née le 19 septembre 1919 à Chaumont en Haute-Marne. Ses parents sont Hector Perrin et Jeanne Perrin, née Desprez. Lui est avocat. Elle, sage-femme. Elle a aussi une sœur, son aînée de dix-huit mois : Émeline Perrin.

— Où sont-ils aujourd'hui ?

— Nous l'ignorons. Sans doute cachés quelque part en zone libre. Ou portés disparus.

— Quelle crédibilité accorder à ces informations ? demanda Grimm en désignant la fiche analytique de France.

— Nous avons enquêté, major, comme à chaque encartage de prostituée dans notre service. L'extrait d'acte de naissance présenté par la fille était authentique. Elle n'a pas non plus de casier judiciaire ouvert à son nom.

Il ajouta :

— Ce qui n'est pas le cas de sa sœur… Émeline Perrin a été fichée comme compagne d'un malfrat en 1938. Puis inquiétée pour entollage la même année.

— Entollage ?

— Des filles qui font monter des clients dans leur chambre, le maquereau les y attend, il tabasse le client et lui fait les poches. En août dernier, elle a été accusée d'avoir blessé un de ses clients à l'arme blanche.

Elle l'a même laissé pour mort. C'est à ce moment que nous perdons sa trace. Elle a été condamnée par contumace à dix ans de prison, le…

Il compulsa ses notes.

— Le 1er octobre dernier.

— Où était-ce ? La tentative de meurtre ? Le procès d'assises ?

— Poitiers.

Grimm resta silencieux quelques secondes, puis demanda :

— Aucune chance pour que ce soit Émeline qui soit aujourd'hui à Paris au Sphinx, au lieu de Marie-France ?...

Ce fut au tour du policier de paraître perplexe.

— Eh bien… Pour le savoir, il faudrait diligenter une enquête. Nous, sauf consigne, on s'en tient aux documents administratifs. Je peux mettre mes hommes sur l'affaire, si vous le désirez, major Grimm…

— Non. Ça ira.

L'Allemand se leva.

Il tendit la main vers le fichier de France.

— Je peux ?

Grimm alla vers la machine duplicatrice Edison qui trônait dans le bureau du chef de la Mondaine et fit une copie des documents policiers.

— Je me charge personnellement de cette affaire, dit-il en partant.

*

* *

Il retourna à son bureau de l'hôtel Majestic.

Pensif.

— Mettez notre meilleur élément sur l'enquête d'une certaine Marie-France Perrin, ordonna-t-il à son adjoint. À Poitiers. Elle s'est prostituée dans une maison du 28, rue Rabelais. Voici les documents. Il faut qu'il retrouve ses médecins, ses collègues, ses sous-maîtresses, ses clients et les interroge. Je veux tout savoir. Il a carte blanche.

— Bien, major.

— Attendez… Vous qui êtes lettré. *Dulcius ex asperis*. Ça veut dire quoi ?

L'adjoint réfléchit, puis répondit :

— Quelque chose comme : « La vie est plus douce après l'adversité » ?

Grimm sourit.

— En effet. Merci, vous pouvez disposer.

Grimm resta pensif.

Un mois !

Cela faisait un mois que France se refusait à lui.

Il la voyait fréquemment, ils parlaient dans la salle de bal du Sphinx, elle lui extorquait des fortunes au bar, elle riait à ses plaisanteries et à ses tentatives désespérées pour la convaincre de lui céder, mais elle jouait avec lui en somme, comme au Ritz. Elle ne montait jamais.

Cette prostituée ne comptait que des clients très haut gradés. Elle se permettait de rebuter de moindres officiers, parfois brutalement quand ils se montraient trop pressants. Pour une telle inconduite, elle aurait pu être violée ou expédiée en camp ; seulement ses « réguliers » la protégeaient. Un capitaine de la Kriegsmarine qui l'avait giflée pour répondre à un refus jugé trop dédaigneux se vit rappeler à l'ordre par le redoutable Ernst von Schaumburg, général de division et commandant du Grand Paris, qui ne tolérait pas qu'on s'en prît à son « petit délassement du soir ». De surcroît, l'aventure de France, même éphémère, avec Göring la nimbait d'une légende redoutable aux yeux des militaires allemands en poste à Paris.

Pour l'heure, elle était intouchable.

Afin d'attirer son attention, Grimm avait changé de tactique. Il était devenu le « père providentiel » du Sphinx. Si les coupures d'électricité y devenaient trop fréquentes, il faisait apporter deux générateurs flambant neufs ; il approvisionnait la cave et la cuisine comme un restaurant trois étoiles ; il avait réquisitionné quatre-vingts tonnes de charbon pour alimenter l'établissement en chauffage jusqu'à la fin de l'hiver. D'un autre côté, il ne couchait pas avec les pensionnaires. Toutes se disaient : « Il se réserve pour France. »

Pour ses besoins naturels, il se rendait au One Two Two de la rue de Provence.

Ou bien, il avait Rose-Marie d'Avaugour.

Le couple qu'il formait avec la jeune vicomtesse était maintenant connu du Tout-Paris. Ils incarnaient, avec quelques autres, l'idylle parfaite de Berlin et de Paris. On pouvait les voir chez l'ambassadeur Brinon, ou chez le ministre Schleier, chez Otto von Stülpnagel au palais de Talleyrand, ou à l'ambassade d'Allemagne, en compagnie de Josée de Chambrun.

Toujours en beauté.

Grimm avait fait vérifier les informations de France au sujet du fils aîné des Avaugour, engagé à Londres contre les Allemands. Elles étaient exactes. Le vieux comte avait bel et bien un pied dans la collaboration et l'autre dans la Résistance. Pour autant, Grimm n'en dit rien à la famille. Il continua de profiter de l'entregent des Avaugour, de leur table, de leurs usines, de leur fille, mais sans jamais aller dans le sens de leurs intérêts.

Malgré cela, son idée fixe était irrémédiablement tournée vers France.

— Vous êtes amoureux, Grimm ? lui demanda un jour son supérieur Elmar Michel, alors que, distrait, il avait pénétré dans son bureau avec les mauvais dossiers sous le bras. Savez-vous comment on vous surnomme entre nous ? ajouta-t-il, en souriant. Le « major vicomte » !

Le docteur Michel pensait bien sûr que les sentiments de son meilleur subordonné au Majestic allaient à l'héritière des Avaugour…

Grimm, lui-même, ne comprenait pas ce qui lui arrivait. L'émotion qu'il ressentait à la vue de France le submergeait chaque fois. Même en rêve ! De surcroît, pour Rose-Marie d'Avaugour, il connaissait les raisons de son engagement pour les Allemands, mais pour France ? Il entendait répéter des phrases de sa bouche par d'autres officiers : « Mon pays disparaît, comme Athènes, Rome ou Byzance avant lui. Aujourd'hui, c'est au tour de l'Allemagne de mener l'Europe à la baguette. »

Le pensait-elle, ou était-ce une pose pour la clientèle du Sphinx ?

Il parlait parfois de France avec August von Sachs, à l'Interallié ou chez Drouant. Le riche colonel, avec lequel elle couchait quand elle le lui permettait, affectait de ne voir en elle qu'une experte au lit, plus séduisante que les autres. Ça agaçait Grimm.

— C'est la privation qui vous la rend si attirante, dit

Sachs. Elle est d'une beauté exceptionnelle, mais vous la désirez autant parce qu'elle vous échappe. C'est un des nombreux mystères de l'attraction !...

Grimm ne l'acceptait pas. Il se sentait au-delà de la seule fascination pour un fruit défendu. Il aimait ses mains, sa gorge, le contour de ses yeux maquillés, l'attache de son cou, ses seins, son sourire, son rire, ses moues, ses silences, ses gestes lents et gracieux, ses secrets…

Seul dans son bureau, il lança un coup de pied dans sa poubelle. Sa situation était absurde. Que dirait sa mère, Ada Grimm, si elle apprenait que son fils était l'esclave d'une prostituée ? Il lui cachait déjà son idylle avec Rose-Marie. La vicomtesse restait une Française, donc une ennemie aux yeux d'Ada Grimm. Malgré la victoire allemande, cette dernière avait toujours refusé de venir rendre visite à son fils à Paris. Ils ne s'étaient vus qu'une fois depuis l'Occupation, pour aller visiter une maison à Coblence qu'il souhaitait lui offrir grâce au pactole qu'il recevait de ses affaires avec Szkolnikoff.

Grimm haussa les épaules.

Il fallait en finir.

Il résolut de ne plus penser à France.

Il résolut aussi de se débarrasser de Rose-Marie d'Avaugour.

Toutes ces histoires l'occupaient trop.

Seulement, moins d'une heure plus tard, son adjoint rentra dans son bureau avec les derniers courriers arrivés. Grimm trouva dans une enveloppe un carton saumon, avec deux jetons du Sphinx à son nom. C'était une invitation pour la soirée privée du réveillon de Noël 1940.

— Vos ordres ont été passés, major, dit l'adjoint. J'ai mis l'un de nos meilleurs hommes sur votre affaire de Poitiers. Sous peu, vous saurez tout sur cette fille…

9

« D'habitude, c'est moi qui paye les filles... »

Un fourgon déboucha d'un chemin de terre boueux avec fracas, apportant avec lui des émanations d'huile et de diesel. Il s'immobilisa sur une clairière bordée par un bois, derrière la gare de Robinson, au sud de Paris.

Un peloton d'exécution allemand piétinait déjà sur place, encadré par un officier supérieur, un médecin-major et le lieutenant responsable du tir.

Le soleil de ce 21 décembre se levait à peine.

Les portes du fourgon furent ouvertes par trois Feldgendarmes.

Une douzaine de travestis en sortirent, raflés par la Gestapo dans un « cabaret à spécialités » de la rue Ordener. Les soldats du peloton ricanèrent devant leurs accoutrements exubérants. Il était difficile de distinguer si des femmes ne s'étaient pas glissées parmi eux, tant ils étaient maquillés et pailletés.

À l'écart, un homme en civil, portant une gabardine marron, un chapeau mou et fumant une courte pipe, les observait.

L'officier supérieur donna lecture des sentences, puis des soldats attachèrent les trois premiers condamnés à mort à des troncs d'arbres. On leur banda les yeux. Le médecin-major épingla un morceau de carton à l'emplacement du cœur.

Les travestis étaient d'une tenue et d'une dignité étonnantes face à leurs bourreaux.

Les commandements de tir furent dictés d'une voix ferme par le lieutenant du peloton.

Les détonations résonnèrent.

Les trois corps s'effondrèrent.

Le médecin inspecta ses cartes à jouer, toutes pliées et percées d'au moins une balle.

— Morts.

D'autres séries d'exécution suivirent, par groupes de trois, jusqu'à l'exécution des douze condamnations, avec la même retenue noble de la part des prisonniers.

La scène se déroula sous l'œil de l'homme à la gabardine et au chapeau mou, fumant sa pipe. Lorsque tout fut achevé, il secoua la tête d'un air navré, fit un signe à l'intention de l'officier supérieur allemand, puis remonta dans une Peugeot bleue, écœuré par ce à quoi il venait d'assister.

D'ordinaire, l'homme serait retourné à la préfecture de Paris, mais ce commissaire de police d'une cinquantaine d'années, qui avait été l'enquêteur chargé du meurtre de l'aviateur allemand Peter Böhm, égorgé le 20 novembre précédent, rue de Tournon dans le VIe arrondissement, ne faisait plus partie de la police française.

Il se nommait Oscar Courtois. Toutefois, depuis l'école de police, tout le monde l'appelait OC.

Le plus difficile pour lui, dans l'affaire de l'assassinat de Böhm, avait été de remonter sur les lieux fréquentés par l'aviateur lors de sa dernière nuit, avant de rencontrer la fille qui lui avait été fatale. Muni d'une simple photo de la victime, il avait écumé les établissements ouverts à Paris ce soir-là. Il s'aperçut assez vite que l'Allemand était un habitué des lieux troubles (mélange des genres et sexe punitif) : l'homme chauve et barbu avait été vu, à des dates antérieures, dans des endroits sordides de la capitale, bains turcs, fumeries d'opium, cabarets louches. Ce fut aux bains « pour garçons » de la rue Duret que le commissaire retrouva enfin sa trace, au jour de sa mort. Celle-ci le conduisit au Gai-Guêpier de la rue Ordoner où Böhm avait passé sa dernière nuit.

Les différents témoignages corroboraient : il était ivre et accompagné d'une grande femme aux longs cheveux blonds.

OC interrogea les individus présents cette nuit-là au Gai-Guêpier au sujet de la fille, mais sans résultat. Le couple avait quitté l'établissement à cinq heures, après la levée du couvre-feu. Au bout d'un mois d'enquête, sans autres éléments, l'affaire devenait inextricable. Faute de preuves et de nouveaux indices, OC était résolu à classer le dossier, mais la Kripo de Walter Odewald ne l'entendit pas de cette oreille. Pour les SS, OC avait accompli trop lentement sa part du travail ; ils reprirent la main, mettant à l'épreuve *leurs* méthodes.

Aussi, tout alla très vite.

La Gestapo arrêta les vingt-quatre témoins identifiés par OC et présents lors du passage de Böhm au Gai-Guêpier. Tous furent condamnés à mort par un tribunal d'exception, au titre « d'otages et en représailles pour l'assassinat de Peter Böhm, le 20 novembre ». Ce type d'exécution sommaire et symbolique était l'une des premières à Paris. La technique d'intimidation était simple : une moitié des otages serait exécutée dans le petit bois de Robinson, et les douze autres bénéficieraient d'un délai de grâce d'une semaine, « le temps que les langues se délient sur le cas Peter Böhm ». Si des informations décisives arrivaient à la police, les derniers condamnés échapperaient à leur sentence.

Ce procédé révolta OC.

Walter Odewald, qui l'avait pourtant élu pour cette enquête au regard de ses exploits passés dans la police supporta mal sa réaction. OC resta inflexible contre la condamnation des innocents du Gai-Guêpier. Il voulut même entrer en contact avec un réseau de résistants, pour essayer de faire évader les malheureux avant leur passage devant le peloton allemand. C'est ainsi que, grâce à certains fichiers de la Préfecture, il put se faire connaître de résistants mais leur incapacité d'action le surprit : ils n'avaient ni armes ni section d'assaut ! À Paris, ils s'occupaient surtout à publier des journaux clandestins pour dénoncer Vichy et les abus allemands de l'Occupation. On était loin de pouvoir attaquer un fourgon d'otages à Robinson !

Campant sur ses positions, OC fut rayé des cadres de la police parisienne par les autorités de la Gestapo.

Ce jour-là, il rentra chez lui, rue Cardinet. Sa femme s'effondra à l'annonce de son renvoi. Ils avaient trois jeunes enfants.

— Et maintenant ?

Seules deux voies s'ouvraient à lui : soit entrer dans une police parallèle, bandes de mercenaires français à la solde de la Gestapo, soit rejoindre la filière de résistants qu'il avait rencontrés et les aider à se structurer.

Il pensait au mieux, pour retrouver son poste, dénicher par ses propres moyens l'assassin blond de Peter Böhm.

Ses liens avec l'officier supérieur allemand qui commandait le peloton du bois de Robinson lui avaient permis d'assister à l'exécution des travestis de la rue Ordener.

Il se sentait pour partie responsable de leur mort.

En plus de trouver l'opération moralement infecte, il estimait que l'assassinat des travestis par les Allemands ne produirait aucun résultat.

En cela, il se trompait.

Tout le « milieu » parisien de la nuit fut alerté des condamnations, des premières exécutions et de la menace qui pesait sur les douze derniers innocents du Gai-Guêpier. Le jour de la mise à mort à Robinson, un jeune homme se présenta à la Préfecture. Mais quand il demanda à parler à OC, on lui répondit qu'il pouvait rencontrer son remplaçant, flanqué d'un Allemand ; il préféra s'esquiver. OC avait beaucoup traîné parmi les noctambules à la recherche de Böhm ; seuls son visage et son nom étaient connus et inspiraient confiance.

Cependant, avant de quitter la préfecture, l'ancienne assistante d'OC donna discrètement au jeune homme l'adresse personnelle de l'ex-commissaire.

Acteur raté, le jeune homme était serveur dans un restaurant de la place de la Contrescarpe et disait avoir vu Böhm et la mystérieuse blonde prendre leur petit déjeuner, avant six heures du matin, dans l'établissement voisin du sien.

Il reconnaissait Böhm sur les photos policières qui avaient circulé dans les night-clubs, mais surtout, il connaissait la fille !

— Je l'ai peu vue, dit-il à OC. Nous ne nous sommes jamais parlé. Mais elle logeait dans le même hôtel que moi, rue Pasquier.

OC se rendit immédiatement à cette adresse : un établissement miteux comme il en pullulait aux abords de la gare Saint-Lazare. Il interrogea le propriétaire au sujet d'une blonde qui aurait occupé l'une de ses chambres, moins de deux mois auparavant.

Le propriétaire la retrouva dans son registre.

— Marie Martin. Je m'en souviens : elle n'était à Paris que depuis un mois. Elle ne connaissait pas du tout la capitale. Je devais toujours lui fournir des indications.

— Elle voyait du monde ?

— Personne. Je ne l'ai jamais vue accompagnée. Elle a quitté l'hôtel le 21 novembre. Elle a réglé toutes ses nuits d'un coup.

Le lendemain du meurtre de Böhm, pensa OC.

— Elle vous a dit où elle allait ?

Le propriétaire haussa les épaules.

— Elle ne m'a pas non plus dit d'où elle venait ! En tout cas, elle voyageait léger. Un jour ou deux avant son départ, quelqu'un a commis un vol dans ma cuisine. De nuit. Tout ici était fermé, c'était forcément un client. J'ai fait une descente dans les chambres. Dans mon souvenir, la petite n'avait pas grand-chose avec elle.

— Quoi ?

— Une valise. Il y avait des affaires de famille, des photos, un livre, des tissus roussis…

— Qu'est-ce qu'on vous avait volé ?

— Mon meilleur ustensile. Un grand couteau !

OC retourna rue de Tournon dans l'appartement

du sixième étage où Peter Böhm avait été assassiné. Les lieux étaient toujours sous scellés. Le concierge, qui ignorait sa radiation, le laissa monter. Là, l'ex-commissaire recommença une fouille minutieuse. Il déplaça les meubles, poussa le lit, vérifia les lattes du plancher. Il ouvrit les deux petites fenêtres. L'une donnait sur une arrière-cour avec bosquets, l'autre sur la rue. À l'aide d'un manche à balai, il remua les feuilles mortes des gouttières. Ensuite, il descendit dans la cour et, à quatre pattes, pénétra entre les arbustes.

Ce fut là qu'il le vit, couché sur un lit d'épines. Le long couteau de cuisine du propriétaire de la rue Pasquier. OC humecta son doigt et goûta les résidus sur la lame.

Du sang.

Avant de se rendre rue de Tournon, OC avait demandé au patron de l'hôtel :

— Connaissez-vous un de vos clients qui puisse avoir fréquenté cette fille, hormis le serveur de la Contrescarpe ?

— Oh ! ici, il y a surtout des gens de passage. Il y a bien l'Américain. Je ne sais pas s'ils se sont vus. Peut-être croisés. C'est un journaliste du *New York Post*. Il a une chambre à l'année.

W. Hampden avait vingt-cinq ans. Il était athlétique, une cigarette vissée constamment à la bouche. Un nuage de fumée s'échappa de sa chambre quand il ouvrit à OC. Un instant plus tôt, l'ex-policier entendait le crépitement de sa machine à écrire derrière la porte.

— Oui, elle est venue me voir un jour, dit Hampden. On avait dû lui dire que j'étais journaliste : elle m'a demandé si je pouvais la prendre en photo ! Mais moi, j'écris seulement des articles. Je lui ai donné l'adresse de l'atelier d'un ami, rue du Havre. Elle m'a remercié. J'ai voulu l'inviter à dîner, elle a dit oui. Mais je ne l'ai jamais revue…

Rue du Havre, le photographe désigné par le journaliste américain fut encore plus vif à se souvenir de la fille.

— Bien entendu que je me la rappelle ! On n'oublie pas ces choses-là !

— C'est-à-dire ?

— D'habitude, c'est moi qui paye des filles pour qu'elles posent devant mon objectif. Là, c'est elle qui voulait me payer pour que je la photographie nue ! Incroyable.

— Vous avez toujours les photos ?

— J'ai les négatifs.

Le photographe s'enferma dans son laboratoire. Il appela OC peu après. Une dizaine de clichés humides pendaient le long d'un fil dans la lumière rouge.

OC fit un large sourire.

— Magnifique, non ? dit le photographe.

— Elle a les cheveux noirs, là. Je cherche une blonde. Elle portait une perruque ?

— Non, elle s'est teint les cheveux dans mon atelier…

Il approcha une photo en pleine lumière.

— Une sacrée beauté, hein ? Je donnerais cher pour la revoir.

— Pas autant que moi…

10

1941, année de la paix

Le réveillon de Noël de 1940 se préparait au Sphinx comme partout ailleurs dans ce Paris frappé par les pénuries et les restrictions, mais sans manquer de rien. Guirlandes, boules et sapin étaient disposés par les pensionnaires, toutes costumées en petits anges ou en lutins, le champagne était mis au frais, le parfum des chapons rôtis montait des cuisines du sous-sol…

L'humeur se voulait festive et l'illusion était parfaite.

Les soldats d'Hitler venaient de frapper Nauru, une petite île d'Océanie, située à treize mille sept cents kilomètres de Berlin !

Jusqu'où n'irait-il pas ?

À Washington ?

L'Allemagne paraissait invincible.

Loin de ces considérations, Alphonsine flânait mélancoliquement sur les Boulevards.

À la hauteur des Grands Magasins, elle aperçut un modeste stand tenu par trois petites dames âgées. Une banderole annonçait qu'elles appelaient aux dons pour venir en aide aux « enfants des soldats prisonniers en

Allemagne ». La sous-maîtresse du Sphinx se dit que ce Noël allait être son premier sans son fils. Elle décida de verser une somme importante à l'association des vieilles dames. Ces dernières louèrent longuement son geste, puis inscrivirent son nom et son adresse sur leur registre.

Alphonsine retourna boulevard Edgar-Quinet, les pieds glacés par le froid mais le cœur moins lourd.

Ce même soir, Chez Marcel, la salle du restaurant était bondée.

Max-Pol avait ouvert toute grande sa cave. Comme tout le monde, il pensait que ce Noël resterait unique : 1941 allait *forcément* apporter la paix !

Les choses allaient se tasser avec l'occupant, l'Angleterre négocierait un traité avec Hitler, la Wehrmacht franchirait de nouveau le Rhin, et l'on recommencerait, comme en 1871, à payer des indemnités de guerre et à reconstruire le pays.

Jusqu'à la prochaine.

Qui pouvait imaginer que la semaine d'avant, le 18 décembre, la Directive du Führer n° 21 avait divulgué en très petit comité les plans arrêtés par Hitler pour l'attaque de son allié russe ? Directive n° 21 qui faisait suite à celle du 10 décembre précédent, qui détaillait le programme d'invasion des troupes allemandes de la zone libre française, et le renversement de Vichy par Berlin…

Dans l'immeuble voisin, au Sphinx, les réjouissances de Noël commencèrent avec l'arrivée des premiers clients de l'état-major allemand. Seul Paul Thénard rechignait. Il avait refusé de se déguiser et ne voulait pas se joindre aux agapes. Il était de ces hommes que la joie des autres indispose. Avec cela, France l'obsédait toujours. Depuis son arrivée, elle l'ignorait, le snobait, le niait. Elle ne lui demandait jamais rien et obtenait souvent davantage que lui au marché noir auprès de l'occupant. Elle gagnait des fortunes, et il n'en profitait pas comme avec d'autres pensionnaires plus complaisantes. Il supportait de moins en moins, non seulement de ne pouvoir poser les mains sur cette fille qui affolait les généraux, mais d'être traité par elle comme un simple domestique. Il détestait ses manies, ses poses, ses silences, ses regards qu'elle distribuait avec parcimonie.

Ce soir, alors que toutes les filles étaient dans la salle de bal et au bahut, il abandonna son poste de portier sur le boulevard enneigé et monta l'escalier quatre à quatre jusqu'au dortoir des pensionnaires.

Il se glissa vers le coin de France et tira de sous son lit cette fameuse valise fermée à double tour que la jeune femme n'avait jamais ouverte en présence de quiconque. Que cachait-elle ? France avait forcément des failles, des secrets, comme toutes les filles qui finissent au bordel ou sur le trottoir, un passé, des mystères…

À défaut de pouvoir la posséder, s'il apprenait quelque chose, Thénard espérait pouvoir la faire chanter.

Mais, au moment de fracturer la valise, il entendit derrière lui :

— À ta place, je ne ferais pas ça.

Une fille malade était restée dans le dortoir, dissimulée dans la pénombre.

Thénard se releva d'un bond.

La fille ajouta :

— Depuis le temps, tu ne crois pas que l'une d'entre

nous aurait déjà essayé de savoir ce qu'il y a dans cette valise ? France a de trop hauts protecteurs chez les Boches. Si elle apprend que tu es venu fouiller dans ses affaires, je ne donne pas cher de ta peau.

Thénard baissa la tête.

La fille avait raison.

Il réfléchit, puis remit la valise sous le lit.

Penaud, il quitta le dortoir.

Plus haineux que jamais.

Devant le restaurant de Max-Pol, un homme s'arrêta un moment, puis poussa la porte. Les épaules couvertes de neige, il était en tenue râpée de soldat. La peau basanée, un gros baluchon sur l'épaule, il avait l'air glacé et affamé.

Son apparition fit se taire presque tout le monde dans la salle. Un Français, en tenue militaire, ça ne courait plus les rues depuis longtemps.

Max-Pol s'approcha du garçon.

— Joyeux Noël, mon gars, dit-il en l'invitant à s'asseoir. D'où sors-tu ? Servez-lui un grog !

Quelques instants plus tard, Max-Pol apparaissait en trombe dans le vestiaire du Sphinx.

— Où est Alphonsine ? demanda-t-il.

Déguisée en mère Noël, la sous-maîtresse riait aux éclats au bahut. Elle s'effondra en larmes.

Prisonnier en Allemagne depuis l'armistice, son fils venait de rentrer à Paris !

Peu à peu, et à tour de rôle, les filles du Sphinx envahirent le restaurant au milieu des clients ébahis. Alphonsine ne cessait de toucher son fils, de l'étreindre et de parler de miracle. Il lui présenta son certificat de libération. C'est alors que tout le monde comprit, en lisant le nom du comte de Hofmannsthal comme signataire du document, que c'était à France qu'Alphonsine devait le retour de son fils. Le fils du *gaucho* de Mendoza…

Au même moment, dans la grande salle de bal du Sphinx, France faisait une entrée triomphale devant les Allemands : juchée sur un char porté par des officiers, aux trois quarts nue, dans un costume fait de serpents verts et de dorures, la chevelure ébouriffée, au son des cuivres d'un péplum hollywoodien diffusé par le pick-up.

Une pluie de confettis l'accueillit sous les vivats des Allemands.

L'entrée de France annonçait le véritable lancement de la soirée…

De son côté, de l'autre côté de la Seine, le major Friedrich Grimm passait son réveillon dans l'appartement des Avaugour, avenue de Malakoff.

Il affichait un air absent.

Depuis le début du dîner, la jeune Rose-Marie expliquait à ses amies qu'il avait dû forger une excuse pour ne pas retourner en Allemagne fêter Noël avec ses parents. « C'est la première fois ! » se flattait-elle. Elle raffolait de l'idée qu'il l'ait « préférée » à sa famille.

Mais si Grimm avait effectivement renoncé à sa permission d'aller en Allemagne pour les fêtes, ce n'était pas pour rester avec Rose-Marie. Ce soir, s'il ne pouvait cacher son envie d'être ailleurs, il ne songeait pas à Wittlich, mais au Sphinx.

C'était à France qu'il rêvait.

DEUXIÈME PARTIE

Je pense à ces millions de Français qui, actuellement, pour gagner le pain de la maison, travaillent sous la surveillance de l'autorité étrangère.

Ils servent, mais ils savent qu'ils servent. Ils servent provisoirement, et avec un tel dégoût que pour un peu ils y perdraient le goût du pain.

Mais une chose les sauve : c'est qu'ils n'ont pas perdu le goût de la liberté.

Si vous leur dites qu'ils « collaborent », ils rigolent ; ils savent bien au fond d'eux-mêmes ce qu'il en est. Leur âme n'est pas dans leur besogne. Ils sont aux travaux forcés : c'est la part du pain qui est quelquefois dure à gagner. Mais ils sont pleins de mépris : c'est la part de la liberté.

Et ils grondent à leur ouvrage, ils attendent, ils espèrent.

Jean GUÉHENNO

1

Rhabiller par la défaite

Comme beaucoup de Français acclimatés à l'occupant, France prenait des cours d'allemand.

Elle se rendait deux fois par semaine à la Sorbonne où l'Institut allemand de Paris offrait des cours de langue à la population. Le succès de cette initiative fut tel qu'il fallut bientôt limiter les inscriptions.

Grâce à ses appuis, France réussit cependant à se faire libérer une place et à bénéficier de leçons particulières à la Sorbonne.

Élève assidue, elle se faisait expliquer le nazisme, retenait les grades à rallonge de la Wehrmacht, s'intéressait de près aux coutumes allemandes, à la géographie du Reich, et aux origines du peuple germanique.

Quand elle apprit les nombreuses possessions de ses clients en Allemagne, August von Sachs et le comte de Hofmannsthal, elle étudia sur des cartes où celles-ci se situaient, auprès de quelles grandes villes, interrogeant ses professeurs sur les différentes richesses des régions de l'Empire allemand.

Au Sphinx, ce n'était plus un secret pour personne

qu'elle voulait se trouver un bon parti de l'autre côté du Rhin.

Tout ce qui était d'Allemagne la passionnait. Et elle ne s'en défendait pas.

— On ne va pas réécrire notre histoire pour sauver la Pologne : depuis mille ans, l'ennemi héréditaire de la France, c'est l'Angleterre, pas l'Allemagne. En fait, les « collabos », ce sont les gaullistes !

Ce trait fut beaucoup répété et ajouta au prestige de la « courtisane » du Sphinx dans les hautes sphères allemandes de la capitale.

Le 21 janvier 1941, elle se présenta dans sa salle d'étude à la Sorbonne, comme chaque mardi et jeudi matin, mais son professeur était absent. En l'attendant, elle ouvrit un ouvrage de vulgarisation sur le mythe aryen. Les minutes passèrent et elle n'entendit pas un homme entrer puis venir se pencher au-dessus de son épaule.

— Vous savez comment cela a commencé ?

France sursauta.

C'était Friedrich Grimm. Il était en complet veston.

— Je ne voulais pas vous faire peur, Fräulein, dit-il.

Elle reprit son souffle.

— De quoi vouliez-vous parler, major Grimm ?

— Appelez-moi Friedrich.

Il pointa la couverture du livre qu'elle étudiait à son arrivée.

— Notre mythe aryen, dit-il. Tout a commencé avec les linguistes.

France replaça une mèche de cheveux du bout des doigts et lui demanda, en souriant :

— C'est vous mon professeur, aujourd'hui ?

Grimm sourit à son tour. Il ouvrit un porte-cigarette

en argent, lui proposa une Craven A puis alla s'asseoir devant le grand tableau noir.

— À la fin du XVIIIe siècle, dit-il, des Français et des Anglais se sont aperçus que toutes les langues européennes, mais aussi le sanskrit et le perse, avaient une origine commune incontestable. Une langue mère, en quelque sorte. Aussitôt, ces linguistes se sont tournés vers les historiens, les anthropologues, les ethnographes, les archéologues, pour leur dire : « Messieurs, s'il y a une langue indo-européenne originelle qui remonte à la nuit des temps, il faut qu'il y ait eu un peuple originel. Trouvez-le ! » Les savants se sont mis à l'œuvre. Dont les généalogistes. Ceux-là, en s'appuyant sur la Bible, ont réussi à remonter jusqu'à l'ancêtre commun de ce « peuple de la première langue », baptisé aryen, en la personne de… Japhet.

— Qui ?

— L'un des trois fils de Noé ! Il est dit dans les Écritures que ses descendants ont peuplé les territoires de l'Europe et de ses confins asiatiques (alors que son frère Sem a donné les peuples juif et arabe, et son frère Cham, les peuples africains). Dès lors, grâce aux généalogistes, tout était clair : le peuple de la langue indo-européenne était identifié. Les Aryens descendaient de Japhet ! (Vous remarquerez que la langue sémite des Juifs n'appartient aucunement au socle indo-européen découvert par ces linguistes, ce qui les exclut *scientifiquement* de notre race[1].)

France approuva silencieusement, mais lui demanda :

— Pourquoi me racontez-vous tout cela ?

Grimm fit un geste pour l'inviter à être patiente :

1. « C'est un scélérat qui parle. »

— Ensuite, il s'est agi de savoir, qui, parmi les peuples européens du présent, était celui qui se rapprochait le plus des Aryens, celui qui aurait été le moins « corrompu » depuis leur âge d'or mythique. Et là, il est apparu que la race germanique était restée, au fil des siècles, la plus saine, qu'elle avait été la moins souillée de mélanges venus des autres races. Tout le monde est tombé d'accord sur ce constat, même les Français et les Anglais ! Notre grand Führer est alors arrivé. Il a pensé qu'après des siècles de souillure, même modérée, il était temps de faire « machine arrière ». Si le sang du peuple premier issu de Japhet coulait encore dans nos veines, alors il fallait le préserver, l'apurer, le protéger de toutes les influences maléfiques, et qu'il retrouve sa place au sommet du monde. Sinon, de mélange en mélange, l'humanité continuerait de dégénérer, et précipiterait sa fin… C'est tout simple, Fräulein France : au point de décadence auquel il est arrivé, les Aryens d'Allemagne ne veulent pas conquérir le monde, ils veulent le sauver[1] !

France souffla une longue bouffée de tabac.

— Je vous crois sur parole, dit-elle, mais en quoi cela me concerne-t-il ?

Grimm hocha la tête.

— Je sais ce que vous recherchez, mademoiselle. Vous voulez vivre en Allemagne, avec un Allemand, donner des enfants au Reich. Et vous avez raison, l'avenir nous appartient. Seulement, vous n'avez sûrement pas pensé à tout. Il reste des obstacles à surmonter.

Il se leva, glissa la main dans son veston et en tira

1. C'est toujours un scélérat qui parle.

une enveloppe qu'il remit à France. La jeune femme l'ouvrit et découvrit un certificat d'aryennité officiel du IIIe Reich établi à son nom.

— Sans ce sésame, pas de trésor, dit Grimm.

France le regarda.

Comme toutes les femmes extrêmement belles qui ne disent jamais merci, elle se contenta de sourire.

— Vous menez assez bien votre barque au Sphinx, reprit le commandant. Je comprends que vous ne vous intéressiez pas particulièrement à moi. Pourtant je suis riche. Très riche, maintenant. Et célibataire. Mais sans doute dois-je encore monter en grade pour vous plaire tout à fait, et, en Allemagne, je n'aurais pas de bonne société dans laquelle vous introduire. Même si Sachs et Hofmannsthal ne sont pas les meilleurs partis auxquels vous puissiez prétendre – l'un est déjà marié et l'autre côtoie souvent les gouapes de la rue de la Gaîté –, je renonce à contrecarrer vos plans de mariage. Mais je refuse de renoncer à vous.

Il s'approcha.

— Je vous propose un marché. Je ne viendrai plus au Sphinx. J'ai pris une chambre sur le quai d'Anjou. Nous nous y retrouverons.

— Quand ?

— Le matin. Après vos cours de langue. Avant l'ouverture du Sphinx. Personne n'en saura rien. Là, vous serez à moi et je vous couvrirai d'or. Cet or, vous le garderez secret et il vous sauvera peut-être un jour si les choses tournaient mal.

France plissa le front.

— Tout peut arriver, insista Grimm : une autre fille qui vous supplante, une grossesse, une maladie, un vol, un faux pas de votre part avec un général… Mon or, au moins personne au Sphinx ne viendra prélever sa part dessus. Il sera tout à vous. Qu'en dites-vous ? Je fais un pas vers vous. Vous en faites un vers moi.

— Pourquoi ?

Grimm esquissa un geste de va-tout.

— D'abord, je voulais vous séduire, vous ravir à la barbe de mon état-major et vous mettre à mon bras devant le Tout-Paris. C'était devenu une obsession ; je n'en dormais plus. Aujourd'hui, je me rends compte que je préfère encore vous avoir pour moi, en secret. À l'insu de tous.

France se leva et écrasa sa cigarette dans le cendrier du bureau du professeur.

— Que dira Rose-Marie d'Avaugour ?

— Elle n'en saura rien, elle non plus !

France resta un moment à réfléchir, puis demanda, plus grave soudain :

— Vous allez gagner cette guerre ?

— La gagner ? Qui va nous en empêcher ?

Elle laissa un instant son regard se perdre.

— Je n'aimerais pas que la défaite allemande me rhabille, dit-elle.

— Pour cela, n'ayez aucune crainte.

France retourna à sa table prendre son petit sac à main.

— Alors, qu'en dites-vous ? demanda Grimm, avec une pointe d'inquiétude. Demain ? Midi trente ? 15, quai d'Anjou ?

*

* *

À compter de ce matin à la Sorbonne, France et Grimm se virent toutes les fois où le commandant allemand pouvait se libérer de l'hôtel Majestic.

Elle le retrouvait dans leur petit appartement secret des quais de Seine.

Grimm tint sa promesse : rien ne filtra de leurs rencontres secrètes, ni chez les Allemands ni au Sphinx. Il la couvrit d'or, grâce à ses combines fructueuses avec Szkolnikoff qu'il avait étendues à toute la Wehrmacht.

Un jour que le beau temps était revenu sur Paris, ils décidèrent d'abandonner leur cellule du quai d'Anjou pour flâner dans la capitale.

Leur escapade dans Paris se renouvela.

Ils visitèrent le Trocadéro, le Quartier latin, les petites rues autour de Saint-Sulpice, le square du Vert-Galant, les boîtes des bouquinistes sur les parapets des quais de Seine, même le Grand-Guignol des Champs-Élysées ou la statue du chevalier de la Barre au Sacré-Cœur. Ils allaient parfois déjeuner dans un bistrot discret de la place d'Anvers. France emportait souvent la caméra portative américaine que lui avait donnée August von Sachs au Sphinx.

Leur relation tarifée, qui convenait à France, évolua tout au long de l'hiver. Grimm se mit à parler. Beaucoup. Il racontait sa jeunesse, l'idéalisme allemand, sa passion pour Schelling et pour Arminius, le Vercingétorix victorieux des Allemands, évoquait ses rêves, ceux de ses parents, de sa mère surtout. France mesura vite l'importance qu'occupait cette femme dans l'existence de l'officier. De son côté, Grimm était fasciné par la manière dont cette Française savait l'écouter. Ils semblaient ne se trouver que des points en commun. Lui avait grandi dans la détestation de la jeune république de Weimar (imposée aux Allemands par la défaite de 1918), elle dans celle de la vieille IIIe République (imposée aux Français par la défaite de 1870). Ils avaient tous les deux été des enfants portés par une envie furieuse de changement et d'un honneur national retrouvé. France n'avait pas de mots assez durs pour son pays et la République déchue. Aujourd'hui, elle pourfendait encore aisément Pétain et sa clique qui lui paraissaient trop timides à vouloir « marier » la France avec ses vainqueurs.

— J'ignorais que des Français étaient si clairvoyants, s'exclama Grimm.

Dans les rues, France se moquait des regards de reproche que lui lançaient les Parisiens à la voir au bras d'un officier d'occupation. Un jour – que Grimm n'oublierait jamais –, en sortant du zoo de Vincennes où ils avaient admiré les girafes, les guépards et les bouquetins de Corse, avant de se séparer, elle posa spontanément un long baiser sur les lèvres de l'Allemand.

Elle filma le visage radieux du commandant de la Wehrmacht juste après.

Au Sphinx, Mme Freda se rendait compte que France changeait.

— Méfie-toi, lui dit-elle. C'est une chose de vouloir se caser avec un bon client, une autre est de tomber amoureuse.

Elle ne craignait pas seulement de voir la vedette de sa maison s'envoler.

— J'en ai vu des dizaines comme toi, qui ont cru au prince charmant, et qui sont allées se jeter au fond de la Seine. On peut oublier soi-même que nous ne sommes que des putains, mais les hommes, eux, ne l'oublient jamais… Dans notre métier, c'est triste à dire, mais il y a des règles à ne pas enfreindre.

France baissa le front. Pour la première fois, Freda la sentit émue. Mais la jeune femme se ressaisit. Elle releva la tête, passa une main sur ses yeux humides et reprit son air résolu.

— Les règles ? répondit-elle à Freda, un sourire aux lèvres. Regardez autour de vous : Hitler plante ses petits drapeaux sur toute l'Europe. L'Angleterre ne va pas tarder à signer la paix. L'Amérique continue à jouer aux cow-boys et aux Indiens en se foutant du reste. La France a cessé d'exister, et personne ne se presse pour venir la sauver. Alors non, voyez-vous, *les règles*, pour le moment, madame Freda, y en a plus !...

Elle tourna les talons et s'éloigna.

— Méfie-toi quand même…

Quand la prostituée se fut éloignée, la taulière resta un moment à réfléchir, puis descendit au rez-de-chaussée de sa maison.

Elle entra dans le restaurant de Max-Pol par la petite porte du vestiaire.

Il était au bar.

— Tu peux y aller, dit-elle après lui avoir fait un signe. Je crois qu'elle n'est pas aussi irrécupérable qu'elle en a l'air…

— Vous êtes sûre ? C'est un gros risque.

— Je dis ce qui est. J'ai du pif pour les nénettes. Elle joue un jeu. Maintenant, c'est à vous de voir.

sonnées par des pianos, tous les hommes, tous ne l'oublient jamais. [illegible] c'est triste à être, mais [illegible] pas [illegible].

Franck baisa le front. Pour la première fois, [illegible] la sentir [illegible]. Alors la jeune femme se [illegible]. Elle rejeta la tête, passa une main sur ses yeux [illegible] résolution.

— Des [illegible] ? répondit-elle à Frédéric, [illegible] aux lèvres. Regardez autour de vous : [illegible] les petits et grands en tout [illegible] l'Europe. [illegible] ne va pas tarder à [illegible]. [illegible] jouer aux cow-boys et aux Indiens [illegible]

Elle [illegible] Stéphane.

— Même un grand [illegible].

Quand la [illegible] se fut éloignée, la [illegible] resta un moment à réfléchir, puis descendit [illegible] de chaussée de sa maison.

Elle entra dans le restaurant [illegible] par la petite porte [illegible].

Il sera [illegible].

— [illegible] peut y aller [illegible] n'est [illegible]

— [illegible] c'est un gros risque.

[illegible]

Elle [illegible]

[illegible]

taurant, était inoccupé. Sa femme et leurs six enfants

2

« J'ai surtout accès à leur anatomie ! »

Deux jours plus tard, Max-Pol suivait le conseil de Freda et, à 8 h 30 du matin, alors que des giboulées martelaient le boulevard Edgar-Quinet, un jeune homme franchit précipitamment la porte de son restaurant.

Grand, le visage creusé, il portait une veste épaisse, un pantalon de velours dépareillé, de vieilles chaussures de cuir, un chapeau et une écharpe de grosse laine.

Il avait à peine dix-neuf ans.

Au bar, les trois vieux habitués du restaurant le saluèrent d'un mouvement de tête.

Max-Pol lui servit un bol de café.

— Pas d'inquiétude, dit-il à voix basse. Je me suis occupé de tout. Elle est prévenue.

Ce jeune homme se nommait Henri Boucan.

Depuis le mois d'octobre précédent, avec son frère et plusieurs garçons du même âge, il opérait une petite filière clandestine d'aide aux Français évadés des camps allemands.

Le grand appartement de Max-Pol, au-dessus du restaurant, était inoccupé. Sa femme et leurs six enfants étaient réfugiés en province depuis le début de l'Occupation. Max-Pol laissait à Boucan la jouissance de ses chambres libres pour le bon fonctionnement de sa filière. Malgré les risques encourus, il hébergeait des hommes âprement recherchés par la Gestapo.

Depuis sa rencontre avec Boucan, Max-Pol avait l'impression de vivre une nouvelle jeunesse.

Quarante années séparaient ces deux hommes.

— Moi, à son âge, s'esclaffait le restaurateur, je faisais le coup de poing au Quartier latin pour défendre le pauvre père Dreyfus !... 1898, c'est déjà un autre monde. Même la guerre de 14, j'ai des fois du mal à me dire qu'elle est du même siècle que celle-là ! On dit que les historiens sont des prophètes qui reluquent en arrière, eh bien, si un type comme moi s'y perd, ils vont devoir s'accrocher, les Hérodote de demain !

À 9 heures, Henri Boucan franchit la porte de la cuisine qui donnait dans le vestiaire du Sphinx.

Toutes les filles dormaient et les hordes de femmes de ménage n'avaient pas encore envahi les lieux. Le jeune homme gravit le grand escalier jusqu'au troisième étage. Là, se repérant d'après les instructions de Max-Pol, il pénétra dans une des chambres.

France l'y attendait.

Elle ne portait qu'une robe de chambre de soie rose et était assise dans un fauteuil en forme de trône de pharaon, typique de la décoration des chambres de la maison.

— Bonjour, mademoiselle. Je… Mon nom est Henri Boucan.

— Bonjour, fit-elle après un silence. Je sais votre nom. Vous comprenez que je ne vous reçois ce matin que par amitié pour Max-Pol ?

— Oui. Nous le savons.

Boucan s'assit sur le rebord du lit.

— Nous aussi nous savons qui vous êtes. Et surtout qui vous fréquentez au sein de cette maison.

La jeune femme creva d'un coup d'ongle un paquet neuf de cigarettes.

— Qu'est-ce que c'est censé dire ?

Boucan lui expliqua qu'elle était devenue, à Paris, l'une des personnes qui avaient l'accès le plus direct aux hautes figures de la Wehrmacht et de la Kommandantur.

— J'ai surtout accès à leur anatomie, rectifia France.

— Nous souhaiterions que vous puissiez tirer tout le profit possible de cette situation exceptionnelle.

Silence.

— Qui est ce « nous » ?

— Une réunion d'hommes et de femmes meurtris par la défaite et qui ne satisfont pas de l'état actuel de la France.

Il avait parlé à voix basse, mais avec énergie.

— Je vois. Et que me voulez-vous ?

— Votre concours.

France alluma sa cigarette et s'enveloppa dans un épais nuage de fumée. Un haussement de sourcils suffit pour dire qu'elle ne s'attendait pas à un tel entretien.

— Nous ne vous demanderons pas de changer vos habitudes avec les Allemands, s'empressa d'ajouter Boucan qui sentait qu'il venait d'avancer sur un terrain glissant. Bien au contraire. Nous voulons juste pouvoir récolter quelques informations sur leur compte, grâce à vous.

Il lui tendit une feuille tirée de son veston. France y lut une liste de noms d'officiers supérieurs allemands :

Otto von Stülpnagel, Helmut Knochen, Hans Shroeder, Elmut Kahn, etc.

— Les connaissez-vous ?

Elle haussa les épaules.

— Mieux que leurs femmes.

Boucan sourit.

— Nous ne solliciterons que des renseignements faciles à obtenir et sans danger pour vous. Par exemple : quand pensent-ils poser leurs permissions ? Quand rentrent-ils chez eux voir leurs familles ? Avec quel moyen de transport ? Aujourd'hui, nous constatons que de plus en plus de jeunes soldats allemands postés en France sont rapatriés en Allemagne. Une simple confidence sur l'oreiller avec un général de brigade pourrait nous aider à y voir plus clair. Ce genre de choses…

— Et qu'en ferez-vous ? Vous avez l'air bien… bien jeune pour faire la nique aux Allemands.

— Nous ne sommes que le maillon d'une longue chaîne, mademoiselle. Vous aussi, d'une certaine manière.

Un long silence suivit. Boucan observa France qui fumait en réfléchissant. Il se dit qu'il était vraiment rare de croiser une aussi jolie femme lors d'une opération de recrutement.

— Qu'est-ce qui vous fait croire que je pourrais avoir envie de vous aider ? demanda-t-elle enfin.

— À voir comment vous vous comportez depuis l'Occupation, nous avons conclu que vous étiez une pragmatique.

— Une pragmatique ? C'est un euphémisme. Vous m'espionnez ?

— Tout le monde espionne tout le monde aujourd'hui.

Vous ne vous êtes jamais servie de votre proximité avec les Allemands pour nuire. Vous avez fait libérer le fils de votre sous-maîtresse. Dans votre cas, en nous aidant, il ne s'agirait pas seulement de penser à la France, mais de penser à vous. Si les Allemands étaient vaincus, votre tableau de chasse dans la Wehrmacht vous placerait dans une situation délicate. En revanche, si vous acceptiez de nous rejoindre, cette situation pourrait facilement être retournée à votre avantage. Aujourd'hui, personne ne peut dire comment cette guerre va s'achever.

France protesta :

— Je la croyais finie, moi, la guerre.

Elle plia la feuille de Boucan du bout des doigts.

— Vous êtes gaullistes ? fit-elle.

— Non. Au contraire, nous sommes de fervents maréchalistes.

— Oui ?... Je n'imagine pourtant pas que les informations que vous espérez obtenir de moi servent à la bonne entente entre la France et l'Allemagne...

— C'est plus compliqué qu'il n'y paraît, dit Boucan. Pétain est notre grand homme. Il est le garant de l'unité du pays. Aujourd'hui, sa seule stature empêche les Allemands de faire chez nous ce qu'ils ont fait en Pologne : soit, annihiler toute forme d'existence nationale. De son côté, De Gaulle prépare la libération. Ils se connaissent très bien, vous savez. Et depuis longtemps. Pétain est même le parrain du fils de De Gaulle ! Ces deux hommes voguent sur le même bateau et nous...

Il hocha la tête.

— ... nous suivons leur cap.

Silence.

Boucan se leva et lui remit un petit carton.

— Nous n'attendons pas une réponse immédiate.

Voici le protocole à suivre pour entrer en contact avec moi. Vous irez au café Wepler, place de Clichy. Le reste suivra.

— Mais il n'y a que des Allemands au Wepler !

Boucan sourit.

— Nous parlons bien de double jeu, mademoiselle. À tous les étages. Il faudra vous y faire.

— Sur ce sujet, j'ai plus d'une longueur d'avance sur vous.

*

* *

Trois heures plus tard, France était dans les bras de Friedrich Grimm.

Elle ne lui avoua rien de sa conversation du matin avec le mystérieux résistant, mais l'Allemand sentit qu'elle avait l'esprit ailleurs.

— Quelque chose ne va pas, Fräulein ?

— Non… Non, tout va bien.

Ils firent ensuite l'amour avec passion.

Comme d'habitude.

3

« Qu'ils aillent tabasser les Rouges, ça nous fera des vacances »

Paul Thénard était assis seul à la terrasse d'un petit bistrot de la place Blanche, très couru par les rabatteurs de putains, les placiers et les maquereaux de Pigalle.

Il faisait beau, l'air était doux, les femmes s'essayaient à leur première mode de printemps marquée par les restrictions de la « botte allemande ».

Un serveur posa sur la table son verre de blanc et l'exemplaire du *Matin*, en date du 27 mars 1941.

En Libye, le général Rommel et sa 5e division légère de l'Afrikakorps entamaient ce qui s'apparentait à une grande croisade victorieuse allemande dans le désert.

— Ça n'a pas l'air d'aller, m'sieur Thénard, dit le serveur.

— Ça ira mieux demain.

— On dit ça, on dit ça… Dix mois déjà…

Derrière Thénard, trois hommes discutaient âprement :

— Tous ces soldats allemands qui quittent la France, je te dis, moi, que ça se prépare !

— Et puis ce sont les plus jeunes qui se tirent. Ça se voit : à part les SS, ceux qui restent, ce sont les bedonnants et les fonctionnaires à lunettes. Ma femme s'en plaint tous les jours.

— Elle a mauvais goût, ta femme.

— Je te dis que ça se prépare !

— Tu sais rien, alors boucle-la.

Thénard haussa les épaules et paya sa consommation au serveur.

— Ça ne bouge pas du côté des Anglais, poursuivait-on à la table voisine, alors, le grand Jules de Berlin, il s'emmerde. Je te dis, moi, qu'il envoie ses troupes à l'est. Il va montrer aux Russes que… eh bien, qu'eux non plus, il ne peut pas les sentir !

— Boucle-la.

— Ah ça, ils vont en faire une gueule à Moscou quand ils auront partout des drapeaux à croix gammée comme chez nous !

L'un des trois hommes se leva et allongea un énorme coup de poing sur celui qui venait de railler.

— Je t'avais dit de la fermer ! cria-t-il.

Il rajusta sa casquette et s'éloigna dans la rue Lepic.

— T'es con aussi, dit celui qui était resté paisiblement à table, il est coco comme pas deux, celui-là. Si Hitler attaque sa Russie, c'est tout son petit monde que le Führer lui flanque par terre. Il n'était pas le dernier à collaborer avec les nazis, j'te jure ! Bien au chaud derrière son pacte germano-soviétique. Il s'était même fait une spécialité de traquer les communistes renégats qui, eux, résistaient aux Boches malgré les consignes de Moscou. À sa place, si Hitler attaque Staline, reconnais qu'on l'aurait mauvaise…

— Bah ! Je m'en fous, en fait !... Qu'ils aillent

tabasser les Rouges, les Allemands, ça nous fera des vacances.

Thénard se dit que ces types racontaient n'importe quoi. Il avait questionné ses amis galonnés du Sphinx. Tous lui avaient expliqué que les troupes qui quittaient la France étaient rapatriées en Allemagne pour accomplir des manœuvres. Si une offensive d'envergure se préparait à l'est, ils le sauraient !

Un homme en complet blanc, chemise rose, chaussures cirées et panama de Portène s'approcha de Thénard.

— Il est dix heures du mat', tu t'es levé avec les poules ? lui lança-t-il, étonné.

Il s'assit à côté de lui.

— Dis plutôt que je n'ai pas dormi, maugréa Thénard.

— Je connais ça... On se fait du souci, nous autres aussi. C'est la croix pour placer nos filles, ces jours-ci. La concurrence n'a jamais été aussi serrée. Qui l'eût cru ? Justement, si tu voulais...

— Te fatigue pas, le Sphinx est plein. Freda ne veut pas entendre parler de nouvelle fille.

— C'est dommage, j'ai une Noire...

— Envoie-la à l'Afrikakorps. Ici, les Boches n'aiment pas ça.

— Ils aimeront celle-là !

L'homme au panama fit de grands signes à des connaissances qui traversaient la place.

Des Allemands.

— Comment ça se passe en maison pour toi ? demanda-t-il.

— Que crois-tu ?

— Je parlais pas boulot. Je voulais dire avec ta

fille, là… France. T'étais sacrément emballé, il y a quelque temps. T'as réussi à la croquer finalement ?

— Parlons d'autre chose, tu veux.

— Non, au contraire. Parlons-en.

Il héla le serveur et commanda deux verres de blanc.

— Y a un type qui se baladait dans le quartier en janvier dernier. Et dans sa poche, il avait une photo d'un très joli petit lot. Il la recherchait *ardemment*. Je suis allé le voir la semaine dernière. Personne n'a réussi à identifier France sur son cliché, parce qu'elle n'a jamais été sur le marché à Paris, mais moi, je l'ai tout de suite reconnue. Je l'avais bien matée, la fois où je t'ai amené ma Tonkinoise au Sphinx.

— C'est qui ce type ?

— Un flic.

Thénard haussa les sourcils. Le serveur posa les nouveaux verres, prit un billet dans la main de l'homme au panama et s'éloigna.

— Je t'écoute, dit Thénard.

— Tu penseras à ma négresse ?

— Je verrai ce que je peux faire.

L'homme se pencha et murmura :

— Il la recherche pour meurtre. Il semblerait qu'en novembre dernier elle ait découpé en rondelles un as de l'aviation allemande. Un ami de Göring, qui plus est ! Je lui ai fait : « C'est pas possible, commissaire, regardez cette petite sur la photo. Elle est toute jeune, elle n'est bonne qu'à distribuer des caresses. » Il m'a dit : « C'est elle, il n'y a pas de doute permis. »

Le front de Thénard s'empourpra.

— T'as entendu parler de la razzia au Gai-Guêpier et des exécutions au bois de Robinson ? demanda l'homme au panama.

Thénard acquiesça.

— Eh bien, c'est ta petite Vénus qui est à l'origine de tout ça. C'est au Guêpier qu'elle a levé son gros Allemand.

— Mais alors… c'était avant de venir au Sphinx ?

— Le flic m'a dit novembre. Moi, j'ai fait le gourdiflot : j'ai répondu que j'allais me renseigner. Je savais que je devais t'en parler, et rien piper à personne.

— Comment il s'appelle, ce flic ?

L'homme au panama sortit une carte qu'il déposa sur la table.

— Oscar Courtois.

— Il n'est pas des Mœurs ?

— Non, môssieur, de la Criminelle. En liaison étroite avec la Gestapo, d'après lui. Enfin, là, il bosserait plutôt en tant que privé. Je crois qu'il veut avoir les Boches à l'épate en retrouvant la fille tout seul. Mais bon, son affaire traîne en longueur… Il a bien besoin que quelqu'un vienne lui filer un coup de main.

Thénard observa la carte de OC, puis un large sourire se peignit sur son visage.

— Eh bien, ça a l'air d'aller beaucoup mieux, monsieur Thénard, lui dit le serveur en rapportant la monnaie de l'homme au panama.

Quelques minutes plus tard, Thénard était en chemin pour aller parler avec Oscar Courtois.

Ce dernier ne fut pas aussi facile à retrouver qu'il l'espérait mais, quand ils se parlèrent et que le policier lui expliqua les conditions de la mort de Peter Böhm, le portier du Sphinx sut qu'il tenait enfin quelque chose contre France.

Il la reconnut sur les clichés montrés par l'ex-commissaire : c'étaient les mêmes photos de nu que

France avait envoyées en novembre à Freda pour obtenir un rendez-vous au Sphinx. Toutefois, il se garda bien d'avouer à OC qu'il connaissait la fille.

Il savait qu'il avait beaucoup mieux à faire.

En rentrant à pied au Sphinx depuis la rue Cardinet où habitait OC, il peaufinait dans sa tête le discours qu'il tiendrait devant France.

4

Les pires ennemis de Hitler

— Je me demandais ce que ça pouvait faire d'égorger un homme ? Je veux dire : un homme attaché à son lit ? Est-ce que ça résiste ? Ou ça glisse comme dans du beurre ? Est-ce qu'on le regarde dans les yeux ? Son sang vous chauffe-t-il la main ? On doit avoir la tremblote un peu, non ? Juste avant ? On a beau dire, un homme, c'est pas comme un cochon. Mais après tout, ça dépend de la victime, j'imagine... Qu'est-ce qu'il t'avait fait, le gros Peter Böhm ? T'es montée avec lui rue de Tournon et là, il a poussé le jeu un peu trop loin ?...

France se levait toujours avant les filles du Sphinx. Surtout les matins où elle se rendait à la Sorbonne, puis au quai d'Anjou.

Ce jour-là, sortant de la douche, elle poussa un cri en apercevant Thénard assis devant elle, sur un tabouret du bahut, près d'une table à maquillage.

Elle remonta instinctivement sa serviette et prit la direction de l'escalier, sans rien dire, avant qu'il ne l'interpelle avec ses questions.

Pâle, elle se retourna.

Thénard s'approcha d'elle, secouant la tête d'un air de reproche.

— Ts, ts, ts... Tu vois, les « filles comme toi » méprisent toujours les « mecs comme moi ». Nous, les petits crevés. Les demi-sel. Ceux qu'ont jamais de bol, qu'arrivent jamais à rien. Avant la guerre, j'avais beau essayer, je n'étais qu'un rien-du-tout, et on me le faisait bien sentir... Et puis, les Allemands sont venus rebattre les cartes dans l'Hexagone, et voilà : les « mecs comme moi » sont devenus les dieux du carrousel.

Silence.

La main de France serrait si fort la ceinture de son peignoir que les jointures de ses articulations en devenaient blanches.

— Là, c'est toi qui fermes ta gueule et qui réfléchis, pas vrai ? continua Thénard avec un sourire. C'est pourtant ici que tu m'as envoyé balader le premier soir. « Qu'est-ce que je vais faire ? tu te dis maintenant. Qu'est-ce que je vais dire ? Je ne peux pas demander de l'aide à mes amis de la Wehrmacht. » Eh non, ils vont t'écharper, tes michetons boches, s'ils apprennent pour la mort de Böhm.

— Qu'est-ce que tu veux ? murmura France après un long silence.

— Fini de faire la fière, hein ? Tu sais, moi, pour être franc, de te voir ficelée à un poteau d'exécution, ça ne me ferait pas ouf ! Un gâchis, niveau guibolles, mais je m'en remettrai. En revanche, toi, si tu ne veux pas que je te donne aux Boches, tu seras dans ma chambre ce soir. Trouve la bonne excuse pour avoir ta soirée. C'est à poil, sur mon duvet, que tu sauras ce que j'attends vraiment de toi... Tu vois, j'ai le sens de l'esthétique.

Il jubilait.

— En fait, dit-il en guise de conclusion, on est pareils tous deux. On arrive toujours à obtenir ce qu'on veut.

*
* *

Ce même matin, France ne se présenta ni à la Sorbonne ni chez Grimm qui l'attendait au quai d'Anjou. Elle se précipita au Wepler, place Clichy, grand café transformé en foyer pour soldats allemands.

À onze heures, les lieux n'étaient pas encore bondés. Quelques grappes de soldats remarquèrent son entrée. Des jeunes Françaises étaient attablées dans un coin, des prostituées, comme elle, mais beaucoup moins cotées.

France s'assit et commanda :

— Un Cinzano, avec deux rondelles de citron.

Elle ne faisait que suivre les instructions d'Henri Boucan écrites sur le papier qu'il lui avait laissé pour entrer en contact avec lui. Commander un Cinzano avec du citron.

Ça avait l'air d'une blague d'étudiant.

Et pourtant…

Le garçon, un Français, hocha la tête, comme si la commande était parfaitement anodine, et s'éloigna en direction du bar. France patienta en fixant la place Clichy, espérant qu'aucun soldat ne se décide à venir l'aborder.

Le garçon revint.

— Désolé, mademoiselle, mais nous n'avons plus de Cinzano au bar. Nous serons livrés plus tard, aujourd'hui. Il faudrait revenir cet après-midi.

France le regarda.

— Vous êtes sûr ?

Il ne lui proposa ni une autre marque de vermouth, ni si elle désirait commander une boisson différente.

Il répéta :

— Il faut revenir cet après-midi, mademoiselle.

Là-dessus, il s'éloigna.

France crut décoder un message, se leva et quitta le Wepler. Surprise cependant, et contrariée. Elle s'agaça même sur la clef de son cadenas de vélo accroché à un lampadaire lorsqu'un jeune homme approcha dans son dos.

— Votre nom est France et l'on vous trouve au Sphinx, n'est-ce pas ? lui demanda-t-il.

Elle se retourna. Énervée.

— Qu'est-ce que vous me voulez ?

— Boucan m'avait dit à quoi vous ressembliez, mais je ne m'attendais pas à un aussi beau visage.

Il désigna le Wepler.

— Ne vous inquiétez pas, ils n'en ont jamais. C'est le but. Je travaille aux cuisines. Vous venez avec moi ? Laissez votre vélo. Mon nom est Georges.

Ce jeune homme avait l'air d'un enfant. Dix-sept ou dix-huit ans à peine. Un peu joufflu, blond et frisé.

Seul le nom de Boucan incita France à le suivre.

— Où va-t-on ? demanda-t-elle.

— Vous verrez bien.

Ils rejoignirent le sud du Quartier latin en métro sans presque se parler.

Une semaine auparavant, Radio-Londres avait incité

la population française à inscrire sur tous les murs du pays la première lettre du mot Victoire. Depuis, il en fleurissait partout, sur le pavé des rues, à la craie, à l'encre, à la peinture, même gravée dans l'écorce des arbres et dans le vert des bancs publics. Certaines lettres barraient carrément une croix gammée ou la moustache d'un Hitler portraituré à grands traits. Débordés face à ce déferlement, les Allemands réagirent en inscrivant leurs propres V, gigantesques, sur le fronton des grands bâtiments publiques de Paris.

Une guerre de lettres capitales…

Boulevard de Port-Royal, Georges pénétra avec France dans un immeuble situé entre une pharmacie et une confiserie, en face de la maternité Baudelocque.

Au troisième étage, il sonna trois coups à une porte d'appartement : deux longs et un bref.

La porte s'ouvrit et un nouveau jeune homme apparut.

France ne cacha pas son étonnement.

C'était un aveugle.

Les sourcils marqués et les cheveux très noirs.

— Bonjour, Georges, dit-il.

— Bonjour, Jacques, répondit le cuisinier du Wepler.

La jeune femme entra. Georges referma la porte.

— Suivez-moi, mademoiselle, lui dit l'aveugle.

Embarrassée, elle regarda Georges qui l'invita d'un geste à suivre son ami.

L'appartement était grand et bourgeois, sans doute celui des parents de Georges ou de l'aveugle.

France suivit ce dernier dans un long couloir. Avec son handicap, il ne se rendait pas compte que les lieux baignaient dans une profonde obscurité et ne pensa pas à pousser le commutateur électrique.

Se demandant toujours où elle mettait les pieds, France se retrouva dans une chambrette changée en bureau de travail d'étudiant, encombré de livres en braille.

— Pardon pour le désordre, mademoiselle, dit l'aveugle en allumant une courte pipe, je prépare le concours de l'École normale. Asseyez-vous.

— Qui êtes-vous ? Qu'est-ce que je fais ici ? Je voulais juste voir Henri Boucan.

— Asseyez-vous, répéta l'aveugle d'une voix calme.

Tout le temps de leur entretien, Georges resta seul dans le hall d'entrée du grand appartement.

Au bout d'une heure, la sonnette résonna trois nouvelles fois, selon le code arrêté.

Il ouvrit.

C'était Boucan.

— Alors ?

— Alors, ça fait un bail qu'il est avec elle.

— Tu crois que c'est bon signe ?

— J'en sais rien.

Boucan avait l'air préoccupé.

— Tu es sûr de ce que tu fais avec cette fille ? lui demanda Georges. Avec les Boches qu'elle fréquente, elle peut nous attirer de graves ennuis.

— C'est tout ou rien. Mais ça vaut le coup d'essayer. Et puis, pour elle aussi c'est dangereux de s'exposer avec nous. C'est elle qui a demandé à venir. Enfin, Jacques saura quoi en penser !

Ils entendirent résonner au loin les cloches du Val-de-Grâce et celles de Saint-Jacques-du-Haut-Pas.

France reparut.

— Bonjour, lui dit Boucan. Que vous a-t-il dit ?

La jeune femme était comme sous le choc de sa longue entrevue avec l'aveugle.

— Il m'a juste demandé de vous dire : « Malesherbes. Tout de suite. »

Boucan sourit. Il regarda Georges.

— Bien, dit-il. À présent, c'est moi qui reprends la main.

Il sortit avec France.

— Qui est ce garçon ? demanda-t-elle. Jacques ?

— Il aide notre mouvement. Sa spécialité, c'est le recrutement.

— Un aveugle ?

Boucan sourit.

— Justement. Personne ne peut le soupçonner d'être un résistant. Mais surtout il a une ouïe infaillible. Quand il interroge des inconnus, la moindre inflexion de voix, le moindre changement de respiration les trahissent, nul ne réussit à lui mentir. De plus, il a une mémoire infaillible et un sens des êtres très aigu. C'est un phénomène.

— Mais il ne m'a même pas demandé ce que je voulais.

— Ce n'était pas son rôle. C'est le mien.

Du boulevard de Port-Royal, ils se portèrent jusqu'au boulevard Malesherbes, dans le XVIIe. France entra une nouvelle fois dans un grand appartement bourgeois, en présence de très jeunes hommes. Ils étaient une dizaine d'étudiants, détendus et rieurs dans un vaste salon, comme des enfants en l'absence de leurs riches parents.

Tous se figèrent en découvrant la beauté de France.

Boucan les présenta par leurs surnoms de résistants.

— Dès la reprise des cours, dit-il, le 1er octobre, des groupes se sont formés au lycée et dans les facultés pour réfléchir à une résistance à l'occupation allemande et refuser d'adhérer à la politique du gouvernement de Vichy.

En quelques mots, et quelques traits caractéristiques des uns et des autres, France cerna ces jeunes hommes qu'elle trouva exaltants et passionnants. Eux ne parlaient jamais de « sauver la France », ils n'employaient pas de termes pompeux pour justifier leur engagement. Au contraire. La Politique et l'Histoire, ils s'en fichaient. Ce qui comptait à leurs yeux, c'était de retrouver la *liberté*. Ils voulaient se battre contre les Boches pour ravoir le droit de s'exprimer tout haut et d'aller où bon leur semblait, sans avoir à demander la permission à un étranger ou craindre pour leur vie. À la différence de leurs aînés, sans femme, sans enfants, sans maison ni biens à défendre, ils voulaient simplement danser et flirter tranquilles. Ce qui faisait d'eux les pires ennemis de Hitler.

Boucan expliqua que leur professeur de faculté avait déclaré, au premier jour de la reprise des cours, alors même qu'il savait que des étudiants de sa classe avaient adhéré à des associations pro-allemandes : « Cette guerre n'est pas une guerre nationale. Il n'y aura plus de guerres nationales. Mettez-vous ça dans la tête ! Le monde est Un. Cela n'est peut-être pas confortable, mais c'est un fait. Et tout nationaliste est un attardé, un vieux croûton ! » Depuis, leur soif de nuire à l'occupant était devenue un idéal et une nouvelle façon de concevoir leur monde.

France trouvait qu'il régnait un climat à la Cyrano dans ce salon du boulevard Malesherbes.

— Qu'avez-vous accompli jusque-là ? demanda-t-elle, avant de leur expliquer pourquoi elle avait demandé à entrer en contact avec le réseau et de répéter devant eux ce qu'elle avait dit à l'aveugle du boulevard de Port-Royal.

Fougueux, ils lui parlèrent de tracts imprimés contre Vichy, de fils téléphoniques sectionnés près des Kommandanturs, de filières d'évasion vers la zone libre et l'Angleterre.

— Êtes-vous prêts à en faire davantage ? demanda France. Je veux dire... vraiment plus.

Ils se regardèrent intrigués.

— Je puis vous apporter énormément, ajouta-t-elle, et rendre votre réseau insupportable aux Allemands et aux collabos. Si vous voulez être pris au sérieux, vous avez besoin de moi.

— Que faudra-t-il faire en échange ? demanda Boucan.

— Presque rien... Tuer un homme.

*

* *

Le soir, Paul Thénard avait apprêté le deux-pièces qu'il occupait au dernier étage du Sphinx. Sa journée s'était passée à y mettre de l'ordre, à aérer, à jeter le superflu et à préparer son lit pour une nuit qu'il espérait depuis longtemps. Il était excité et impatient. Ce vaniteux était très heureux d'avoir atteint son but avec la fille la plus insaisissable de la maison. Il cacha ses deux revolvers et son couteau de chasse dans une malle. Vu ce que France avait fait subir à Peter Böhm, il se méfiait. À la nuit tombée, il alluma des bougies, se servit un vieux cognac et attendit en écoutant la radio.

En recherchant le canal de Radio-Stuttgart sur son poste, il tomba sur une dépêche clandestine de la Résistance qui s'enflammait pour les premiers raids britanniques sur Berlin : « Enfin, la Royal Air Force se venge ! »

Le canal fut rapidement intercepté par la Gestapo et brouillé avec… des chansons de Tino Rossi.

France entra dans la chambre à onze heures du soir.

C'était l'heure au Sphinx où toutes les filles faisaient leur entrée dans la salle de bal.

— Ferme la porte à clef, ordonna Thénard.

France tourna vivement la clef dans la serrure. Les cheveux défaits, elle ne portait qu'une nuisette sous sa robe de chambre de soie. Elle paraissait inquiète. Mal à l'aise. À l'évidence, elle souffrait d'être là, offerte et vulnérable. Thénard ne l'avait jamais vue ainsi. Sans son maquillage, elle avait l'air d'une adolescente.

— Tu es une bonne fille. Approche.

Il sourit.

— Tu sais, lui dit-il, il ne faudrait pas que l'enquête sur Böhm remonte jusqu'à toi. Ils ont déjà ta photo ! En fait, si j'y réfléchis bien, t'as besoin d'une protection. De quelqu'un qui saurait avoir soin de toi.

Il claqua des doigts, comme frappé d'une idée lumineuse.

— En fait, c'est un mac qu'il te manque ! Et un bon !

Son sourire disparut.

— Allez, assez ri : si tu ne veux pas que je te balance au flic, le pognon que t'as gagné jusqu'ici, tu vas me le refiler, ainsi que celui qui va rentrer. Maintenant, tu fais partie de ma brigade, vu ?

Il lui caressa la joue du revers de la main, puis la dénuda presque instantanément. France ferma les yeux.

— Qu'est-ce qu'il y a ? T'es pas si dégoûtée quand il s'agit des Boches ! Je peux te baragouiner des bluettes en chleuh, si ça t'excite…

Il la renversa sur le lit, déboucla sa ceinture et baissa son pantalon.

— « *Wie herrlich leuchtet. Mir die Natur !* » Tu vois, on peut être une ordure et avoir des lettres.

Au même moment, dans le hall d'entrée du Sphinx, Friedrich Grimm apparaissait avec d'autres officiers. Il avait été surpris de ne pas retrouver France au quai d'Anjou le matin. Alphonsine lui répéta ce qu'elle lui avait dit au téléphone, qu'elle était souffrante et qu'il lui serait impossible de la voir ce soir.

Dans sa chambre, Thénard grimpait sur le lit et recouvrait France de son long corps blanc et sec.

— Tu vas voir, on va bien s'entendre tous les deux.

Il murmura à son oreille alors que France s'efforçait de réprimer un mouvement de dégoût.

Il voulut reprendre ses vers de Goethe, mais le froid d'une lame posée sur sa nuque étrangla les mots dans sa gorge.

Une voix d'homme demanda :

— Il paraît que tu veux savoir ce que ça fait, une lame qui pénètre dans de la chair humaine ?

C'était Henri Boucan.

Lui et deux de ses compagnons étaient entrés discrètement dans la chambre. Auparavant, France avait pris garde de tourner rapidement deux fois la clef dans la serrure, pour laisser la porte libre.

Thénard se figea.

La jeune femme se dégagea de son étreinte en le repoussant avec ses pieds et revêtit sa robe de chambre.

— Pas un mot, avertit Boucan en forçant Thénard à se relever sous la menace de son couteau.

L'homme à tout faire du Sphinx observa les jeunes hommes.

— Vous avez quel âge ? demanda-t-il, goguenard. Vous avez demandé la permission à vos parents pour être de sortie si tard ? Allez, baissez vos armes. Qu'est-ce que vous me voulez ?

— Silence.

Boucan ordonna qu'on l'attache au cadre du lit.

Puis il interrogea France du regard.

— Il l'a forcément quelque part, dit-elle mystérieusement en guise de réponse.

Thénard fronça les sourcils.

— De quoi parle-t-elle ?

France fouilla dans les poches de la veste de portier de Thénard suspendue à une chaise, puis ouvrit en grand plusieurs tiroirs. Ce fut dans la table de nuit qu'elle trouva ce qu'elle cherchait.

Un petit carnet bleu serré dans un ruban noir.

— Le voilà !

France était soulagée. Heureuse, même. Elle tenait sa revanche sur Thénard et sa promesse faite au réseau de Boucan.

— Comme prévu, dit-elle en remettant le carnet bleu à Boucan.

Le jeune homme feuilleta le document, ébahi par ce qu'il y lut.

— Incroyable !

Dans ce carnet, Thénard notait tout ce qu'il apprenait au sujet des gros clients allemands du Sphinx. Il y avait des noms, des grades, des postes, des adresses professionnelles et privées, à Paris et en Allemagne, des numéros de téléphone etc. Tout parfaitement consigné et annoté. Thénard relevait aussi les humeurs et les vices sexuels des uns et des autres. Il enregistrait les liens entretenus entre grands collabos français et l'occupant, plus tout ce qu'il entendait se dire et ce qu'il voyait d'utile…

C'était une mine d'or pour un réseau en herbe comme celui d'Henri Boucan.

Ce dernier fit un geste à l'un de ses compagnons. Immédiatement, pour répondre à la demande de France l'après-midi, il serra de toutes ses forces sur une cordelette passée autour du cou de Thénard.

France le regarda faire, horrifiée, alors que Thénard se tordait de convulsions.

— Non, attendez ! s'écria-t-elle.

— Mais ?... Vous aviez demandé… dit Boucan.

— D'abord, il faut en savoir plus. On doit comprendre comment, et par qui, il a pu remonter jusqu'à moi en partant de Böhm !... Sinon, je suis perdue.

Il y eut un moment de flottement entre les jeunes hommes.

— Ça ne peut pas se faire ici, reconnut Boucan.

— Alors, emportez-le.

Dans le grand escalier du Sphinx, Friedrich Grimm avait réussi à contourner le barrage des sous-maîtresses qui défendaient aux clients de monter sans accompagnement dans la maison.

Dans la chambre de Thénard, Boucan assomma le portier et le fit emporter par ses hommes vers les toits de l'immeuble, là où France leur avait aménagé une entrée discrète.

De son côté, elle repartit en hâte vers le dortoir.

Boucan, qui fermait la marche, croisa Grimm dans

le couloir de la chambre de Thénard. Il s'immobilisa. L'Allemand fut surpris de voir un jeune homme à cette heure au Sphinx, mais il cherchait seulement à rejoindre France.

Boucan s'éclipsa, cependant Mme Freda, qui avait entendu de l'activité au dernier étage, sortit rapidement de son bureau et monta. Elle surprit Grimm.

— Allons, vous verrez France demain, major Grimm ! Elle ne se sent pas bien. Ôtez-vous de là. Le dortoir de mes filles, c'est un lieu sacré.

Mais l'Allemand ne renonça pas.

Après quelques minutes au bar, il récidiva et réussit à rejoindre France.

En s'asseyant sur le rebord de son lit, il posa affectueusement la main sur son front et constata qu'elle avait réellement la fièvre.

Il vit ses yeux rougis.

Il mit cela sur le compte de son mal.

Il ne se doutait pas qu'elle venait de pleurer.

5

La Furie

L'ex-commissaire OC rentra chez lui, rue Cardinet, vers dix-sept heures.

— Tu as de la visite, lui dit sa femme. Elle t'attend dans le salon.

OC réprima un mouvement de surprise en découvrant, assise dans l'un de ses canapés, la fille des photos de nu qu'il avait eues dans sa poche pendant des semaines.

France portait un ensemble de Jeanne Lanvin, gris anthracite, et un bibi noir.

— Je viens plaider coupable du meurtre de Peter Böhm, lui dit-elle.

Sous le choc, OC referma la porte du salon. Il alla, sans rien dire, se servir un verre de fine et s'assit en face de la jeune femme.

— Vingt-quatre innocents raflés au Guai-Guêpier ont été exécutés par les Allemands à cause de cet assassinat.

— Je le sais.

Avant d'interroger davantage la fille sur Böhm, OC lui demanda :

— Comment êtes-vous remontée jusqu'à moi ?

La veille, Henri Boucan et ses compagnons avaient traîné Paul Thénard du Sphinx jusqu'au bois de Meudon. À la lumière de leurs torches, ils l'avaient torturé pour qu'il avoue le nom de l'homme qui possédait les photos de France et les informations sur l'enquête de Böhm qui menaçaient directement la jeune femme.

Le corps sans vie du portier du Sphinx reposait désormais au même endroit, sur un tapis de feuilles et de brindilles.

— Mes amis ne pensaient pas que leur premier mort serait un Français, déclara France. Avec votre nom, ils ont rapidement découvert que vous aviez été rayé de la police et que vous aviez noué ces dernières semaines des contacts avec le réseau de résistants de la Sorbonne.

OC esquissa un mouvement de crainte, alors France s'empressa d'ajouter :

— Des compagnons à nous, ne vous inquiétez pas. Vous n'êtes pas en terrain dangereux.

L'ex-commissaire fronça les sourcils. Il avait bien rencontré un type du nom de Paul Thénard deux jours auparavant et les chefs d'une organisation clandestine en décembre dernier.

Cette fille très calme en savait beaucoup.

— Je ne vais pas me dénoncer aux Allemands pour le meurtre de le rue de Tournon, dit-elle.

— Alors pourquoi êtes-vous là ? Que me voulez-vous ?

France lui répondit sans détour :

— Vous allez fournir à la Gestapo, comme à vos anciens collègues de la Préfecture, le nom de Paul Thénard et l'emplacement de son cadavre à Meudon.

Avec le couteau retrouvé et quelques indices placés dans sa chambre, il apparaîtra comme le véritable assassin de Peter Böhm. La fille blonde recherchée depuis novembre se réduira à n'être plus que l'appât utilisé par Thénard pour soûler et attirer l'aviateur, qu'il attendait dans son appartement. Je vous livrerai le nom d'une fille du Sphinx qui est partie avant Noël en Amérique, et qui fera notre affaire. Les Allemands seront soulagés, et vous, vous réintégrerez votre poste à la Préfecture, grâce à cet exploit personnel. Ce n'est pas anodin : pour le réseau de résistance que vous avez contacté, commissaire Courtois, vous êtes plus intéressant *dans* la police que dehors.

Elle sourit.

— Quant à moi, je n'existe pas. Je n'existe plus. Je crois que ceci est un échange de procédés tout à fait acceptable. Surtout dans les temps que nous vivons, non ?

OC hocha la tête.

— Pourquoi vous ferais-je confiance ?

— À cause de notre intérêt commun bien compris. Je ne désire pas être arrêtée par la Gestapo. Vous avez tout à gagner à réintégrer vos fonctions et à resserrer vos liens avec la Résistance. En temps de guerre, l'intérêt, c'est plus sûr que la confiance, monsieur Courtois.

Il sourit.

— Appelez-moi OC.

Les jours suivants, tout se passa exactement comme l'avait prédit France : OC et les membres du réseau Boucan chargèrent Thénard, les Allemands le reçurent comme le coupable du meurtre de Böhm, rue Tournon, et l'ex-commissaire obtint les félicitations de Walter Odewald, après avoir humblement reconnu, pour faire bon poids, que « seules les exécutions sommaires des SS avaient su dénouer l'enquête ». Il retrouva son poste à la Préfecture et la Résistance tint désormais, grâce à lui, un allié de choix au sein de la police parisienne.

Ce fut grâce à lui que l'incendie d'un atelier de photographie rue du Havre, qui emporta les clichés et les négatifs qui pouvaient compromettre France, mais aussi la disparition d'un maquereau bien connu de la place Blanche, l'homme au panama qui avait prévenu Paul Thénard, n'avaient attiré l'attention soutenue ni de la police ni de la Gestapo.

OC avait habilement étouffé ces affaires.

De son côté, le jeune serveur de la place de la Contrescarpe, qui avait le premier mis OC sur la piste de France, était du bon bord : il fut exfiltré par le réseau Boucan en Angleterre et intégra une unité de l'armée anglaise constituée de Français.

Toutes les menaces qui pesaient sur France au sujet de Peter Böhm s'étaient maintenant éloignées.

Les autorités allemandes avaient temporairement fait fermer le Sphinx. La découverte du corps de Paul Thénard à Meudon et son implication dans l'assassinat de Böhm s'étalaient dans toute la presse. La maison close fut interdite d'activité jusqu'à ce que l'enquête sur son portier soit terminée.

Soudain, Friedrich Grimm n'eut plus aucune nouvelle de France.

Plus rien depuis qu'il était allé la visiter alors qu'elle était fiévreuse, dans son dortoir, la nuit de l'exécution de Thénard.

Personne, pas même Alphonsine, ne savait où la trouver.

Cette absence lui devint intolérable.

France l'obsédait plus que jamais. Il ne comprenait pas que lui, le héros de guerre, le meneur d'hommes, puisse se retrouver aussi démuni face à l'éloignement d'une femme. Chaque jour, il craignait un peu plus de ne jamais la revoir. Parfois, lors de ses déplacements dans la capitale, il repassait devant des monuments qu'ils avaient visités ensemble, et sentait son cœur se serrer.

Ce fut dans ce climat d'impatience et de crainte que le comte d'Avaugour déboula un matin dans son bureau de l'hôtel Majestic :

— Je viens d'apprendre que mon brevet de béton est exploité par les Allemands. Il sert à la fortification de la côte atlantique par l'organisation Todt !

— Je ne comprends pas, répondit Grimm, feignant la surprise. Calmez-vous, monsieur le comte. Si cela est avéré, je lèverai ce malentendu. Votre dossier va être traité en priorité. Dès ce soir, ce sera une affaire réglée. Vous avez ma parole.

— J'y compte, major. Vous, vous ne pouvez pas dire que les Avaugour n'ont pas été coopérants avec l'Allemagne ! J'ai déjà versé plus de cent mille francs sur vos différents comptes en banque à Paris pour obtenir la reconnaissance de mon brevet à Berlin ! J'ai aidé votre Szkolnikoff !

— Je le sais, monsieur le comte, je le sais. Ne vous inquiétez plus.

Grimm se fit apporter le dossier des Avaugour. Dans une pochette étaient rassemblées toutes les preuves de l'Abwehr qui accablaient le fils aîné de la famille, enrôlé volontaire dans la Royal Air Force.

— Dès ce soir, ce sera une affaire close, monsieur le comte, répéta Grimm, je vous le promets.

Quelques heures plus tard, le comte offrait un dîner mondain avenue de Malakoff. Grimm était invité, comme d'habitude, mais se fit attendre. En son absence, Charles-Maurice s'autorisa quelques envolées sur la manière « virile » dont il avait usé ce matin pour rappeler à l'ordre l'Allemand au sujet de son brevet.

On sonna.

Ce n'était pas Friedrich Grimm.

Mais la Gestapo.

Une quinzaine d'hommes en armes.

— Votre appartement est réquisitionné par ordre de la Kommandantur, dit un sous-officier au comte. Quant à vous, vous êtes mis aux arrêts pour entente avec l'ennemi.

La révélation du rapport sur le fils aîné de la famille à Londres fit l'effet d'une bombe.

Charles-Maurice d'Avaugour, son fils cadet et son homme de confiance furent internés dans la prison du Cherche-Midi.

Rose-Marie et sa mère, emmenées dans une cellule à la Petite Roquette.

Ces héritières de huit siècles d'histoire de France se retrouvèrent parmi des maquerelles au rancart, des étrangleuses, des petites putes et des nymphomanes coxées par la justice.

— Contactez Friedrich Grimm, s'époumonait à demander le comte. C'est un malentendu !

En guise de malentendu, on lui lut l'ordre d'arrestation qui émanait du service économique du Majestic.

Il était signé de la main de Grimm.

Avaugour eut beau essayer de faire intervenir ses autres connaissances, rien n'y fit. Il fut condamné à dix ans de prison.

De cet instant, pâle et nerveux, il se jura qu'il ne se laisserait pas mourir avant de s'être vengé du jeune commandant.

Quelques jours après, Grimm reçut le rapport de son espion envoyé à Poitiers pour enquêter sur le passé de France.

Il craignait de lire ces pages.

Il redoutait d'apprendre que France n'était pas celle qu'elle prétendait être, que son identité, ses papiers, son enregistrement à la préfecture de Paris sous le nom de Marie-France Perrin cachaient un passé qui ruinerait à tout jamais leur relation.

Bien qu'elle ait disparu, il comptait sur l'appareil allemand pour la retrouver.

Le soir était tombé.

Il alluma une lampe près de son fauteuil.

Il était seul dans son bureau.

Une grande réception avait lieu dans les salons du Majestic. Une formation baroque interprétait des madrigaux de Monteverdi.

Il se servit un verre de whisky, s'assit et se mit à lire.

La première ligne de l'enquêteur ne laissa déjà aucune place à l'équivoque :

« La fille qui est au Sphinx du boulevard Edgar-Quinet n'est pas Marie-France Perrin. »

Grimm avala son whisky d'une traite.

L'enquêteur écrivait avoir rencontré la « vraie » Marie-France Perrin : il s'agissait d'une religieuse d'une institution de Saint-Vincent, près de Cholet, qui n'avait pas quitté son couvent depuis le début de la guerre.

Quant à sa sœur, Émeline Perrin, que le commissaire Métra avait évoquée devant Grimm et dite condamnée par contumace à dix ans de prison pour une histoire de client blessé à l'arme blanche, l'enquêteur n'avait pu la retrouver lors de son séjour à Poitiers ; elle s'était évanouie dans cette ville peu après l'accident, mais il confirmait qu'elle était bien, jusqu'alors, pensionnaire de la maison close de la rue Rabelais. Ses clients, son médecin, sa sous-maîtresse furent interrogés. Il apparaissait que c'était un personnage d'apparence compliqué. Méfiant et condescendant.

Peu aimé.

Grimm se leva pour se resservir un verre.

Sa première intuition semblait donc avoir été la bonne. France devait être cette Émeline, cette tueuse en cavale. Et elle se servait de l'identité de sa sœur pour échapper à la justice. Mais l'enquêteur écrivait ensuite que plusieurs éléments ne collaient pas entre la fille du Sphinx et Émeline Perrin. À Poitiers, tout le monde était catégorique : Émeline n'avait ni brûlure sur le bras ni tatouage à la cheville !

Grimm fronça les sourcils. Malassis lui avait certifié que la brûlure n'était pas récente. Ni le tatouage.

Cependant, d'autres filles du bordel de la rue Rabelais révélèrent à l'enquêteur qu'Émeline s'était fait une nouvelle amie dans la maison, quelques semaines avant de disparaître.

Une certaine Marie.

Grande, très jolie.

Cette fois, le limier se montrait satisfait : elle présentait bien une brûlure au bras et un tatouage à la cheville disant : *Dulcius ex asperis.*

Grimm était de plus en plus absorbé par sa lecture.

Médecins, clients et sous-maîtresse furent de nouveau questionnés.

« À l’évidence, cette nouvelle fille, cette Marie, serait arrivée à Poitiers en août 1940. Personne ne l’y avait vue auparavant. »

Les informations à son sujet restaient minces. L’enquêteur craignait d’être tombé dans une impasse. Il retrouva pourtant, par miracle, et après plusieurs semaines, une famille de réfugiés avec laquelle cette mystérieuse Marie était venue s’installer à Poitiers…

Son rapport gagna soudain en précision.

Grimm avala son deuxième verre aussi vite que le premier.

« Les Simonin sont originaires de Valenciennes. Ils ont fui leur village le 12 juin au matin, juste avant l’arrivée de la VIIe armée, avec leurs quatre garçons. C’est entre La Flèche et Angers, dans le Maine-et-Loire, qu’ils disent avoir repéré, sur la route bondée de l’exode, une jeune femme seule, à pied, hagarde, visiblement blessée. Ils pensaient qu’elle avait été brutalisée par les réfugiés sur la route. Elle ne parlait pas. Ils ont décidé de l’emmener dans leur voiture. Arrivés à Poitiers, les Simonin sont restés bloqués par la mise en place de la ligne de démarcation. Ils ont alors sous-loué un appartement en attendant soit de pouvoir franchir la Ligne, soit de rentrer chez eux. La famille offrait l’hospitalité à leur rescapée du Maine-et-Loire. Celle-ci finit par avouer, du bout des lèvres, qu’elle s’appelait Marie Martin (ce qui sonne comme un faux nom). Sur son passé, elle restait secrète. Seules de rares indiscrétions laissèrent entendre aux Simonin que son village avait été saccagé par des réfugiés français, au tout début de l’exode… »

Grimm secoua la tête. Il n’ignorait rien des exactions commises, en juin précédent, par les Belges et les Français jetés sur les routes devant l'avancée des chars allemands. Huit millions de personnes s'étaient mises en mouvement, avançant souvent en bandes désorganisées, sans savoir où elles allaient passer la nuit prochaine. De petites communes françaises virent en un jour leur population centupler ! Les exactions franco-françaises ne manquèrent pas. Dans certains villages, pillés et incendiés par les réfugiés, c'était à se demander qui envahissait qui…

Grimm resta un moment à regarder dans le vague. L'alcool commençait à l'engourdir. Monteverdi résonnait au loin. Il se sentait soulagé que France ne soit pas une condamnée en fuite.

Il avait du coup l'impression de tout comprendre. Il se dit que si des réfugiés français avaient détruit son village, le dégoût de France pour son pays et son envie d'aller refaire sa vie en Allemagne ensuite devenaient limpides.

« Les Simonin ont perdu la trace de Marie Martin, reprenait le rapport de l'enquêteur. Elle les a quittés sans crier gare, ni formuler de réels remerciements. »

L'enquêteur retrouva sa trace dans le lupanar de la rue Rabelais, avec Émeline Perrin. Le 16 août, cette dernière quittait Poitiers après son attaque sur un client. Le 4 septembre, c'était au tour de Marie Martin de s'évanouir dans la nature.

« On peut légitimement suggérer qu'Émeline lui a entre-temps procuré les papiers d'identité de sa sœur du couvent de Cholet. En tout cas, c'est bien cette "Marie" qui est à Paris ; cela ne fait aucun doute. »

Grimm referma le dossier.

En résumé, cette fille entrait dans le radar au mois de juin, abandonnée sur une route entre La Flèche et Angers. Avant cela, c'était l'inconnu. Ensuite, de septembre à novembre et son entrée au Sphinx : même mystère.

Au cours de leurs nombreux tête-à-tête, France lui avait peu parlé de sa jeunesse. Elle avait seulement évoqué les convictions politiques de sa famille, son éducation stricte, ses aïeux monarchistes, militaires et religieux, tous farouchement anti-républicains. Et puis un malheur, récent, qui avait tout bouleversé et qui expliquait pourquoi elle était seule et n'avait plus de contacts avec les siens.

Grimm se leva et rangea le dossier dans son coffre-fort.

Il coupa l'électricité et rejoignit le concert de Monteverdi.

Cinq jours plus tard, une note était laissée par France au Majestic.

« Je t'attends. »

Grimm se rua quai d'Anjou.

France s'y était réfugiée depuis quelques heures.

— Le Sphinx rouvre aujourd'hui, dit-elle. Je ne veux pas y retourner.

Elle se blottit entre ses bras, comme on s'agrippe à une planche de salut.

Il sourit.

— En ce cas, viens avec moi.

Il la conduisit au 127, avenue de Malakoff, dans le vaste appartement désormais inoccupé des Avaugour.

— C'est ici que je vais nous installer, lui dit-il. Cela restera notre secret, comme au quai d'Anjou.

Le jour même, il fit intégralement vider l'appartement de son mobilier Arts-Déco, puis, grâce aux millions de Szkolnikoff, France et lui chinèrent aux puces et chez les grands antiquaires pour redécorer les lieux, dépensant des fortunes dans des marqueteries Boulle du XVIIe siècle, des parquets Versailles, des tapisseries Aubusson et des bergères Marie-Antoinette !

France, elle, n'apportait dans l'appartement que ses toilettes achetées à Paris et sa petite valise fermée à clef.

Pour Grimm, le passé mystérieux et forcément « malheureux » de France, d'après le rapport que lui avait remis son enquêteur, concourait au plaisir personnel qu'il avait de la « sauver ».

— Ici, nous allons être heureux, lui dit-il.

— Je le sais.

— Je vais t'avoir pour moi tout seul.

— C'est mieux ainsi.

Après un long baiser, France aperçut son propre reflet dans un miroir Louis XVI accroché dans l'entrée de l'avenue de Malakoff.

Elle détourna le regard…

*

* *

— Maintenant que tout est réussi et que vous ne courez plus aucun risque à cause de Böhm, me direz-vous ce que ce pilote allemand vous avait fait ? lui demanda le commissaire OC alors que France l'avait retrouvé place des Ternes et qu'ils marchaient sur le boulevard de Courcelles, en direction de l'appartement du policier.

— Ce qu'il m'a fait ? dit-elle. Si je devais le tuer aujourd'hui, je n'hésiterais pas une seconde.

— Il vous a agressée, rue de Tournon ?

— Non. Non, c'était bien avant…

Elle laissa un long silence s'installer.

— Vous ne me faites toujours pas confiance ? s'inquiéta OC. Je croyais que notre intérêt commun nous autorisait tout ?

Elle sourit.

— En fait, avec Böhm, cela remonte au 26 juin dernier.

— Le 26 juin ?

Ils tournèrent à l'angle du boulevard et de la rue Cardinet.

— Dès que Paris a déclaré la guerre à Berlin, en septembre 1939, mon père a voulu me protéger. Depuis mes quinze ans, il voyait bien que les hommes et les garçons me tournaient autour… Il se souvenait aussi des atrocités commises par les Allemands en Belgique et en France lors de la dernière guerre. Des viols, surtout. Pour lui, j'étais une proie trop tentante. Il a décidé de me faire disparaître. Dès octobre 1939, tout le monde dans la région a cru que j'étais partie dans le Sud, chez des amis. En réalité, j'étais cachée dans les greniers du manoir. Tout un réseau de petites pièces avait été pratiqué avec de fausses cloisons, après la Grande Guerre, par mon grand-père, au cas où, justement, l'histoire devait se répéter avec les Allemands. Ainsi, pendant toute la drôle de guerre, on m'oublia. Et si jamais les Boches envahissaient à nouveau le pays, personne ne parlerait plus de moi dans la région.

Ils arrivèrent au pied de l'immeuble de OC.

— Enfin, le 26 juin est arrivé, dit France. Peter Böhm et Friedrich Grimm sont venus s'installer chez nous, dans notre manoir de Bonneville.

France lui raconta tout.

Tout.

— Je les entendais depuis mon grenier, s'exclama-t-elle. Je les voyais entre les lattes disjointes du plancher. J'avais appris l'anglais à l'école, je ne savais que des rudiments d'allemand, mais je notais phonétiquement tout ce qu'ils se disaient.

Elle pâlissait et sa voix devenait de plus en plus métallique.

— Böhm était dans un état second, cette nuit-là. Complètement ivre. Mais c'est Grimm qui a attaché ma mère près du cadavre de mon père. C'est Grimm qui a versé l'essence dans les pièces. Il ne s'est jamais inquiété de mon frère François.

Elle passa la main sur sa frange, tremblante.

— C'est lui qui a mis le feu au petit matin. J'ai pu m'échapper, mais pas sauver ma mère, ni mon petit frère. Je n'ai pu emporter qu'une valise avec quelques objets et des photos de famille…

Silence.

Bouleversé, OC n'osait rien dire.

France ajouta :

— Böhm et Grimm ont quitté la région. Je suis allée frapper à la porte d'un vieil instituteur du village voisin, qui enseignait l'allemand, M. Jean-Baptiste Meyer. Je savais que je pouvais lui faire confiance. Personne n'imaginait que j'étais dans les environs. Et je ne voulais pas que cela change. Je lui ai fait traduire ce que j'avais récolté par écrit de la bouche des deux Allemands. C'est ainsi que j'ai compris ce que Böhm et Grimm allaient faire à Paris. Leurs noms, leurs grades, leurs fonctions dans la capitale. Meyer a très bien saisi que je souhaitais les retrouver et me venger, et qu'il n'était pas possible de m'en dissuader. Aussi, il m'a beaucoup aidée. Il est d'Alsace. Il connaît bien les Allemands. . Je suis partie sur les routes. En direction de Poitiers. Meyer était en contact avec une ancienne élève à lui, une fille un peu perdue qui était devenue là-bas prostituée. C'est elle qui m'a donné des papiers pour monter à Paris. Qui m'a dit à quelles portes frapper. Et quel jeu jouer. Böhm n'a pas été long à retrouver. Lui a eu son compte.

— Et Grimm ? demanda OC, la gorge sèche.

France ne répondit pas immédiatement.

— Grimm, c'est une autre affaire. Ça sera plus long. À l'évidence, c'est lui que je *hais* le plus.

Ils montèrent dans l'appartement. France but une tasse de thé, sans revenir sur le sujet de Grimm et de Böhm, puis ils se séparèrent.

Lui dans la police, elle maîtresse d'un officier de la Wehrmacht, ils se promirent de marcher main dans la main jusqu'à la fin de la guerre.

— C'est la deuxième fois qu'elle vient chez nous, dit la femme d'OC quand France fut partie. Tu ne veux toujours pas me dire qui elle est ?

— Une Furie.

La femme hocha la tête.

— Ah ? Elle m'a eu l'air plutôt posée, cette jeune femme.

OC sourit et dit :

— Non, tu ne m'as pas compris. La Vengeance, chez les Grecs anciens… Une Furie !…

[illegible], et ce fils [illegible] de sa [illegible]
Pourtant, il n'a [illegible]. Il [illegible]
[illegible] sur [illegible]
direction de Bonny. [illegible]
[illegible], une [illegible]
devenue [illegible]. C'est elle qui [illegible]
[illegible] pour [illegible]. On m'a dit que
[illegible]
long à [illegible]
— Et Carmen ? demanda [illegible]
Bonny ne répondit pas immédiatement.
— Carmen, c'est une [illegible]
À [illegible] c'est lui que je [illegible]
Ils montèrent dans l'appartement [illegible]
[illegible] de [illegible], sans revenir sur le sujet de [illegible]
Bonny, puis ils se séparèrent.
Lui dans la police, elle [illegible]
la Wehrmacht, [illegible]
la [illegible] à la fin de la guerre.
— C'est la deuxième fois qu'elle [illegible]
par la femme d'OC quand [illegible]
[illegible]
— Une [illegible]
La femme [illegible]
[illegible]
Bonny.
OC était [illegible]
— Non, on ne [illegible]
chez les Gros [illegible]

TROISIÈME PARTIE

Septembre 1943

Parfois un grand espoir nous soulève, à la nouvelle des malheurs d'autrui.

Hambourg rasé, quarante mille familles de Milan sans abri, Nuremberg détruit, toute la population de Berlin en fuite…, c'est quelque chose, cela.

Et nous demandons plus de ruines, plus de misères encore. Elles seules peuvent nous rapprocher de la délivrance

Les peuples, après tout, sont aussi responsables de leurs malheurs, et il est juste, nécessaire à leur guérison, que l'Italie et l'Allemagne expient la sottise vaniteuse dont elles se sont laissé enivrer depuis vingt années.

Il faut qu'elles vérifient que décidément le nationalisme ne paie pas.

Jean GUÉHENNO

1

Le Führer doit être fier de nous comme nous sommes fiers de lui !

Ce 30 septembre 1943, cela faisait exactement mille deux cent trois jours que les Allemands occupaient Paris.

Le général De Gaulle avait vu juste, dans les premières semaines de 1940, quand il avait proclamé que ce conflit n'était pas une simple guerre civile européenne, mais un conflit d'essence mondiale.

Le 22 juin 1941, un an jour pour jour après avoir signé l'armistice avec la France, Hitler trahit son pacte avec Staline et lança son offensive militaire contre la Russie.

Six mois plus tard, l'Amérique attaquait le Japon, après le massacre de Pearl Harbor. Ce fut Hitler qui, en vertu de l'axe Rome-Berlin-Tokyo, déclara la guerre à Washington, dès le 10 décembre 1941.

Dès lors, tous les généraux allemands dotés d'un semblant de sens tactique comprirent que l'histoire de la Seconde Guerre mondiale se répétait, mais cette fois aux dépens du Reich.

En 1939 et 1940, la France et l'Angleterre, après avoir déclaré la guerre à Hitler, l'avaient laissé tranquillement s'armer pendant de longs mois, grouper ses forces, affiner ses plans, choisir même la date du début du conflit ! Aujourd'hui, il en allait de même, mais pour l'Amérique. Hitler avait déclaré la guerre, même si Washington était hors de portée de ses bombardiers. Pressés par aucune menace, les États-Unis étaient maîtres de leur calendrier ; ils allaient sereinement faire tourner leurs usines d'armement, mettre leur hégémonie industrielle au service de l'effort de guerre, et fondre, quand bon leur semblerait, sur les armées allemandes en Europe, avec une capacité de feu sans doute jamais vue dans l'Histoire…

À Berlin, on avait cru battre la Russie en quelques semaines.

Et puis Stalingrad doucha tous ces rêves bleus de la majorité de l'état-major de la Wehrmacht.

La reculade des Panzers de Rommel à El-Alamein, dans le désert de Libye, devant les Britanniques inquiéta les plus euphoriques.

Petit à petit, Hitler semblait perdre la baraka qui l'accompagnait depuis 1933.

Vue de Paris, même préservée des atrocités du front de l'Est, la confiance des forces d'occupation était aussi ébranlée.

Seuls les SS et les pro-Allemands de Vichy claironnaient encore au nom de la victoire finale…

Ce soir de 30 septembre 1943, Grimm se rendit à l'invitation de Michel Szkolnikoff, dans son hôtel particulier du 19, rue de Presbourg, à l'Étoile.

C'était dans de la vaisselle d'or, avec une vingtaine de domestiques en gants blancs et devant les mets les plus rares que l'ami de Grimm fêtait l'anniversaire de sa compagne, Hélène, personnage indissociable de son succès financier, qu'il avait rencontrée grâce au héros d'Eben-Emael.

Grimm arriva en uniforme de lieutenant-colonel. Il avait été promu à ce nouveau grade un mois plus tôt, en raison de ses excellents services rendus au Reich dans la poursuite de la « politique allemande de pillage et d'aryanisation des entreprises et industries françaises ».

Il apparut sans France à son bras. Des bougies et des flambeaux illuminaient les salles remplies de meubles anciens et d'œuvres d'art. Il y avait là le capitaine Fritz Engelke, le docteur Wunderlich et Helmut Oberg, la crème de la SS, au milieu d'une cinquantaine d'autres hôtes prestigieux, allemands et français.

Les réceptions chez Szkolnikoff étaient les plus courues de Paris. Aidé par son sens des affaires et une absence de scrupules digne d'un personnage shakespearien, ce grand commis juif du IIIe Reich en France passait alors pour l'un des hommes les plus riches du pays, sinon du monde.

Avec ses milliards spoliés grâce à l'appui de Grimm et de quelques autres, il s'était offert la Riviera : l'hôtel Windsor, l'hôtel du Louvre, l'hôtel Régine et l'hôtel du Helder à Monte-Carlo ; l'hôtel Martinez à Cannes ; le Plazza, le Savoy et le Ruhl à Nice ; les plus somptueux immeubles de la Côte d'Azur, sans parler des dizaines d'adresses prestigieuses à Paris, Biarritz et Aix-les-Bains. En plus de son hôtel particulier de la rue de Presbourg, il possédait une villa à Chatou et un château en Saône-et-Loire. Bien du chemin avait été parcouru depuis le premier rendez-vous matinal au Majestic de novembre 1940 entre le soldeur de la rue d'Aboukir et le jeune commandant au service du docteur Elmar Michel.

Szkolnikoff conduisait Grimm par le bras. Leurs connaissances communes s'étonnèrent de l'absence de France.

— Elle est souffrante, expliqua simplement le lieutenant-colonel.

Walter Odewald le prit à part, une bouteille de chasse-spleen à la main.

— J'y pense encore, fit le chef de la Kripo. Les premiers jours au Sphinx, tu te rappelles ? Tu étais là à lanterner après la nouvelle fille de la maison. Qui l'eût cru ? Qui l'eût dit ? Quelle chance tu as eue de trouver une femme comme elle ! Il n'y a pas plus belle et « intelligemment allemande ». Un miracle ! Je crois qu'on aurait du mal à retrouver tant de qualités chez une fille de notre côté du Rhin.

En deux ans, France avait fini par apprendre un allemand parfait. Elle s'était faite aux usages et aux traditions du pays de Grimm. Les dîners en petit comité qu'elle tenait avenue de Malakoff soulevaient l'admiration des officiers du Reich qui avaient le mal du pays. Elle avait assimilé l'art et la manière de la terre natale de Grimm. Les éloges sur la prostituée avaient laissé place aux éloges sur la dame de maison.

— Qui l'eût cru ? répéta Walter Odewald.

Chez Szkolnikoff, les plats et les grands crus étaient ponctués de chants allemands entonnés par un orchestre et une petite chorale. Si l'orchestre jouait fort, c'était pour couvrir le bruit des avions anglais qui risquaient de passer dans le ciel nocturne de Paris et de bombarder les usines et les installations militaires.

Depuis le 3 septembre précédent, ces raids ne se retenaient plus de frapper au cœur de la capitale.

— Quelqu'un ici désire te parler, dit Szkolnikoff à Grimm.

— Qui ?

— Il est arrivé ce matin de Berlin. Un Brigadeführer de la SS. Ce n'est pas un militaire. J'ignore sa position exacte dans l'organigramme du Reich, mais il détient un pouvoir considérable. C'est lui qui m'a sorti de mes petits soucis, l'été dernier… Son nom est Elias Gottlob Klein. Quand il a su qui tu étais, il a insisté pour que tu viennes lui parler. Je ne sais absolument pas comment il a entendu parler de toi.

Grimm aperçut un homme grand et sec en habit de la SS, arborant le grade honorifique de général de brigade, et qui conversait avec Carl Oberg, le chef suprême de la SS et de la police allemande pour la France depuis 1942

— Dois-je m'inquiéter ?

— Je ne le pense pas. Il t'aurait convoqué, sinon. Et puis… c'est un homme qui s'achète.

Cela ne rassura pas nécessairement Grimm. Tous les jours, il craignait qu'une dépêche n'arrive de Berlin à son nom avec l'ordre de rallier une unité de commandement sur le front russe. Il avait vu tant de ses compagnons des premiers mois de l'occupation parisienne mutés au-delà de la Vistule pour y trouver une mort atroce.

Ce front russe, c'était le cauchemar de tous les officiers qui avaient la chance d'être encore en poste en France. Depuis deux ans, et le lancement de l'opération Barbarossa contre Staline, Grimm avait réussi à passer outre les vagues de mobilisation de la Wehrmacht ;

d'abord en arguant de ses blessures d'Eben-Emael, puis en justifiant son rôle pivot dans le pillage des ressources françaises pour le compte de l'armée. Il s'était même garanti de la « grande purge » de 1942 opérée par Hitler dans les troupes d'occupation en France : jusqu'à cette date, le Führer avait abandonné la conduite économique des intérêts allemands en France aux hommes de la Wehrmacht, se méfiant de la rapacité incontrôlable des SS. Mais quand les premières forces américaines débarquèrent en Afrique du Nord en novembre 1942, que les Allemands envahirent la zone libre pour répondre à cette menace et que les actes violents de la Résistance ne cessèrent de se multiplier, Hitler s'emporta contre le commandement français de la Wehrmacht, accusé de laxisme ; une épuration eut lieu au profit des SS. Une ère nouvelle s'ouvrait, beaucoup plus radicale et violente. Les « aristocrates » de la Wehrmacht cédèrent le pas aux « truands » de la Schutzstaffel. Vichy se mit au diapason en instituant sa terrible Milice. Les pires horreurs de la collaboration, la traque effrénée franco-allemande des Juifs et des « terroristes » résistants n'allaient plus cesser de se multiplier.

Le lieutenant-colonel Grimm échappa à cette purge grâce, du moins le pensait-il, à ses excellents résultats, à ses contacts privilégiés dans les milieux industriels français et, sans doute aussi, au poids de Michel Szkolnikoff dans l'appareil allemand de déprédation.

Grimm se rendait pourtant compte que sa situation restait précaire.

Il était inquiet d'approcher ce mystérieux général Klein.

— Colonel Grimm ! lui lança ce dernier quand

Friedrich approcha enfin, j'entends beaucoup parler de vous à Berlin. On vous pare de toutes les vertus. Héros de guerre. Bon gestionnaire. Habile négociateur.

— Je l'ignorais, général.

— Il semblerait que vous n'ayez qu'un seul défaut.

Grimm pâlit.

— Vous n'êtes pas de la SS !

L'homme sourit. Grimm s'efforça de rire à la plaisanterie.

— Voyons-nous au calme, demain matin, colonel, proposa Klein alors que Szkolnikoff se lançait devant ses invités dans un discours-fleuve sur sa jeunesse tsariste. Dans votre bureau. Huit heures.

Il refusa de lui en dire davantage.

Peu après, Grimm interrogea les convives pour essayer de connaître l'identité exacte de ce mystérieux personnage :

— C'est l'homme de confiance d'un grand du Reich. Bormann, Himmler... lui déclara Carl Oberg. Peut-être même le Führer !

— Il n'est pas rassurant qu'il s'intéresse à vous, lui confia le capitaine Fritz Engelke, ancien secrétaire d'Himmler et désormais cheville ouvrière des transactions de Szkolnikoff avec la Waffen-SS.

Rien n'était fait pour rassurer Grimm.

Un raid anglais passa alors au-dessus de Paris. Le canon de défense antiaérienne allemand positionné sur la terrasse de l'hôtel particulier de Szkolnikoff se mit à riposter. Les murs et les lustres tremblèrent, l'électricité sauta, rendant soudain très opportune la multiplication des bougies et des flambeaux dans les pièces.

Grimm admira l'extrême décadence de cet instant. L'orchestre ne cessa pas de jouer, ni les convives de discuter, un verre à la main, dans la lumière blonde des bougies.

Grimm rentra chez lui vers minuit, après les raids, la boule au ventre.

Derrière sa crainte du général Klein, et en dépit des compliments reçus, il redoutait d'être séparé de France. Tous deux avaient évoqué cette éventualité. Si un ordre l'expédiait sur le front de l'Est, il envisageait de déserter. Son absence d'accent pouvait le sauver dans la clandestinité en France. Il s'imaginait partir ensuite en Amérique ou dans un pays chaud, rêvant d'une maison au bord de l'eau, couverte de bougainvilliers. Il n'était plus du tout préparé à sacrifier France au destin de l'Allemagne. Elle était devenue son idéal, au-delà de celui du Reich. L'amour l'éloignait du fanatisme inculqué par sa mère. Dans ses dernières lettres, Ada Grimm embouchait pourtant plus que jamais la trompette de la « guerre totale » prônée par le ministre de l'Éducation du peuple et de la Propagande :

« Le Führer doit être fier de nous comme nous sommes fiers de lui ! » lui écrivait-elle.

En se couchant, Grimm se demandait encore qui avait pu recommander son nom à ce mystérieux Klein…

*

* *

À huit heures précises, le général de brigade entra dans le bureau de Grimm.

Elias Gottlob Klein étala devant lui une série de photos sur son bureau.

Des prises de vue aériennes.
De Cologne.
De Hambourg.
De Nuremberg.
Et d'une dizaine d'autres villes.

Elles avaient été entièrement rasées sous les bombardements anglo-américains. Les images que voyait Grimm pour la première fois étaient apocalyptiques. Plus une habitation qui ne fût éventrée, noircie, ruinée. Seuls quelques pans de mur restaient debout par blocs, déployant de longues murailles dentelées là où, naguère, des dizaines de milliers d'Allemands vivaient et travaillaient.

— Comme vous pouvez le constater, colonel Grimm, dit Klein, pendant qu'ici certains sablent des flûtes de champagne avec des renégats juifs, le peuple allemand souffre et le soldat allemand, lui, expire à Stalingrad.

Grimm sentit la menace et riposta tout de suite :

— Pour que l'armée extermine les Rouges et offre une paix victorieuse à notre peuple, il faut que des hommes exploitent les ressources des pays occupés. À chaque flûte de champagne que je bois, comme vous dites, général Klein, c'est vingt mille paires de gants qui partent pour le front ou cent tonnes d'aluminium et de bauxite qui rejoignent nos usines d'armement. Je m'y emploie, à mon poste, depuis mon premier jour à Paris !

— Oh, ne le prenez pas mal, colonel, je ne vous accusais pas directement. Si je vous montre ces clichés, ce n'est pas pour vous donner mauvaise conscience, mais pour vous éclairer sur la nouvelle mission qui vous a été assignée par le Parti.

— Le Parti ?

La chancellerie du parti nazi était chapeautée par Martin Bormann, le collaborateur le plus proche et le plus fidèle de Hitler, celui aussi qui avait la charge de ses finances personnelles. Klein n'avait plus besoin d'en dire davantage pour faire entendre à Grimm la valeur des ordres qu'il allait lui transmettre et au nom de qui ils s'entretenaient ce matin.

— Le territoire du Reich est durement frappé, regretta-t-il. Il nous faut d'ores et déjà penser à la reconstruction.

— La reconstruction ?

— Des chantiers énormes sont devant nous, et le Führer ne veut pas perdre de temps. La victoire acquise, la réédification de l'Allemagne réclamera du matériel et des fonds colossaux. C'est à cet effet que, pour le cadre économique français, votre nom a été retenu.

Klein lut de l'incrédulité sur le visage de Grimm.

— Je sais ce que vous pensez, colonel, dit-il. Que la victoire n'est pas encore à portée de main. La reconstruction peut paraître quelque peu prématurée. Voire présomptueuse ?

— Je ne me permettrais pas un tel jugement négatif, général Klein.

— Et vous auriez raison. Vous, plus qu'aucun autre, êtes à même de comprendre les vues du Führer sur cette question. Vous avez participé à l'opération sur le fort d'Eben-Emael, n'est-ce pas ? Personne ne savait alors l'existence de votre unité secrète, ni des planeurs, ni des charges creuses qui vous ont permis d'emporter cette place jugée imprenable. Le secret et la surprise voulus par notre Führer, contre l'avis des cadres de l'armée, ont saisi le monde et assuré votre victoire.

— En effet.

— Eh bien, sachez qu'Adolf Hitler remportera cette guerre comme il l'a commencée : par surprise. Vous avez sans doute entendu parler des rumeurs qui circulent au sujet de nouvelles armes dont sera bientôt dotée la Wehrmacht ? Ces armes, colonel, extermineront le peuple russe jusqu'aux confins de la Sibérie. Elles feront se rembarquer, terrifiés, les soldats d'Amérique qui ont imprudemment accosté en Afrique et en Italie. La victoire est plus proche qu'il n'y paraît... Elle sera fulgurante. Faites confiance à votre Führer, lui qui vous a si bien commandé en mai 1940 !

Grimm fit le salut hitlérien, jurant de sa fidélité au maître.

Il était tout prêt à croire au discours de Klein. Pour autant, la comparaison avec l'opération sur Eben-Emael ne tenait pas. À l'époque, le secret avait été tel que jamais la moindre rumeur n'avait filtré. Aujourd'hui, ces nouvelles sur l'arrivée imminente d'armes « inédites et destructrices » étaient trop fréquentes et ressemblaient davantage à des menées propagandistes de Goebbels, adressées à l'ennemi autant qu'aux troupes et aux civils allemands.

— Votre poste à Paris a fait de vous le promoteur privilégié de tous les accords économiques franco-allemands, depuis trois ans, reprit Klein. Légaux *et* clandestins. Aujourd'hui, nous vous demandons d'accroître votre contrôle sur ces différents accords avec les entreprises françaises.

— Un meilleur contrôle ?

— Le Führer exige que toutes les ressources financières, mais aussi le matériel et les sociétés françaises dans lesquelles l'État allemand a pris des participations puissent être rapidement mobilisés pour la reconstruction de notre pays. Une « nationalisation allemande », en quelque sorte. Pour ce faire, vous devez dresser l'état actuel des ressources du Reich en France, lister tous les comptes en banque y afférents, et vous en assurer le contrôle.

Klein remit un document à Grimm.

— Vous avez ici les noms de cinq banques allemandes susceptibles de recevoir des fonds français pour la réédification, quand le Führer ou le Parti vous donnera l'ordre de procéder à ces transferts. Ces cinq banques, et aucune autre, colonel Grimm ! Inutile de vous signifier la discrétion dont doivent être entourés ces préparatifs. Surtout du côté français.

— Bien entendu, mon général.

— Le parti vous fait confiance, colonel. Agissez dans son intérêt et vous pouvez être certain qu'on vous épargnera le front de l'Est. Vous prendrez du galon et…

Klein se leva.

— … vous pourrez continuer de vivre tranquillement auprès de votre petite Française à Paris, avenue de Malakoff.

Grimm acquiesça, sans relever le trait sur France.

— C'est moi qui vous ai choisi, Grimm, conclut Klein. Ne me décevez pas. Les plus hautes sphères du Parti ont l'œil sur nous.

— Puis-je savoir qui m'a recommandé à vous, mon général ?

— Klein sourit.

— Votre ange-gardien.

Ils se saluèrent.

Grimm ne pouvait s'empêcher de penser que cette

arrivée subite de Klein, et même ces ordres pour une « reconstruction allemande » avaient quelque chose d'étrange. Comme s'ils cachaient quelque chose. Mais, en bon soldat, Grimm se contenta d'obéir aux ordres.

Pour autant, il n'en dit rien à France. Pas même ne lui parlait-il des inquiétudes qui agitaient le Majestic au sujet du front russe et de la progression des Américains en Italie.

Il jugeait qu'elle n'était pas en état.

La peur était en train de changer de camp.

2

« Votre guerre n'est pas la mienne »

Au fil des mois l'appartement de l'avenue de Malakoff s'était outrageusement rempli de meubles et d'objets d'art des XVIIe et XVIIIe siècles, chinés pour des millions, ou simplement pillés, par le lieutenant-colonel Grimm.

France y vivait comme une reine le plus souvent seule.

Grimm s'était habitué à l'isolement de cette femme qu'il adorait : pas de famille, pas de proches, pas d'amis, pas de courrier.

Hormis Alphonsine et le docteur Malassis, elle s'était volontairement coupée de toutes ses anciennes connaissances du Sphinx.

Pourtant, ce 15 octobre 1943, en l'absence de Grimm parti en Picardie en mission pour le général Klein, elle reçut deux compagnons, arrivés avenue de Malakoff par l'entrée de service, selon un code secret établi de longue date.

Henri Boucan et OC.

Aujourd'hui, le premier n'était plus qu'un rescapé de son puissant réseau de résistants. Une rafle de la Gestapo opérée au début de 1943 avait décimé ses troupes. Pourtant, celles-ci pouvaient alors se targuer de compter plus d'un demi-millier d'étudiants œuvrant avec dévotion et courage contre l'occupant à Paris. Grâce au carnet bleu de Paul Thénard, la jeune filière avait été rapidement adoubée par ses aînés et avait prospéré au-delà de toute attente. Seulement, sur la dizaine de jeunes hommes rencontrés par France dans l'appartement du boulevard Malesherbes, en mars 1941, tous, sauf Boucan, avaient été emprisonnés ou exécutés par les Allemands.

L'aveugle du boulevard de Port-Royal fut dénoncé et déporté à Buchenwald.

De son côté, OC officiait toujours au sein de la police judiciaire. Alerté à la dernière minute du coup de filet des Allemands contre le réseau des étudiants, il n'avait réussi à sauver qu'une poignée d'hommes, dont Henri Boucan. À mesure que la guerre avançait, membre des réseaux « Défense de la France » et « Honneur de la police », son double jeu à la préfecture devenait de plus en plus périlleux.

Chaque année, la guerre changeait de visage. Et la France aussi.

— Maintenant, il faut arrêter une décision, dit Boucan à France. L'heure est cruciale.

— Un débarquement anglo-américain en France est imminent, ajouta OC. Nous savons que les Allemands sont certains que Patton prépare un débarquement sur Calais.

— Nous sommes en contact quotidien avec Londres. Les ponts de liaison se multiplient. Nous ne pouvons plus nous contenter d'un simple double jeu pour échapper aux contrôles. Il est temps de passer dans la clandestinité « intégrale ».

Silence.

La clandestinité intégrale, c'était disparaître. Quitter ses connaissances, sa famille, sa ville. Changer d'identité. Changer d'existence. Sortir définitivement des radars de la Gestapo et de la police française. À part pour ceux qui n'avaient pas le choix, tout le monde n'était pas prêt à un tel engagement.

— Ici, tout devient trop risqué, expliqua OC. Même pour moi à la Préfecture. Les Allemands sont inquiets. La Milice aussi. Tu n'imagines pas ce qu'ils font subir à la population ! Ils exécutent des otages pour un rien… Peu à peu, ils soupçonnent tout le monde. Lorsque mon tour viendra, un simple détail compromettant, et je serai perdu. J'ai forcément laissé des traces derrière moi.

France les écoutait calmement. Elle les regardait de ses grands yeux clairs. Elle était toujours aussi belle.

— OC et moi quittons Paris dans une semaine, déclara Boucan.

— Et vos familles ? demanda France.

— Ma femme et mes enfants partent pour la Suisse, dit le commissaire. Tout est organisé.

— Tu pourrais aller avec eux, offrit Boucan.

Silence.

— C'est ce que nous sommes venus te proposer.

Silence.

— Non, dit France.

— Comment ça, non ?

— Non, répéta-t-elle d'une voix douce et mesurée.

La jeune femme sourit.

— Votre guerre n'est pas ma guerre, dit-elle. Et, au point où je suis arrivée, je ne peux plus faire machine arrière.

La consternation se lut sur le visage des deux hommes.

— Mais Paris risque d'être rasé par les Anglais et les Américains ! protesta Boucan. Ou dynamité par les Boches.

— S'ils t'arrêtent avec Grimm, les Alliés te traiteront en ennemie.

— Et si Grimm t'emmène avec lui en Allemagne, renchérit Boucan, aucun de nous ne pourra plus venir à ton secours.

— Quel que soit le scénario des suites de la guerre.

— Je vous le redis, répéta France, votre guerre n'est pas la mienne.

Elle porta une tasse de thé à ses lèvres.

Les deux hommes se regardèrent, sans comprendre.

Alors France laissa tomber, en reposant sa tasse :

— Je suis enceinte.

Silence.

Ni Boucan ni OC ne surent comment répliquer à une telle nouvelle.

Ils étaient sidérés.

— Enceinte ?...

France hocha la tête et sourit. Elle monta dans sa chambre, ouvrit son coffre-fort et retira la moitié de la fortune qu'elle avait accumulée au Sphinx, puis avec Grimm.

Dans le salon, elle la remit à Boucan.

— Vous en ferez meilleur usage que moi, dit-elle.

Les deux hommes ne savaient toujours pas quoi dire.

— Enceinte ?... murmura OC comme si c'était une chose impossible, lui qui savait mieux que Boucan les liens existants entre Grimm et elle.

— Nous ne nous reverrons sans doute pas, dit France.

Elle se tourna vers OC.

— Ne me juge pas, je t'en prie.

Elle les observa tous deux.

— Et que Dieu nous garde.

Les hommes la quittèrent. Remontant l'avenue Foch vers l'Étoile, devant les multiples façades de la Gestapo, Boucan et OC, encore sonnés par la révélation de France, n'arrivaient toujours pas à échanger un mot.

3

Allemands contre Français, SS contre Wehrmacht

Le 21 avril 1944, le plus lourd bombardement aérien en date des Anglo-Américains sur la région parisienne frappa le nœud ferroviaire de la Chapelle sur La Plaine Saint-Denis. Deux cents morts et plus d'un millier de blessés furent comptabilisés. Une aubaine pour les Allemands et pour la propagande vichyste qui fustigeaient le « terrorisme » des Alliés.

Les blessés furent portés dans les hôpitaux de la capitale.

À la Salpêtrière, normalement réservée aux Allemands, les professeurs prestigieux et les infirmières du Reich qui proliféraient à l'époque des premiers mois de l'Occupation avaient, depuis longtemps, été réaffectés sur le front russe.

L'hôpital ressemblait à un grand paquebot abandonné.

C'était le docteur Malassis qui, deux jours après l'attaque du 21 avril, avait alerté Grimm par téléphone.

Ce dernier quitta l'hôtel Majestic et se précipita à la maternité de la Salpêtrière, avec un bouquet de fleurs.

France venait de donner naissance à un garçon.

Il avait rêvé de ce jour toute sa vie d'homme.

Ce fut sans doute pour cela qu'il ne le trouva pas, d'emblée, « à la hauteur ». Une pluie intense noyait la capitale. Depuis des semaines, il se sentait fatigué, anxieux, incapable de profiter de la moindre bonne nouvelle. La capitale vivait au rythme des sirènes d'alerte. Les attentats sur des soldats du rang ou des officiers allemands devenaient permanents, en plein jour comme en pleine rue. Malassis l'avait appelé au milieu d'une réunion houleuse au Majestic. De surcroît, il avait un nouveau chauffeur, un jeune SS inculte et mouchard, auquel il dut indiquer la route de l'hôpital.

Quand Grimm apparut dans la chambre de France et de l'enfant, en ce 23 avril 1944, elle sourit, mais avait les yeux humides et le visage blême.

— Elle a beaucoup pleuré, le prévint Malassis. C'est une réaction physiologique normale. Ne vous inquiétez pas. L'enfant et la mère sont en parfaite santé.

Grimm déposa le bouquet dans un vase et prit son fils entre ses bras.

— Comment allons-nous le prénommer ? demanda-t-il, après un long silence. Un nom qui ressemble au tien, peut-être ?... François ?

— Non !

Elle avait crié.

— Pardonne-moi, dit-elle en balbutiant, je ne sais pas ce qui m'a pris.

Sans le savoir, Grimm avait prononcé le prénom de son petit frère qu'il avait abandonné dans l'incendie de Bonneville.

— Je préférerais un prénom allemand, reprit-elle. Jost, comme ton père ? Cela pourra lui faire plaisir ?

— Bien sûr. Jost, c'était aussi le prénom de mon grand-père…

— Tu penses que tes parents viendront à Paris ?

Ada Grimm connaissait l'existence de France dans la vie de son fils. Les deux femmes avaient même échangé quelques courriers. Très « protocolaires » du côté de la mère. Très « édulcorés » quant à son passé du côté de France. Cependant, en quatre années d'occupation allemande, la mère de Grimm avait toujours refusé de franchir le Rhin. Elle en faisait une question de principe. Pour elle, la France, même à genoux, restait l'ennemi héréditaire. Friedrich avait suspendu un portrait d'elle dans leur chambre de l'avenue de Malakoff ; elle y était représentée entièrement vêtue de noir.

— Ma mère a porté le deuil de l'Allemagne de 1918 à 1936, expliqua Grimm, année où Hitler a lancé la remilitarisation de la Rhénanie.

France ne savait quoi penser de cette femme dont la seule évocation inspirait le despotisme et l'intransigeance germanique.

Grimm resta une heure à la maternité avec elle. Puis il dut repartir au Majestic. Avant, il retourna s'entretenir avec Malassis au bureau de la maternité, au sujet de la déclaration de naissance.

— C'est épineux, dit-il. Un Allemand ne peut se marier avec une Française sans une dispense du Führer. Il peut encore moins reconnaître un enfant. Ce garçon ne doit pas porter mon nom. Pour le moment. Quant à France…

Grimm remit à Malassis un passeport fraîchement

estampillé à Stuttgart pour renouvellement, établi au nom de Fräulein Saskia Axmann, née en 1919 à Görlitz en Silésie allemande.

La photo n'était autre que celle de France.

— … voici son identité de mère. Je vous fais confiance.

— Je m'en occupe, assura le médecin.

Grimm alla embrasser une dernière fois la mère et l'enfant, et promit de revenir dans la soirée, ou le lendemain matin.

*

* *

Trois jours plus tard, le 26 avril 1944, le couple et le nouveau-né quittaient la Salpêtrière.

Une foule importante s'était amassée dans les rues de Paris, le long d'un cortège officiel qui partait de la place de l'Hôtel-de-Ville : celui du maréchal Pétain. C'était la première venue d'un chef de l'État dans la capitale depuis la fuite du gouvernement français en 1940. Pétain avait voulu assister à une messe à Notre-Dame, célébrée en l'honneur des victimes parisiennes des derniers bombardements anglo-américains. Sa présence à l'office religieux était un événement exceptionnel, resté secret jusqu'au dernier moment. Pourtant, lorsqu'il se présenta sur le fronton de l'Hôtel de Ville, le Maréchal fut ovationné par des milliers de Parisiens. Personne, ni à Vichy ni du côté allemand, ne s'était attendu à un tel rassemblement populaire.

La même foule de curieux se retrouva le long du

cortège sur les trottoirs, les places, aux fenêtres et aux balcons, depuis l'Hôtel de Ville jusqu'à l'hôpital Bichat où Pétain alla visiter les blessés français, avant de retourner à Vichy.

La voiture de Grimm et de France fut bloquée plusieurs minutes pour laisser progresser le convoi présidentiel. France examina le visage des Parisiens. Une grande majorité acclamait le Maréchal ; d'autres observaient la scène, muets et impassibles, comme devant une farce dont ils avaient renoncé à comprendre le sens.

Cela faisait trois ans, dix mois et douze jours que la Wehrmacht était entrée dans Paris…

En ce printemps 1944, France repensa à la profession de foi d'Henri Boucan, à l'époque de leur première rencontre au Sphinx : il était alors maréchaliste et convaincu que Pétain et De Gaulle étaient de mèche. « Leur opposition politique à travers les ondes n'est qu'un leurre pour tromper les Allemands, disait-il. Ils se connaissent trop bien. Et depuis longtemps. De Gaulle a été la plume de Pétain… Pétain est le parrain du fils de De Gaulle. »

Ces bobards s'étaient éventés depuis longtemps. Les masques étaient tombés. Sauf pour ces Français le long du cortège qui continuaient d'ovationner « leur » Maréchal, venu à Paris « au milieu de leurs souffrances », faire une nouvelle fois « le sacrifice de sa personne ». Alors que la Résistance frappait de plus en plus efficacement l'occupant et que le retour de la guerre sur le sol français était imminent, Pétain leur réaffirma :

— Cette prétendue libération est le plus trompeur des mirages auxquels vous pourriez être tentés de céder. Français, quiconque parmi vous participe aux groupes de résistance compromet l'avenir du pays. Il est dans votre intérêt de conserver une attitude correcte et loyale envers les troupes d'occupation. Quand la tragédie actuelle aura pris fin et que, grâce à la défense du continent par l'Allemagne et aux efforts de l'Europe, notre civilisation sera définitivement à l'abri du danger que fait peser sur elle le bolchevisme, l'heure viendra où la France retrouvera et affirmera sa place.

La même rengaine, répétée continuellement.

Depuis combien de temps Philippe Pétain était-il cette poupée au teint rose qui récitait, au mot près, un sermon rédigé par les Allemands ? Beaucoup se réveillaient *in extremis*, se disant pour se rassurer qu'ils ne s'étaient jamais trompés d'ennemis, mais d'amis.

Grimm et France arrivèrent chez eux, avenue de Malakoff. Il n'était pas prévu qu'ils restent longtemps à Paris. Pour fêter la naissance de l'enfant, Michel Szkolnikoff avait mis à leur disposition un château en Champagne, près d'Épernay. Afin de « profiter des beaux jours », avait dit le richissime négociant.

Cette expression fit sourire Grimm. Pour tous les Allemands, les beaux jours n'appartenaient plus qu'au passé. Le Reich était attaqué sur tous ses fronts : Russie, Afrique, Balkans, Italie. Les « nouvelles armes » tardaient à venir. Les directives de Berlin devenaient de plus en plus illisibles. Et les querelles internes minaient le Parti, à tous les échelons.

Avec France et leur garçon Jost, Grimm arriva dans un magnifique château planté au milieu de jardins à la française et de vignes de champagne. Il profitait d'une permission exceptionnelle d'une semaine, dans une nature idyllique qui contrastait avec la sauvagerie du monde.

Cependant, les lignes téléphoniques de la région étaient presque tout le temps sabotées par la Résistance. L'appareil du château refusait d'opérer. Durant son séjour, Grimm dut se rendre chaque matin à la Kommandantur de Reims, à l'hôtel du Lion d'Or, pour essayer de joindre Paris et ses parents en Allemagne.

Mais un soir, ce fut le téléphone du château qui sonna, pour la première fois, à la grande surprise de Grimm et de France.

C'était le général Klein.

Il avait un ton de voix inquiet et un débit précipité. Jamais Grimm ne lui avait entendu des accents aussi nerveux.

— Vous ne rentrez plus à Paris, ordonna Klein. Sous aucun prétexte. Vous venez d'être réaffecté au ministère du Reich à l'Économie, officiant pour le cabinet du secrétaire d'État Ohlendorf. Le Majestic est prévenu. Demeurez en Champagne. Et attendez mes ordres.

Il raccrocha.

Grimm s'étonna

Depuis Reims, il essaya de recueillir des nouvelles de Paris et de Berlin, pour comprendre si quelque chose de grave se déroulait qui puisse expliquer l'attitude de Klein, mais rien ne semblait justifier sa nervosité subite.

Depuis leur rencontre à Paris chez Szkolnikoff, en octobre précédent, Grimm avait scrupuleusement obéi à l'ordre de mission que le général de brigade de la SS lui avait assigné ; après huit mois intensifs, il avait mis en ordre de bataille toute une série de grosses entreprises industrielles et financières françaises pour le compte de l'Allemagne. Il requalifia certains de leurs statuts juridiques, assainit les conseils d'administration, traqua la moindre intrusion de la Résistance et se réserva la signature sur les principaux comptes bancaires.

Seulement, dans l'intervalle, les bombardements alliés et les attentats des résistants anéantissaient des usines et des entrepôts qui formaient toute la valeur des sociétés que Grimm réquisitionnait secrètement. Il décida alors, en tant que fondé de pouvoir, de mettre à l'abri le plus de ressources disponibles. Pour l'heure, le général Klein refusait étrangement que des avoirs soient transférés en Allemagne. Grimm prit donc sur lui de vider certains comptes d'entreprises françaises vers l'étranger.

Depuis le début de l'année 1944, Szkolnikoff l'incitait à placer son argent personnel hors de la zone d'influence du Reich. « L'avenir s'assombrit pour des pragmatistes comme nous. » Ce fut donc grâce à lui qu'en plus de ses propres fonds, Grimm sécurisa « pour le Reich » plusieurs dizaines de millions de francs-or ; d'abord sur des comptes bancaires en Espagne, puis aux Amériques où Szkolnikoff entretenait des contacts étroits qu'il favorisait aux dépens de la Suisse ou du Liechtenstein.

Jusque-là, France ignorait tout de ces menées. Elle donnait l'air d'espérer fermement en la victoire du Reich. Grimm faisait peu état devant elle des aléas qui perturbaient de plus en plus l'hôtel Majestic. Une paranoïa gagnait lentement les officiers de l'administration : Allemands contre Français, SS contre Wehrmacht.

Au château d'Épernay, Grimm dut expliquer à France les raisons qui le poussaient à ne pas retourner au Majestic. Il évoqua les millions sécurisés pour le Reich sous l'égide du général de la SS, et sa nouvelle affectation, qui allait certainement les conduire sous peu en Allemagne.

— C'est étonnant qu'ils ne t'aient pas déjà réclamé cet argent pour l'effort de guerre, dit France, qui n'émit aucun regret à l'idée d'abandonner Paris. En tout cas, aujourd'hui, ils ont besoin de toi. Tu vas encore recevoir de l'avancement. C'est de bon augure.

— Oui… C'est la valse des grades qui arrive toujours quand…

Il s'interrompit, une crainte dans le regard.

— Quand ? demanda-t-elle.

Il hocha la tête.

— Quand on vient de gagner une guerre ou qu'on est tout près de la perdre.

Le lendemain, la nouvelle tomba. Elle arriva dans la région champenoise avec une fulgurance jamais égalée au regard des infrastructures encore existantes : les Anglais et les Américains venaient de débarquer sur les côtes de Normandie, entre Villerville et Barfleur.

— La Normandie ? Ce n'est sûrement qu'une diversion, pensa d'abord Grimm qui, entre Allemands, avait toujours entendu parler d'un débarquement dans le Nord ou dans le Pas-de-Calais, là où les forces de la XVe armée allemande avaient été massées.

Mais les nouvelles se faisaient plus détaillées et plus alarmantes. Plus de quatre mille navires de transport de troupes se déversaient sur les plages françaises !

Grimm essaya de joindre Klein. En vain. De même que le ministère de l'Économie à Berlin où personne n'avait idée de qui il était, y compris au cabinet du secrétaire d'État Otto Ohlendorf.

De son côté, Michel Szkolnikoff s'était intégralement évaporé. Le précieux Russe avait quitté Paris avec sa compagne. Grimm l'imaginait réfugié en Espagne. Ou peut-être sur un autre continent.

Seul, mal informé, il supportait de moins en moins l'isolement et l'inaction qu'on lui imposait en lui ordonnant de rester dans ce vaste château quasi vide. En seulement quelques jours, le monde semblait en train de se renverser ! Hitler venait d'échapper, en Allemagne, à un attentat commandité par de haut gradés allemands. Grimm fut stupéfait d'apprendre que son ancien supérieur au Majestic, Heinrich von Stülpnagel, faisait partie de la conspiration pour éliminer le Führer.

Avec cela, plusieurs semaines venaient de s'écouler sans qu'il reçoive la moindre nouvelle de ses parents en Allemagne. Ni appel téléphonique ni lettre.

Deux mois.

L'absence de courrier l'étonna plus que tout, puisque les communications postales du Majestic avec l'Allemagne n'étaient pas encore coupées à son départ de Paris pour Épernay.

Enfin, Klein rappela.

— Quelle situation en Normandie ? demanda Grimm. Allons-nous reprendre l'avantage ?

— Je ne m'occupe pas de cela, colonel. Vous disposez d'une voiture ?

Grimm acquiesça. Klein lui intima l'ordre de se replier vers l'est. Grimm prit la route avec France et l'enfant dans leur grande Mercedes amenée de Paris.

Plus ils approchaient des grandes agglomérations, comme Strasbourg, et plus les blessures de la guerre étaient visibles. Les voies étaient souvent en cours de réfection, après d'intenses bombardements ; les usines et les entrepôts n'étaient plus que des ruines calcinées ; presque aucune gare n'avait été épargnée par le feu anglo-américain.

Ces paysages de désolation inquiétèrent de plus en plus Grimm. Il songea aux bombardements encore plus fréquents et plus meurtriers qui frappaient le Reich, *de l'autre côté du Rhin*. Cinq mille avions des Forces alliées larguaient soixante mille bombes incendiaires par mois sur le sol allemand. Jusqu'à quatre mille tonnes par jour. Même l'est de l'Empire ne se trouvait plus hors de portée des bombardiers anglais et américains.

Dans leur dernière communication téléphonique, Grimm avait pressé ses parents de quitter Coblence, où il leur avait acheté une maison, pour retourner à Wittlich. Cette dernière ville, beaucoup plus modeste, courait moins le risque d'être ciblée par les Alliés.

Depuis, pas de nouvelles.

Grimm n'en dormait plus, et France semblait ne pas savoir quoi dire pour le rassurer.

Ils arrivèrent à Strasbourg.

Grimm installa sa petite famille dans une auberge, non loin de la place Kléber.

Ici, les plaques des rues étaient rédigées en français, alors que les magasins portaient des enseignes en allemand. Depuis juillet 1940, l'Alsace était de nouveau annexée *de facto* à l'Allemagne, sans que le Reich ait jamais ressenti le besoin de légaliser cet acte avec la France, en violation du traité d'armistice.

— Je dois rencontrer le général Klein demain matin, avoua Grimm à France. J'ai cru comprendre que c'était de la dernière importance. Si je suis envoyé en mission, sans pouvoir te revoir dans l'intervalle, tu essaies de franchir la frontière allemande et tu te rends à Wittlich. Chez mes parents. Ou à l'auberge Leiser. Là, tu y attends de mes nouvelles. Tout le temps qu'il faudra !

Pâle, France fit non de la tête.

— Quoi qu'il arrive, dit-elle, Jost et moi, nous ne te quittons pas…

Il sourit.

Il se dit que si, depuis Eben-Emael, il n'avait plus rien vu de cette guerre qui était en train de rattraper tous les Allemands, c'était grâce à elle. Il avait passé quatre années à ses côtés, pensant davantage à lui plaire qu'au sort tragique de la Wehrmacht. Et si, aujourd'hui encore, il ne parvenait pas à être complètement malheureux, s'il n'arrivait pas à se morfondre sur le destin de sa patrie en danger, s'il avait toujours foi en son bonheur, c'était toujours grâce à elle.

Il l'aimait plus que jamais.

4

Un Reich fantôme

Grimm remontait la rue des Francs-Bourgeois.

Il était à peine huit heures et demie du matin dans Strasbourg.

Il pénétra dans un grand immeuble aux pierres rouges et se retrouva dans le vaste hall d'un hôtel. Il s'approcha du réceptionniste.

Celui-ci lui demanda son nom, l'inscrivit sur un calepin, puis disparut dans une petite pièce derrière le comptoir, là où Grimm aperçut, furtivement, des silhouettes portant des uniformes de la Waffen-SS.

— Bienvenue, colonel Grimm, lui dit l'employé en revenant. Vous êtes attendu au dernier étage.

Il désigna l'ascenseur.

Sur place, Grimm fut accueilli par deux soldats. Il comprit tout de suite que l'étage entier avait été réservé. Dans le couloir des chambres, les portes étaient ouvertes et les lieux vides de clients.

Il approcha d'une grande suite d'où émanaient des odeurs de café, de viennoiseries et de friture.

Là, une vingtaine de personnes parlaient à voix basse autour d'un buffet de petit déjeuner. Il y avait beaucoup de visages qu'il connaissait. Des représentants de grands hommes d'affaires allemands.

Il reconnut des figures des firmes Krupp, Volkswagen, Messerschmitt, Leica, Bussing, Rochling, de la filière métallurgique du Rhin, mais aussi du ministère de l'Armement du Reich. Tous rencontrés à Paris.

L'élite industrielle de l'Allemagne.

On eût pu croire à un symposium économique comme il s'en tenait souvent dans l'Empire, seulement le général Klein était présent, en discussion avec un très haut gradé de la SS que Grimm ne connaissait pas. Ce haut gradé, lorsqu'il le vit, lui lança un étrange sourire. Surtout, Grimm identifia dans l'assistance un autre personnage clef, qui expliquait certainement sa présence ici et l'intérêt mystérieux que Klein lui portait depuis plusieurs mois : le docteur Maeier, officiel du ministère allemand de la Marine, en poste à Paris. Grimm avait maintes fois été en négociations avec lui, via les intérêts de Szkolnikoff avec la Kriegsmarine. Maeier connaissait ses qualités et son implication. Ce ne pouvait qu'être lui qui l'avait signalé et recommandé à Klein.

— Savez-vous ce que nous faisons ici ? lui demanda Grimm.

Le docteur Maeier désigna du front un salon privé où une grande table de réunion était disposée. Des sous-officiers de la SS étaient en train de démonter les lampes et les tableaux à la recherche de micros espions.

L'homme avec lequel conversait Klein se nommait le docteur Scheid, général SS, l'un des plus haut gradés de l'organisation.

Ce fut lui qui ouvrit la réunion dans le salon.

Sitôt les portes closes, l'atmosphère s'alourdit.

Grimm n'était pas assis à la table principale, mais contre un mur, à côté d'un Français rompu aux relations économiques franco-allemandes depuis trente ans, et qui, comme tout le monde, s'apprêtait à prendre des notes[1].

— Nous allons perdre la guerre, dit Scheid, en guise d'introduction.

Silence effaré.

— Nous ne résisterons pas longtemps à l'enfoncement de notre front oriental par les Russes et à la progression des Américains en direction du Rhin.

Devant des visages qui s'efforçaient de rester impassibles, il dressa un tableau noir des semaines et des mois à venir. Grimm vit que certains à la table avaient du mal à tenir sur leur chaise.

— Ne nous leurrons pas, dit Scheid : le Parti nazi va être dissous. Les figures révérées du Reich, si elles ne parviennent pas à s'échapper, s'exposeront à être arrêtées et exécutées en tant que criminels de guerre. Tout ce qui a été bâti depuis 1933 par notre Führer risque d'être réduit à néant !

Cette fois, tout le monde dans la pièce savait qu'un tel discours était, aujourd'hui, passable d'une mort immédiate. Le moindre propos défaitiste était considéré comme un acte de trahison envers le Reich.

---

1. Ce personnage anonyme est authentique. Il s'agit d'un agent double français. La longévité de ses rapports avec les Allemands (depuis 1916) autorisa sa présence lors de cette réunion ultrasecrète. Ses notes, recommandées aux Alliés par le commandant Zindel, seront la source principale d'un rapport des services secrets américains, EX-Pa 128, en date du 7 novembre 1944, détaillant exactement ce qui s'est dit, ce 10 août 1944, à l'hôtel de la Maison-Rouge à Strasbourg, entre gradés SS et gros industriels allemands.

— Eh bien, moi, s'exclama Scheid, je vous dis, aujourd'hui, *qu'il n'en sera rien.*

Il prit son temps pour regarder chaque participant dans les yeux.

— Vous êtes réunis ce matin pour cela.

Scheid alluma un petit cigare et reprit :

— En tant qu'industriels les plus importants du Reich, vous n'allez pas disparaître. Malgré l'inéluctabilité de la défaite. Les Alliés auront besoin de vous. L'Allemagne ne pourra pas se reconstruire sans votre aide. Les grandes industries survivent toujours aux régimes. Pour nous, ceci représente une chance considérable.

Il commença par expliquer comment il comptait, en premier lieu, et avant l'avènement de la défaite, sécuriser vers des pays étrangers les capitaux industriels et financiers allemands du Reich, ainsi que les immenses avoirs du Parti nazi.

— Il faut éviter leur confiscation par les Russes et les Américains. Ces milliards représentent notre visa pour l'avenir. Messieurs, vous allez sans tarder mettre vos filières étrangères à pied d'œuvre, au service de la survivance du Reich. Principalement celles qui se trouvent en pays neutres. Nous allons faire transférer sur leurs comptes de très importants fonds du Parti. Dans le même temps, les capitaux allemands de vos entreprises doivent quitter le pays au plus vite, et vos filières, gagner en indépendance, afin de ne jamais être les esclaves d'une Allemagne tombée aux mains de l'ennemi.

Pour la première fois, les industriels se regardèrent, incrédules devant les déclarations de Scheid.

Grimm, lui aussi, savait qu'une loi implacable

interdisait depuis 1933 l'exportation de capitaux allemands hors du Reich Pour répondre à l'embarras qui régnait à la table, Scheid se contenta de faire circuler un document.

C'était la révocation de la loi dite de « trahison contre la Nation », signée de la main même du chef de la chancellerie du Parti : Martin Bormann !

Grimm blêmit quand le document lui passa entre les mains. On savait désormais qui était la figure tutélaire derrière la réunion secrète de ce matin.

Bormann, l'homme de confiance du Führer.

Grimm se demanda si Hitler était au courant de cette rencontre secrète à Strasbourg. Il conclut que, dans les deux cas, ce jour marquait une date importante : soit le Führer savait, et cela révélait qu'il avait déjà acté sa défaite face aux Alliés, soit il l'ignorait, et cela impliquait que, seulement quelques jours après la tentative d'attentat à la bombe orchestrée par des hommes de la Wehrmacht contre lui, le Parti lui-même, en la personne de Bormann, se désolidarisait de son chef.

Que l'une ou l'autre alternative soit la bonne, Hitler n'était déjà plus Hitler.

Scheid laissa entendre aux industriels que, de toute façon, ils n'avaient pas d'autre choix que d'aider le Parti à survivre dans la clandestinité. Ils étaient trop individuellement impliqués dans son histoire et dans les succès du régime hitlérien.

L'objectif était clair : protéger, à tout prix, les personnalités et les intérêts de l'Allemagne nazie. Et préparer l'avenir.

Des heures durant, chaque point, chaque pays neutre, chaque tactique fut passé au crible. Il apparut rapidement aux yeux de Grimm que l'Allemagne nazie détenait des relais fidèles sur tous les continents. On envisagea même de contracter d'importants prêts auprès des puissances étrangères pour financer le passage à la clandestinité du Parti.

Le plan proposé par Scheid ne souffrait aucune approximation. À l'évidence, il avait été mûrement réfléchi. Grimm pensa alors que sa rencontre avec Klein, en octobre à Paris chez Szkolnikoff, était déjà une brique posée dans ce vaste ensemble.

Ce fut une véritable grille tentaculaire clandestine qu'il vit se déployer sous ses yeux à la Maison-Rouge.

Même la démocratie fut mise à profit.

— Nos vainqueurs vont instaurer la république et la démocratie en Allemagne, dit Scheid.

Il haussa les épaules.

— Tant pis pour eux. Les millions de morts exterminés par nous ne glisseront jamais de bulletin de vote dans leurs urnes. Mais trois ou quatre millions d'ex-fervents nazis, qui nous resteront fidèles en Allemagne : si ! Nous reviendrons aux affaires par les élections. Sous un autre visage, voilà tout. Nos soutiens dans la population seront d'autant plus efficaces qu'ils rentreront, eux aussi, discrètement dans la vie administrative et politique du pays. Quoi qu'elle en dise, l'Allemagne de demain ne se fera pas sans nous. Il est donc important que nous prenions, dès aujourd'hui, des mesures en vue de cette après-guerre. Pour le Reich, pour le Parti, comme pour la suprématie allemande.

Grimm observa son voisin français. Celui-ci hocha la tête, d'un air convaincu.

À midi, on fit apporter le déjeuner dans la salle de

réunion. Le docteur Scheid quitta ensuite Strasbourg, avec quelques industriels.

Grimm voulut aller voir France, mais Klein l'en empêcha.

— Une autre réunion est prévue, dit-il. Vous en êtes, colonel.

Le docteur Bosse prit la présidence du groupe laissée vacante par Scheid. Grimm le connaissait très bien ; avec le rang de général dans l'organisation Todt, c'était Bosse qui fixait, à Paris, le barème des prix que le ministère de l'Armement d'Albert Speer était prêt à payer sur le marché noir français.

Cette seconde réunion se fit en comité plus restreint.

Bosse dit, au nom du Parti, que tous les industriels présents étaient invités à créer sans attendre des bureaux de recherche au sein de leurs filières étrangères afin d'y conserver, à l'abri, les plans actuels d'armes nouvelles et la documentation nécessaire pour poursuivre ce type de recherches.

Les récompenses promises à ces entreprises pour ce « moment où le Parti reprendrait le pouvoir » étaient à la mesure des demandes et des risques encourus.

Klein interpella Grimm pour la première fois.

— Pour financer ces nouveaux départements, lui dit-il, vous allez mettre à la disposition du Parti hors d'Allemagne tous les capitaux réunis par vous en France occupée. Ce sont les plus importants d'Europe. À Paris, je vous avais donné une liste de banques allemandes ; oubliez-la. Vous avez entendu Scheid : nous allons privilégier les pays neutres.

Grimm pensait à la Suisse et au Liechtenstein (Scheid avait évoqué ce matin la Schweizerische Kreditanstalt de Zürich et la Handelsbank de Bâle), mais Klein lui fournit une liste de banques argentines : Banco Germanico, Banco Tornquist, Banco Aleman Transatlantico, etc.

Cependant, une grande partie des avoirs français de Grimm avait déjà été exportée à l'étranger dans les mois précédents.

— Devant les pertes incessantes dues aux sabotages et aux bombardements des Alliés, dit-il, j'ai, en quelque sorte, devancé vos ordres, général Klein.

Grimm fut chaleureusement félicité. Il se trouvait que vingt millions de francs-or étaient déjà placés à la Tronquist de Buenos Aires, grâce à lui et aux intrigues de Szkolnikoff.

— Vous devez maintenant vous rendre à Lübeck, lui ordonna Klein. De là, vous passerez au Danemark. À Copenhague, vous entrerez en contact avec un membre de la Légation argentine, un certain Carlos Pineyro, un homme proche du nouveau vice-président argentin, le colonel Peron, acquis à notre cause. Il vous fournira les instructions nécessaires pour faire transférer le reste de l'argent à Buenos Aires.

— Bien, mon général.

Il faisait déjà nuit quand Grimm quitta l'hôtel Maison-Rouge.

La tête lui tournait après tout ce qu'il avait entendu et perçu de l'avenir au cours de cette longue journée.

« La guerre est perdue ? » se répétait-il.

France sourit en le voyant revenir, soulagée.

Elle lui avait fait préparer et monter son repas favori dans la chambre de leur auberge.

Grimm berça leur enfant.

— Nous allons en Allemagne, lui dit-il simplement. Ensuite…

— Ensuite, quoi ?

Grimm reposa son fils dans le couffin.

— À ce stade… Dieu seul le sait.

Sourdement, il avait compris l'objet de cette rencontre secrète entre gros industriels à l'hôtel Maison-Rouge : cette « Internationale du nazisme clandestin », ce « Syndicat secret de la croix gammée », cette « Fraternité de futurs ex-SS et de grands patrons » qui allait être mise en place à grands frais en Allemagne comme dans le reste du monde, dessinait, en fait, les premiers contours d'un IVe Reich fantôme…

Toute cette journée, le nom de Hitler ne fut jamais prononcé.

[illegible]
[illegible] sur [illegible]
[illegible] Dieu [illegible] le sait
[illegible]
[illegible]
Quelle [illegible]
[illegible]
[illegible] et de grands [illegible]
[illegible]
[illegible]
[illegible]
[illegible]

[illegible]

Ne leur avait-il pas intimé l'ordre de quitter

5

C'est là que tout s'est passé

En Allemagne, sur leur route pour la ville hanséatique de Lübeck, au nord du pays, France et Grimm franchirent la Moselle, puis montèrent droit sur Wittlich.

C'était là que Friedrich avait grandi, dans la ferme d'un vaste domaine où son père avait travaillé toute sa vie pour le compte d'une famille d'aristocrates rhénans.

France ouvrit de grands yeux en découvrant la vieille bâtisse.

Grimm y avait eu sept ans l'année de la défaite de 1918, il y avait grandi sous occupation française, il y était devenu soldat, il s'y était converti à l'hitlérisme vers 1936.

Il retrouva intacte la maison de son enfance. Le vieux Julius, régisseur du domaine qui veillait sur les lieux en l'absence de ses parents, n'avait aucune nouvelle d'eux depuis plusieurs semaines.

— C'est inquiétant, s'alarma Friedrich. Cela ne leur ressemble pas. À Paris aussi, j'ai cessé de recevoir leurs lettres. Je pensais qu'ils s'étaient repliés ici !

Ne leur avait-il pas intimé l'ordre de quitter

Coblence où il vivaient depuis quelques mois dans leur nouvelle maison, pour éviter les bombardements alliés ?

Grimm resta songeur, assis sur les vieilles marches devant le perron de la grande bâtisse. Il n'arrivait pas à comprendre qu'aucune communication n'ait pu être établie entre ses parents et lui depuis si longtemps.

France pénétra dans la maison, son fils dans les bras. Elle découvrit la grande salle à vivre des Grimm. La rusticité, la simplicité, la sécheresse même de l'endroit la frappèrent. Une rudesse typiquement paysanne. D'une propreté irréprochable. Une hygiène nazie.

« C'est là que tout s'est passé », se dit-elle.

Elle contempla la longue table de bois qui avait dû servir à tous les repas de Friedrich depuis qu'il était en âge d'y avoir sa place. Elle s'imagina les soirs d'hiver interminables, les joies et les découragements à la saison des moissons, les silences familiaux autour du foyer, les emportements de la mère contre la république de Weimar, contre les Juifs, contre les capitalistes, contre les bolcheviques, contre les Français.

Au-dessus d'une console de vieux bois verni, elle aperçut plusieurs photos de famille exposées dans des cadres grossiers. Friedrich y apparaissait à différents âges de sa vie, ainsi que Jost, le père. C'était la première fois qu'elle posait les yeux sur son visage. Un petit homme, à l'air plutôt effacé, trapu, auquel Friedrich ressemblait assez peu. Sans doute un chef de famille tombé sous la coupe de son épouse dès le lendemain de leurs noces. De son côté, celle-ci apparaissait plus souvent que le mari sur les clichés. Sans surprise, France constata que cette femme n'avait jamais été jeune. À la différence du mari, rien n'apparaissait sur Ada Grimm qui la rattachât au monde paysan. Elle veillait toujours à ressembler à une petite-bourgeoise. Sans doute rêvait-elle d'une autre vie ? Sans doute était-ce pour cela qu'elle avait poussé son fils dans les études, puis dans l'armée, le plus loin possible des champs ?

France passa la main sur les meubles encaustiqués, s'imprégna de l'odeur des lieux, se mit à l'affût de détails, de riens qui trahiraient la vie réelle de cette famille. Cette famille que, sans la guerre, elle n'aurait jamais dû connaître.

Elle pénétra dans la chambre d'enfant de Grimm. Elle y trouva une photo de lui nourrisson. Elle compara cette image avec le petit Jost et sourit. Les deux garçons, au même âge, se ressemblaient énormément.

Dehors, Grimm était toujours assis sur les marches du perron quand une silhouette apparut dans la cour de la ferme.

C'était une jeune femme. Un peu forte. Les joues pleines et souriantes.

Leni.

L'amie d'enfance, celle que tout le monde à Wittlich pensait, jadis, le voir épouser.

Grimm se leva. Il y eut un moment de gêne entre eux. Elle se tenait en retrait, embarrassée ; lui se trouvait incongru dans son uniforme d'officier de la Wehrmacht.

Alors qu'ils avaient passé leur enfance ensemble, un monde et une guerre mondiale les séparaient désormais.

— Bonjour, Leni.

— Bonjour, Friedrich.

— Comment vas-tu ?

— Ça va. Cela devient difficile par ici… On sent de plus en plus les effets de la guerre. Qui l'aurait imaginé ?... Papa est mort l'été dernier. Il a eu une crise cardiaque aux champs.

— Et tes frères ?

— Hans a été tué en Grèce. Ullrich est en poste en Syrie. Mais cela fait longtemps qu'on n'a pas de nouvelles de lui…

— Je suis désolé.

— Et tes parents ?

Grimm n'eut pas le temps de répondre : France apparut dans l'ouverture de la porte d'entrée de la maison, avec le petit Jost endormi dans les bras.

— Je pensais bien avoir entendu des voix, dit-elle en français.

Leni blêmit.

Les deux femmes se regardèrent.

La beauté et la grâce de France, son élégance même, stupéfièrent la petite paysanne.

Elle regarda l'enfant.

D'instinct, elle fit un pas de recul.

France l'observait froidement.

Gênée, Leni balbutia quelques mots de félicitation, puis disparut.

— Pauvre Leni, dit Grimm.

Il y eut un long silence. France déclara enfin, cette fois en allemand :

— Nous devons aller à Coblence, Friedrich, retrouver tes parents. Ils doivent être restés là-bas. Ou bien nous y apprendrons au moins où ils sont allés.

Grimm approuva d'un mouvement lent de la tête.

— Tu as raison.

Il regarda sa maison.

— Ici, on dirait qu'il n'y a déjà plus que des fantômes.

*
* *

À Coblence, toutes les habitations du centre historique avaient été rasées par les bombes incendiaires de l'US Air Force. Les rues n'existaient plus. La plupart des signalisations étaient tombées à terre. Les rares plaques encore accrochées à un pan de mur ou suspendues à un bec de gaz n'indiquaient plus que de grands espaces vides, réduits à l'état d'éboulis et de plâtras.

France et Grimm avancèrent lentement au milieu de pâtés de maisons encore fumants. Partout, les murs lézardés et noircis menaçaient de s'écrouler.

— Quand a eu lieu le dernier bombardement ? demanda-t-il à un chef d'îlot.

— Hier soir. Trois raids. Une trentaine de B-24 chaque fois. C'est la quatorzième attaque en deux mois !

Ici, les bombardements alliés qui sévissaient depuis plusieurs semaines représentaient une aberration aux yeux de la population : aucune garnison militaire n'était implantée dans les environs, encore moins d'industrie d'armement.

Autour de France et de Grimm, des équipes œuvraient au déblaiement et à la recherche des corps prisonniers des éboulements. Des hommes escaladaient les décombres, partout résonnaient le tintement des pioches, le bruit de poutres sciées, les cris, les appels, l'avertisseur d'une ambulance qui roulait au pas entre les gravats.

Grimm essayait de se repérer dans ce dédale informe. Il n'était venu ici qu'une fois, durant l'été 1942, avec ses parents, pour prendre possession de la maison qu'il leur avait achetée. Une demeure bourgeoise, en plein quartier historique, comme en rêvait Ada Grimm.

Indécis, il s'arrêta devant une maison aux trois quarts effondrée, au milieu d'une vaste zone de déblaiement, recouverte de cendres blanches et hérissée de poutrelles de métal.

— Nous recherchons la maison de mes parents. 19, Bingenstrass, demanda-t-il.

— Vous n'êtes pas du coin ?

— Pas du tout.

— Alors, bonne chance. Moi, j'arrive de Montabaur. Demandez à des gars d'ici.

Rien ne ressemblait davantage à une maison anéantie qu'une autre maison anéantie. Les couleurs d'un pan de mur ou une baignoire à demi enfouie aidaient parfois à identifier un logement en particulier.

Même pour les habitants, s'orienter dans ce champ de ruines n'était pas aisé. Comment se figurer que des édifices s'étaient dressés ici, bien alignés, depuis des générations ?

Grimm et France finirent par être conduits à l'emplacement approximatif du 19, Bingenstrass par des habitants du quartier. Mais tous étaient catégoriques : la maison qu'occupaient les Grimm avait été bombardée et rasée six semaines auparavant.

Terriblement angoissé, Grimm interrogea les voisins qui auraient pu se trouver en contact avec Jost et Ada Grimm.

— Étaient-ils présents lors des bombardements ? Les avez-vous vus ?

Mais les habitants restaient vagues.

Les Grimm ne vivaient pas à Coblence depuis assez longtemps pour que tous se rappellent précisément d'eux.

— Vous feriez mieux de vous rendre au service d'accueil de la Croix-Rouge, dit un homme d'équipe. Ça n'est pas loin. Ils y tiennent des registres. Ils vous diront si vos parents ont été retrouvés. Ou pas.

Grimm s'y précipita.

France resta seule devant la maison des parents de Friedrich.

Elle avait aperçu un personnage qui errait au milieu des ruines, une pioche sur l'épaule. Il avait le cheveu gras et la barbe ébouriffée. Il portait des loques. Il se parlait à lui-même. On aurait dit un dément.

Quand elle s'approcha, il se tut.

Il écarquilla les yeux comme devant un ange.

— Vous êtes d'ici ? lui demanda France.

L'homme acquiesça. Il répondit qu'il avait toute sa famille enfouie sous ces décombres. Depuis un mois. Personne ne l'avait aidé à déblayer ; chez lui, l'impact d'une bombe de deux tonnes avait été trop violent, il n'y avait eu aucun bruit, aucun signe de vie possible après le raid.

Il raconta à France la panique qui saisissait la population à chaque alerte. Le plan des attaques de nuit était toujours le même : des avions éclaireurs larguaient des fusées ou marquaient leurs cibles au sol par des impacts lumineux ; ensuite, une escadrille de bombardiers venait déverser sa charge incendiaire. Les termes employés par le Coblençais avaient des accents bibliques : comment évoquer autrement l'éclatement des bombes à phosphore qui portaient la température au sol à plus de mille degrés en une fraction de seconde, déchaînant des vents de flammes qui dépassaient les deux cents kilomètres-heure ?

— Souvent, dit-il, les victimes ne succombent pas à la bombe elle-même, ni à l'éboulement de leur immeuble, mais elles se consument sous l'intensité de la chaleur qui a envahi les abris souterrains.

— Vous souvenez-vous d'un vieux couple venu s'installer près d'ici il y a deux ans ?

— Ils venaient de Wittlich, non ? Oui, je vois de qui vous voulez parler.

— Alors, écoutez-moi bien : voilà ce que vous allez dire…

De son côté, Grimm harcelait la Croix-Rouge de questions. En vain. On lui expliquait que moins d'un corps sur deux avait été retrouvé à Coblence depuis le début des raids. Beaucoup de cadavres gisaient encore sous les gravats ! Et les retrouver n'était plus une priorité, il fallait privilégier les survivants du bombardement de la veille, rouvrir les accès pour les ambulances, reconnecter les réseaux d'eau, de gaz et d'électricité.

Quand France le rejoignit, Grimm était prostré sur une chaise. Sidéré.

— J'ai interrogé un homme près de chez tes parents, dit-elle.

— Alors ?

Il releva le front, une lumière dans l'œil. Il s'accrochait au moindre espoir.

— Il m'a dit qu'ils possédaient leur propre cave.

— C'est vrai ! Ils avaient leur cave. Je m'en souviens…

— Lors des alertes, ils ne rejoignaient donc pas les grands abris communs. Sans doute parce qu'ils ne connaissaient pas assez de monde. En tout cas, lui ne les y a jamais vus. Ils étaient seuls, chez eux, reprit France, lors du grand bombardement de juillet.

Silence.

Grimm plongea la tête entre ses mains.

— Je suis désolée, dit France.

Grimm se releva et partit en courant du centre de la Croix-Rouge.

Il retourna sur les lieux des décombres et se mit à arracher les débris de la maison de ses parents. Il déplaçait des blocs de pierre à mains nues, tirait sur des éclats de poutrelles de bois, faisait rouler ou glisser les pans de mur.

— Jamais ! criait-il. Ma mère est toujours trop prudente. Jamais elle ne serait restée ici s'il y avait eu du danger…

Il s'acharnait sur les ruines, trébuchant, se relevant, se mutilant les mains et les jambes, déchirant son uniforme, sous l'œil de France et de l'homme à la barbe hirsute qu'elle avait interrogé.

Parfois, Grimm s'interrompait, et laissait échapper de longs râles douloureux. Il pleurait à grosses larmes. Elles roulaient sur son visage couvert de poussière.

— C'est inutile, déplora l'homme à la barbe. Moi aussi, j'ai essayé de déblayer chez moi. Non seulement un homme seul n'y suffit pas, mais, ces jours-ci, un raid chasse l'autre et vient renverser tout ce qu'on a pu relever…

France posa la main sur la nuque en sueur de Grimm.

— Ta mère n'aurait pas survécu à une nouvelle

défaite de l'Allemagne, dit-elle d'une voix douce. C'est peut-être mieux ainsi.

Elle l'enlaça alors qu'il frappait les ruines de ses poings. Il se laissa aller entre ses bras. Il sanglotait.

— Je suis là, lui murmurait affectueusement France. Je suis là…

*

* *

Ils séjournèrent trois jours à Coblence, hébergés au foyer de la Croix-Rouge. France avait récupéré le petit Jost qu'elle avait remis à une crèche de la basilique Saint-Castor avant de se rendre dans le vieux quartier de la ville. Elle s'acquitta des diverses déclarations administratives immobilières à la place de Grimm, qui restait abattu de douleur. Il n'avait plus aucun élan, aucune volonté. Ce fut France qui l'obligea à reprendre la route en direction de Lübeck pour répondre aux instructions de Klein.

À Coblence, personne ne devait plus les revoir, ni ne repensa à eux.

Cependant, trois semaines après leur passage, un homme arriva dans le quartier historique sinistré et vint se présenter au centre d'accueil de la Croix-Rouge.

Bien qu'il fût septuagénaire, il était encore grand et droit, les cheveux denses et très blancs, le regard clair.

Son allemand avait l'accent d'Alsace.

Il expliqua qu'un message avait été laissé ici à son intention par une jeune femme qui voyageait avec un enfant et un haut gradé.

Il donna son nom.

Jean-Baptiste Meyer.

L'agent de la Croix-Rouge retrouva la lettre.

— Tenez, Herr Meyer.

— Merci.

Le mot de France était concis mais clair :

« Les parents de Grimm ont trouvé refuge à Innsbruck, en Autriche, depuis le début de l'été. Grimm n'en sait rien. J'ai réussi à intercepter tous leurs courriers à Paris depuis plus de deux mois. C'est un excellent point pour moi. Retrouvez-les et attendez mes nouvelles instructions. »

Le vieil homme se mit en route pour Innsbruck.

Un étau infernal se resserrait lentement sur Friedrich Grimm.

6

Le soleil était haut, le ciel bleu et les arbres en fleurs

Ce 27 août 1944, Paris était libéré depuis deux jours. Le personnel allemand abandonnait tous les postes administratifs de la capitale réquisitionnés depuis l'Occupation, dont le contrôle de certains établissements pénitentiaires.

Quand il se retrouva sur le trottoir du boulevard Raspail, devant le portail de la prison du Cherche-Midi, Charles-Maurice d'Avaugour avait désormais soixante-quatorze ans.

Autour de lui, tout s'agitait : la liesse sauvage des libérés, les barricades, les coups de feu, les GI, la poursuite des colonnes allemandes, l'insurrection communiste.

Fêtait-on la fin des patrouilles, du couvre-feu, de la terreur imposée par la Gestapo et par la Milice, des dénonciations et de la honte ? Chantait-on *La Marseillaise*, en prenant au pied de la lettre son premier vers « Aux armes, citoyens… » ? Le comte n'y prêtait pas attention.

Il songeait à bien autre chose.

Ce fut avec sa fille Rose-Marie à son bras, elle aussi libérée fin août 1944, que le comte d'Avaugour retourna au 127, avenue de Malakoff.

L'appartement déserté par Grimm depuis de longues semaines avait fini par être saccagé par des patriotes qui envahissaient toutes les adresses connues d'Allemands ou de collaborateurs. L'adresse de l'avenue de Malakoff leur avait été communiquée grâce à des documents de la Gestapo saisis avenue Foch.

Avaugour regarda avec peine ces pièces qui ne ressemblaient plus à celles de sa vie passée. Les plus beaux meubles Grand Siècle de Grimm avaient été emportés, d'autres brisés, tous les tiroirs vidés. Grimm n'avait conservé que les vieux livres du comte : ils gisaient éparpillés au sol.

L'homme s'approcha d'une fenêtre aux carreaux brisés.

Les grands arbres de l'avenue de Malakoff étaient inondés de soleil. Ça tirait sur l'avenue Foch. De longues rafales de Sten. Des oiseaux s'envolaient et des hommes couraient pour échapper aux balles.

Avaugour ne devait qu'au prestige de son nom, et à quelques promesses de récompense, de n'avoir pas été expédié dans un camp en Allemagne au cours de ses trois années passées en cellule.

Son fils cadet et son bras droit, Simon G., avaient été moins chanceux. Avaugour ignorait où ils avaient été déportés, et s'ils étaient toujours en vie. Ce qu'il savait, en revanche, c'était que sa brave épouse, Pomeline, était morte à la Petite Roquette, après seulement huit semaines d'internement.

Tout cela par la faute de Friedrich Grimm…

Avaugour dit simplement à Rose-Marie :

— Nous allons le retrouver. Je n'ignore rien des horreurs qu'il a commises en France. Je sais tout ce qu'il a fait avec Szkolnikoff. Je vais le retrouver. Et lui faire payer.

Sa main tremblait sur le pommeau de sa canne.

— Les Avaugour ont survécu à la Réforme et à la Révolution, ce n'est pas un parvenu de Rhénanie qui fera pâlir notre blason.

Un mois plus tard, fin septembre 1944, une section de jeunes FFI déboula boulevard Edgar-Quinet pour arrêter la sous-maîtresse Alphonsine au Sphinx, et Max-Pol dans son restaurant Chez Marcel.

Alphonsine fut jetée dans une camionnette changée en fourgon cellulaire et envoyée d'abord dans une de ces prisons improvisées dans les caves et les locaux administratifs de la capitale, avant de finir à Fresnes.

Elle ne comprenait rien. Elle arguait qu'elle n'avait jamais collaboré, qu'elle n'avait fait qu'accomplir son métier, sans zèle ni faiblesse.

— On n'est pas plus coupables dans nos piaules que le boulanger ou la kiosquière, disait-elle, pensant qu'on l'arrêtait pour ses activités au Sphinx.

Elle devait comparaître devant un de ces tribunaux du peuple vite constitués dans les premières semaines de la Libération, âge d'or d'une justice plus ou moins légale, faite de Français qui s'instituaient garants moraux et magistrats de l'épuration sauvage.

Alphonsine espérait s'abriter derrière la position de son fils qui, alors qu'il s'était senti menacé de retourner en Allemagne en 1943 (mais cette fois comme travailleur forcé), avait décidé de quitter Paris et de rejoindre la Résistance.

Toutefois, alors qu'elle croupissait en cellule avec d'autres femmes qui, elles, avaient ouvertement dénoncé des Juifs et des patriotes aux Allemands et à la Milice, on lui fit savoir que son fils avait été tué en juin dernier.

— Par les Allemands ?

— Non.

— Par les Alliés ?

— Non. Par des Français. Rivalité de maquis.

Désespérée, Alphonsine fut traînée devant son tribunal, traitée comme la pire des collaboratrices. Il lui fallut endurer le mépris et la vindicte de ses juges, avant de comprendre ce qu'ils lui reprochaient.

Sa position de sous-maîtresse au Sphinx n'entrait en rien dans son arrestation.

— Vous êtes accusée d'appartenir au groupe Collaboration, et ce, depuis l'hiver 1940. Ne niez pas, nous possédons les preuves.

Alphonsine se pensait en plein cauchemar. Jamais elle n'avait agi de la sorte. Mais ses récriminations ne servirent à rien. Au contraire, elles enragèrent davantage ses juges.

— N'est-ce pas votre nom, là, votre adresse et votre signature ?

Enfin confrontée aux pièces de son dossier, Alphonsine comprit l'horrible engrenage dans lequel elle se retrouvait aujourd'hui prisonnière.

Quatre ans auparavant, le soir du réveillon de Noël 1940, flânant devant les Grands Magasins, elle était passée près d'un petit stand tenu par des vieilles dames. Ces dernières collectaient des fonds pour les enfants des soldats français prisonniers en Allemagne.

Émue, Alphonsine avait généreusement offert une belle somme. Les petites vieilles enregistrèrent son nom, son adresse et la valeur de son don.

En réalité, il ne s'agissait nullement d'aider les enfants nécessiteux ; ce stand servait au groupe naissant Collaboration qui, par ce subterfuge, collectait des fonds et des signatures afin de gonfler ses caisses et le chiffre de ses effectifs.

Collaboration était un groupe pro-allemand, pro-Pétain, anti-républicain, anti-démocratique et militant pour une Europe unifiée sous hégémonie hitlérienne.

— Mais jamais je n'ai…

On n'écouta pas la défense de la pauvre Alphonsine. Les apparences plaidaient contre elle. Sa générosité de Noël l'accablait encore plus. La justice expédia son cas en quelques minutes.

Elle fut condamnée à trois ans de prison.

De quoi se réjouir, pendant longtemps, de la fin de la guerre…

De son côté, Max-Pol avait été dénoncé par des voisins du boulevard Edgar-Quinet.

Au printemps de 1943, une des chambres vacantes de son appartement au-dessus du restaurant, qui servaient au réseau Boucan, fut réquisitionnée sur ordre de la Kommandantur pour héberger une soldate allemande, l'adjudante Charlotte Spiedel.

Embarrassé, Max-Pol fut contraint de vivre avec une représentante de l'occupant sous son toit, et ce, jusqu'à la fin de la guerre.

Mais les gens du quartier s'étonnèrent bientôt des liens étroits qui se nouèrent entre la soldate de vingt-quatre ans et le vieux restaurateur de soixante.

Ils ne se quittaient plus. Max-Pol était toujours prévenant et serviable à l'extrême. On jasa. On se révolta. Sans jamais que le restaurateur daigne lever le voile sur cette inclination, voire cet attachement qu'il affectait à l'égard de l'adjudante de la Wehrmacht.

Ce n'est que face à ses juges, en septembre 1944, et sous la menace réelle d'une peine pour collaboration, que Max-Pol s'expliqua.

— En 1919, j'étais toujours sous les drapeaux, dit-il. J'ai passé un an en Rhénanie dans les collines de l'Eifel, volontaire malgré ma blessure à la main, au sein des forces françaises d'occupation de l'Allemagne, celles imposées par le traité de Versailles. Là, je suis discrètement tombé sous le charme d'une veuve aubergiste du coin.

Après son retour en France, Max-Pol n'eut plus jamais de ses nouvelles.

Et ne chercha pas à en recevoir.

Jusqu'à ce matin du 1er août 1943 où un employé de la Kommandantur vint installer, sur ordre, Charlotte Spiedel dans son appartement.

Max-Pol apprit alors de la bouche de la jeune femme qu'il s'agissait de sa fille. Jadis, l'aubergiste allemande lui avait caché sa grossesse et n'avait pas osé le retenir quand il avait été relevé de ses fonctions en Allemagne.

Après la campagne de France de 1940, dès que la jeune adjudante apprit la vérité sur l'identité de son père, elle n'eut de cesse qu'elle ne le retrouve. Et elle réussit, après des mois d'enquête, à se faire héberger chez lui à Paris.

Max-Pol n'en dit rien à personne, tout le temps de l'Occupation.

Par prudence.

Mais cette expérience inattendue lui fit brutalement changer son point de vue sur la guerre et sur les Allemands. Lui qui, naguère, les haïssait, qui n'avait pas de mots assez cinglants pour inciter ses compatriotes à la vengeance contre l'occupant, qui se réjouissait des bombardements alliés en Allemagne, regrettant qu'ils ne fassent pas davantage de morts, eut soudain honte. Un retour d'humanité triompha de ses convictions politiques et personnelles. La tendresse qu'il ressentait pour cette jeune soldate tua en lui l'ennemi héréditaire de l'Allemagne.

À ses yeux, ce renversement brutal de ses passions témoignait contre elles. La haine de la guerre le gagna. La haine des « fauteurs » de guerre.

Il ne voulait plus avoir à différencier le Français de l'Allemand.

Sincère, il improvisa un discours poignant devant ses juges.

À l'heure de la vengeance, Français contre Allemands et Français contre Français, l'ode à la réconciliation de ce restaurateur vétéran de la Grande Guerre fut un intermède de grâce en pleine épuration.

Libéré, Max-Pol fut porté en triomphe par ses amis jusqu'à son restaurant du boulevard Edgar-Quinet.

Il avait cependant la joie amère.

Depuis son départ en juillet dernier, il ne recevait plus aucune nouvelle de sa fille des bords de l'Eifel…

*

*   *

Après la Libération, OC retrouva son appartement de la rue Cardinet.

Henri Boucan retourna chez ses parents, boulevard Malesherbes.

Tous deux avec le sentiment du devoir accompli.

Ils appartenaient à cette Résistance française dont Winston Churchill devait estimer, à juste titre, que son extrême efficacité avait permis d'« écourter d'une année la durée de la guerre en Europe ». Rien de moins.

Jacques, l'aveugle du boulevard de Port-Royal, croupissait encore à l'automne 1944 à Buchenwald, réduit presque à l'état de dépouille.

Il serait sauvé par miracle en 1945.

Partout en France, on se jugeait, on se vengeait et, peu à peu on commémorait aussi, pour la première fois.

Le 21 décembre 1944, une curieuse délégation constituée de danseuses de genre, de travestis, de barmaids, de tapins et autres figures de la nuit parisienne se retrouva dans une petite clairière près de Robinson.

Là, ils célébrèrent l'anniversaire funèbre du matin où leurs compagnons du Gai-Guêpier avaient été exécutés par les Allemands.

Une gerbe et une pancarte furent déposées à l'emplacement où les premiers innocents étaient tombés.

Fraternité de noctambules.

Dans le même temps, le dossier de Paul Thénard ressortit lors des grandes « mises au clair » de la Libération. On découvrit qu'il avait assassiné de sang-froid l'aviateur Peter Böhm en novembre 1940, rue de Tournon. Ce meurtre courageux d'un officier de la Wehrmacht était l'un des tout premiers commis à Paris.

Malgré quelques témoignages qui ternissaient l'image de Thénard pendant l'Occupation, il ne tarda pas à être déclaré héros de la Résistance et sur sa tombe vinrent s'inscrire ces quatre mots exempts de toute ambiguïté : « Mort pour la France ».

Quand Hitler se suicida dans son bunker à Berlin, le 30 avril 1945, le matin où ils apprirent cette nouvelle par les journaux, les trois vieux habitués du bar de Chez Marcel, lassés de parler de la guerre, préférèrent discuter d'autres choses.

La porte du restaurant venait de s'ouvrir et une jeune femme était entrée avec une valise à la main. Elle était rousse et très jolie. Un peu gauche. Un décolleté plongeant. Sans doute débarquée de sa province.

— J'ai rendez-vous au Sphinx, dit-elle. À côté… On m'a demandé d'attendre ici. Je peux m'asseoir ?

Un beau sourire se peignit sur le visage des trois vieux habitués.

— « La promenade est belle », s'exclama l'un d'eux d'un ton parodique.

— « Fort belle », répondit son voisin.

— « Le beau jour ! »

— « Fort beau. »

— « Quelle nouvelle ? »

En pliant le journal :

— « Le gros rat est mort… »

Ils hélèrent le patron.

— Max-Pol, un blanc !

— Une bière !

— Un café allongé !...

— Voilà, voilà…

Le soleil était haut, le ciel bleu et les arbres en fleurs.

7

Opération Terre de Feu

— Pense surtout à aller siffler des *cubanos* à l'Idéal-Bar. Il se situe entre Corrientès et Libertad. Tu verras, la nuit, avec les ampoules suspendues, c'est tous les soirs Noël à Buenos Aires. Quand tu auras le spleen de Paris ou de la France, il te suffira d'aller sous le coude du *Penseur* de Rodin, place du Congresso, c'est là que tous les expat' se retrouvent. Oh, j'ai l'impression d'entendre encore les guitares et la voix éraillée des payadors…

Quatre mois après leur triste étape à Coblence puis à Lübeck, Grimm, France et le petit Jost avaient vécu au Danemark, sur ordre du général Klein, hébergés à la Légation argentine de Copenhague par Carlos Pineyro.

Ce dernier se révéla être un agent pro-allemand très efficace, rompu aux moyens de transférer discrètement des avoirs allemands dans son pays. Grimm, encore très affecté par la mort de ses parents, initia les virements depuis ses banques étrangères. Presque toutes les valeurs sorties de France par lui dans les derniers mois arrivèrent à Buenos Aires, sauf celles retenues dans des comptes en banque américains, Washington faisant valoir ses réticences envers les pays neutres d'Amérique du Sud.

Fin décembre 1944, devant la poussée des Alliés, Hitler avait essayé de rééditer la prouesse de 1940 et avait lancé ses meilleures unités dans une offensive d'envergure à travers les Ardennes. Ce coup de poker devait venger l'effondrement des forces du Reich en Normandie et renverser le cours de la guerre. Les premiers succès redonnèrent espoir aux soldats de la Wehrmacht dans le génie du Führer, mais l'hiver 1944 n'était pas le printemps 1940.

Adolf Hitler avait sous-estimé le climat, la supériorité de l'aviation des Alliés, et Patton.

Le lendemain de Noël, quand Grimm et France apprirent à Copenhague que le célèbre général américain avait percé l'encerclement allemand de Bastogne, signant la fin programmée de la bataille des Ardennes, un message codé du général Klein arriva de Berlin à la Légation argentine pour le compte du colonel Grimm :

« Partez. Suivez l'argent ! »

Partir ?

Le 6 janvier 1945, Grimm, France et l'enfant embarquèrent dans un avion à destination de l'aérodrome de l'armée allemande basé à Orland en Norvège, à cinq cents kilomètres au nord d'Oslo, au bord de la mer.

Carlos Pineyro leur avait fourni des passeports argentins émis par Juan Perón. À Orland, Pineyro leur assura qu'ils seraient pris en charge par la Kriegsmarine, Grimm y recevrait un ordre de mission de Klein pour l'Argentine, et tous trois gagneraient l'Amérique du Sud par la mer.

Deux semaines plus tard, ils abordaient au Cap-

Vert à bord d'un U-Boot, en compagnie de six autres passagers allemands (civils ou militaires ? nul n'aurait su le dire), dont deux accompagnés de leur femme et de leurs enfants.

Au Cap-Vert, le ravitaillement du sous-marin de Grimm ne consista pas seulement en carburant et en vivres. De nombreux containers furent discrètement embarqués, étiquetés *Gehem Reichssache*[1].

Plusieurs tonnes d'or.

Une partie du trésor nazi.

Cette mission sur un nouveau continent redonnait de l'énergie à Grimm.

Au grand soulagement de France.

Ils arrivèrent le 7 février 1945 au large de la Punta Norte, à plus de deux cents kilomètres au sud de Buenos Aires.

Leur bâtiment demeura au mouillage dans la baie de Samborombon. Une suite importante de canots pneumatiques servit à débarquer de nuit la cargaison du sous-marin[2].

À terre, au village de San Clemente del Tuyu, Grimm fit la connaissance d'un agent spécial des services du renseignement naval argentin et d'un Allemand, lieutenant dans la réserve navale argentine et ambassadeur officieux pour tout ce qui touchait à l'argent du Reich en Argentine.

À Buenos Aires, Grimm supervisa avec ce dernier le

1. « Secret de caractère national. »

2. Tous ces événements sont tirés du Mémorandum officiel des Archives fédérales argentines numéroté CF-OP-2315, enregistré le 26 avril 1946 par un agent de la Marine argentine, Niceforo Alarcon.

Le mémorandum est intitulé : « Désembarquement allemand à San Clemente del Tuyu ».

dépôt des caisses d'or du sous-marin dans des coffres des banques Alemano, Tonquist, Germinaco et Aleman Transatlantico.

Muni des documents nécessaires, il se présenta seul le lendemain aux quatre mêmes grandes banques allemandes de la capitale dans lesquelles il avait fait virer, depuis Copenhague, ses avoirs français. Son identité confirmée, il se vit à la tête de millions du Reich. Toujours fondé de pouvoir, il exigea que ses virements soient convertis en or et en devises. Ensuite, il disposa ce butin dans des coffres dont il se réserva la clef, puis attendit les instructions de Klein.

Avec France et leur fils, il fut installé dans l'Hôtel du Midi, au cœur de l'arrondissement du 25 de Mayo. On lui procura même une nourrice originaire de Basse-Saxe.

De son côté, dès son arrivée à Buenos Aires, France écuma le Florida Club, le Tabaris, le Maïpur-Pigalle, ou le café du passage Guilmès, tous les endroits de la prostitution française dont lui avait parlé Alphonsine.

Elle était à la recherche d'anciennes connaissances de la sous-maîtresse du Sphinx qui pourraient lui venir en aide. Ce fut à la Librairie française du 445 Cerrito qu'elle retrouva la trace de deux amies d'Alphonsine. Le libraire l'aiguilla vers une vieille Montmartroise du casino de Buenos Aires et une vieille Polonaise du théâtre du Colisée.

Grâce à la première, Grimm et France purent quitter leur Hôtel du Midi et s'installer dans une demeure de l'élégant quartier de San Martin, Calle Salta.

La seconde, quant à elle, alors que France assistait avec Grimm à une représentation théâtrale, lui désigna deux petits hommes dans le sillage du nouvel ambassadeur français qu'elle identifia comme des espions du Deuxième Bureau.

— Ils sont à la recherche des Français collabos qui ont fui le pays ces dernières semaines, dit la Polonaise. Ils sont très bien renseignés. Il faut se méfier d'eux. Ils passent chaque Français du coin au crible.

Ce fut la première alerte pour France.

— Tu crois qu'il faut nous inquiéter ? demanda-t-elle à Grimm.

— Je ne le pense pas. Nous sommes sous la protection du gouvernement argentin. Et puis personne ne nous connaît. Personne ne sait que nous sommes ici.

Les jours passant, l'élan qui était revenu à Grimm depuis son départ du Vieux Continent ne dura pas. Il se sentait déboussolé dans cette ville de deux millions d'habitants. Quoique soulagé d'échapper à la vague de règlements de comptes qui sévissait en Europe (tous les jours, la presse du monde se faisait l'écho d'une arrestation spectaculaire dans l'appareil nazi), il disait qu'il n'avait pas « sauté sur Eben-Emael » pour finir là. Et qu'il se voyait mal terminer ses jours dans les montagnes argentines de Bariloche, au prétexte qu'elles ressembleraient à la Bavière.

Mais pour France, la seconde alerte arriva par voie de presse.

Elle lut à la Librairie française un article publié à Paris qui titrait sur le corps d'un homme retrouvé carbonisé à proximité de Madrid, en juillet 1945.

Des effets personnels permirent d'identifier le fugitif et milliardaire Michel Szkolnikoff.

Intriguée, France approfondit sa lecture de l'article et eut froid dans le dos quand elle reconnut le nom de Grimm. L'ancien officier du Majestic était nommément cité et visé. Condamné à mort par contumace par un tribunal militaire de Vincennes pour « annexion et aryanisation de nombreuses sociétés françaises ayant entraîné la déportation de Juifs », Grimm était aussi âprement recherché car désigné comme « premier relais allemand de Szkolnikoff dans son appareil de collaboration ». La justice française l'accusait d'avoir détourné des milliards avec le Russe.

France blêmit en découvrant que toutes les informations sur Grimm contenues dans l'article provenaient d'interviews accordées par le vieux comte d'Avaugour. Clairement porté par une soif de vengeance, l'aristocrate avait identifié des comptes bancaires de Grimm à Paris, certains à simples numéros, qu'il avait lui-même approvisionnés clandestinement au début de la guerre et qui permettraient, aujourd'hui, de traquer son argent dans le reste du monde. Avaugour évoquait déjà les banques Alemano et Tonquist à Buenos Aires. « Il doit y en avoir d'autres, disait le comte. Nous les retrouverons. Ce n'est qu'une question de temps. En tout cas, ce qui ne fait aucun doute pour moi, c'est que Grimm se cache en Amérique latine. Très probablement en Argentine. »

France rentra voir Grimm, paniquée. Elle lui tendit le journal français.

— Il nous faut partir, déclara-t-elle tout de suite. Abandonne l'argent !

— Quoi ? Mais…

— Abandonne l'argent nazi et celui de Szkolnikoff ! Ils sont contaminés. Avaugour connaissait tes numéros de compte à Paris. Il va les remonter un par un. Après ce que tu lui as fait, il ne reculera devant rien pour te perdre. Il me reste assez d'économies pour que nous puissions redémarrer une vie à l'abri de tout et de tous.

Elle montra sa mystérieuse petite valise fermée.

— J'ai conservé l'argent du Sphinx et celui que tu me donnais au quai d'Anjou. C'est amplement suffisant.

— Je vais d'abord en référer avec Klein.

— Oublie Klein !

C'était la première fois que Grimm sentait France à ce point nerveuse.

Ils se tenaient devant la grande terrasse fleurie de leur maison, ombrée par une pergola couverte de vieille glycine. France portait une longue et fine robe écrue. Elle faisait de grands gestes et l'air gonflait ses pièces de lin.

— Oublie Klein ! répéta-t-elle. Maintenant que tout s'est écroulé, que te propose-t-il, au fond ? Le plan établi à Strasbourg pour une renaissance du Reich a-t-il un quelconque fondement réaliste ? Il va falloir recommencer à *espérer,* c'est ça ? Comploter et se terrer ? Comme avant ? Pour combien de temps ? Espérer… C'est cela, l'horizon de la Maison-Rouge ? N'est-ce pas ce que tu as fait toute ta jeunesse ? Espérer dans le relèvement de l'Allemagne après la défaite de 1918 ? Espérer dans l'effacement de l'humiliation du traité de Versailles ? Espérer venger les morts, châtier les traîtres, chasser les faibles ? Comme moi j'espérais la fin de notre fausse république et de notre fausse démocratie ? Et aujourd'hui ? Espérer se relever des cendres du Reich ? Avec qui ? *Pour* qui ? Vous n'avez plus de chef ! Es-tu certain d'avoir le courage de tout reprendre à zéro ? Et si tu te faisais rattraper par les Français, que nous arriverait-il, à Jost et à moi ?

— Mais si nous partons, où irons-nous ?

— J'ai mon idée. Remets les clefs des coffres à

Klein et dis-lui que tu reprends ta liberté. Ici, il y a trop de rumeurs, trop d'espions.

Aux mois de juillet et août 1945, plusieurs U-Boot étaient arrivés en Argentine, à la Mar del Plata. L'amiral Donitz, le successeur de Hitler, avait ordonné la reddition des forces allemandes le 9 mai 1945 ; ces U-Boot d'Argentine étaient les tout derniers en circulation.

Le général Klein était un de leurs passagers.

Grimm s'était montré soulagé de le retrouver.

Toutefois, un mystère s'était vite répandu dans les rangs allemands de Buenos Aires quant à l'identité exacte des autres personnes débarquées secrètement de ces sous-marins de la dernière heure. Des allégations fantasques se répandirent sur tout le continent, et jusqu'en Europe et aux États-Unis. On parlait déjà d'une reconstitution du Parti nazi grâce à de grandes figures ayant échappé aux Alliés.

— À moins d'aller nous enterrer quelque part dans un *campo* à des kilomètres de Buenos Aires, dit France, Avaugour et les Français nous retrouveront. Et encore ! Je ne vois qu'un pays où aller nous réfugier, sans argent sale, et vivre libres. Et qu'un homme pour nous permettre de nous y installer.

— Qui ?

Grimm ne s'attendait pas à cette réponse.

Comme tous les officiers de la Wehrmacht jugés inutiles à Paris, le colonel August von Sachs avait été muté sur le front russe dès 1942. Le richissime aryen modèle, qui avait été le premier à séduire France à son arrivée au Sphinx, reçut pour mission de recruter en Russie (grâce à sa fortune personnelle) des Russes hostiles aux bolcheviques, afin de les unir dans une Armée de libération qui œuvrerait aux côtés de la Wehrmacht pour faire tomber Staline. Le beau blond réussit à mettre sur pied une organisation formée de prisonniers politiques russes, de paysans réfractaires et d'anciens cadres du régime tsariste. Son activité s'avéra déterminante sur le plan du renseignement. Il comptait un nombre de plus en plus important d'agents au Kremlin et dans tout le pays. Seulement, dès mai 1944, il déserta de son poste de commandement en emportant avec lui une copie de tous les dossiers d'espionnage allemands sur les communistes, et il les présenta au Quartier Général américain en France. Il avait compris que l'alliance des Américains avec les Russes ne pouvait être que temporaire et ne survivrait pas à la victoire.

Les informations et la trahison de von Sachs furent saluées à leur juste valeur par le haut commandement américain. Ses documents sur les Russes étaient inestimables ; ses agents doubles encore postés à Moscou, inespérés alors que la guerre froide se profilait.

— Von Sachs est maintenant un partenaire objectif des Alliés, dit France à Grimm. Rien ne peut plus lui être reproché de son passé nazi. Son organisation poursuit ses travaux pour le compte de Washington.

— Mais comment sais-tu tout cela ?

— Nous nous sommes revus quelquefois à Paris, von Sachs et moi.

Grimm fronça les sourcils.

— Et tu ne m'en as rien dit ? Tu m'as caché d'autres choses ?

Elle haussa les épaules.

— Allons…

France entra en contact avec l'ambassadeur américain à Buenos Aires. Elle pensait que son charme opérerait sur-le-champ, mais quand il fut rappelé en Amérique en septembre 1945, elle passa de longs mois sans aucune nouvelle, ni de l'ambassadeur ni de von Sachs qu'elle cherchait à joindre à tout prix.

Tout se dénoua après la prise de pouvoir de Juan Péron, en février 1946. August van Sachs réussit à les joindre et à leur faire parvenir de nouveaux passeports et des billets d'avion pour rallier les États-Unis.

À l'été 1946, Grimm, France et le petit Jost arrivèrent, par les airs, en Floride. Ils s'installèrent à West Palm Beach, dans une maison modeste au bord de la mer, non loin des ruines du Royal Ponciana Hotel.

Munis de passeports américains, n'ayant viré aucun fond depuis les banques de Buenos Aires, ils se pensaient, désormais, à l'abri des investigations d'Avaugour.

Von Sachs leur avait expliqué par téléphone que l'Amérique stockait à Alexandria, en Virginie, les documents nazis confisqués par ses troupes en territoire allemand. Il lui fallait du personnel compétent pour les traduire et les classer. August von Sachs avait assuré ses amis de Washington que Grimm était l'une des personnes les mieux qualifiées pour cela. Surtout sur le plan économique.

Grimm devait donc subir une période de six mois d'évaluation en Floride, avant d'être autorisé à pénétrer dans le fort ultrasensible d'Alexandria. Il se rendait trois fois par semaine au Centre militaire aéronavale de Boca Raton pour suivre interrogatoires, évaluations et entretiens.

Le reste du temps était consacré à son perfectionnement en anglais.

France vendit la bague offerte par Göring, la montre en or de von Sachs et d'autres valeurs gagnées au

Sphinx ; elle réussit à meubler une maison floridienne qu'elle voulait la plus douce et la plus confortable possible pour Grimm.

Elle n'avait pas visité la grande ferme familiale de Wittlich en vain. Elle rechercha, fit venir ou fabriquer, d'épais meubles comme Grimm en avait connu dans sa Rhénanie natale. Elle s'efforça de lui refaire les plats de son enfance et ne ménagea aucun effort pour le rendre heureux.

— Ici, nous sommes enfin en sécurité, lui dit-elle.

— Tu avais raison. C'est mieux ainsi. Nous pouvons maintenant envisager l'avenir en paix.

Mais la touche ultime de France, pour réussir et assurer le bonheur de Grimm, ne survint que peu avant la fin de l'automne 1946.

Un coup de téléphone arriva d'Europe.

D'Italie.

C'était de nouveau August von Sachs.

Il apprit à Grimm que ses parents avaient été retrouvés, réfugiés dans un monastère de Bolzana.

— C'est France qui m'a enjoint d'essayer d'avoir de nouvelles informations sur eux à Coblence, dit-il à Grimm, ou d'essayer de retrouver leur trace. Par miracle, j'ai reçu très vite des indices sur leur compte !... Une chance inespérée, Grimm.

La demande de visa américain, soutenue par l'organisation de von Sachs, était déjà en cours pour Jost et Ada Grimm.

Grimm n'en revenait pas.

France ne lui avait rien dit de cette démarche auprès de von Sachs, pour ne pas lui donner de faux espoirs, argua-t-elle.

Il était au comble de la joie.

— Je te dois mon fils et mes parents, s'écria-t-il. Je te dois ma vie. Tout !

Quand France vit, pour la première fois, Jost et Ada Grimm, arrivant en voiture devant leur maison de Palm Beach, elle jouit pleinement, et intérieurement, de son triomphe. À peine regarda-t-elle cette dame forte, vieillie, aux cheveux très blancs, ni cet homme à la main tremblante, ce paysan affaibli qui pleurait à chaudes larmes. Elle était tout absorbée par la joie de Grimm.

Les parents ne cachèrent pas leur bonheur de revoir leur fils unique et de découvrir, pour la première fois, leur petit-fils. Ces retrouvailles furent touchantes.

Ada raconta que, dès mai 1944, une lettre du Haut Commandement lui avait enjoint de quitter Coblence, et même d'abandonner le territoire allemand pour échapper aux bombardements anglo-américains sur les grandes villes du Reich.

— L'Autriche paraissait épargnée par les raids, dit-elle à son fils. Nous sommes allés à Innsbruck. Mais je t'ai écrit tout cela. Et de nombreuses lettres, encore ! Quand j'ai appelé le Majestic, vers la mi-juin, on m'a répondu que tu étais absent, puis que tu avais été muté à un autre poste, en Allemagne. On a pensé retourner à Wittlich avec ton père, mais un homme est venu nous trouver à Innsbruck. Un Alsacien du nom de Meyer. Il était aussi en poste à Paris au Majestic.

— Meyer, dis-tu ?

— Jean-Baptiste. Âgé.

— Je ne m'en souviens pas, dit Grimm. Mais nous étions plus d'un millier au Majestic.

— Il nous a dit que nos lettres à propos d'Innsbruck

s'étaient égarées à Paris et qu'elles avaient atteint un autre Friedrich Grimm qui travaillait à l'ambassade.

Grimm se frappa le front du plat de la main.

— Mon homonyme. Pourquoi n'y ai-je pas pensé plus tôt ?

France souriait.

Elle se sentait comme un marionnettiste qui voit ses créatures s'animer.

— Nous sommes allés nous réfugier en Italie, reprit Ada, dans un monastère de Bolzano. De là, nous avons pu toucher Wittlich par téléphone et apprendre que tu y étais passé.

— Oui, avec France et le petit.

— J'étais soulagée. Nous avons donc attendu. Certains que tu essaierais de joindre une nouvelle fois Wittlich et qu'on t'y informerait de notre sort. Puis nous avons été contactés par August von Sachs. Et nous voilà !

Ada regarda France avec un grand sourire reconnaissant.

— Tout cela, c'est grâce à France, dit-elle. Ta ravissante femme.

Qu'elle fût française n'entrait plus en ligne de compte aujourd'hui.

Un peu plus tard, lorsque Grimm vit son vieux père jouer pour la première fois avec son petit-fils sur le gazon au bord de l'eau et Ada se mettre aux fourneaux pour préparer le pain noir de son enfance, l'émotion le gagna. Il enlaça France.

— Je ne sais pas ce que je serais devenu sans toi. Tout paraissait perdu. Tout semblait écroulé partout dans le monde. Et pourtant, voilà : je suis le rescapé allemand du IIIe Reich le plus heureux du monde.

Le visage de France s'illumina.

— Tu le penses vraiment ?

Il l'embrassa.

— Redis-le.

— Je suis le rescapé allemand du IIIe Reich le plus heureux du monde !

— J'ai toujours rêvé de t'entendre dire ces mots, dit France. J'ai tout fait pour que tu sois le moins malheureux possible. Aujourd'hui, je suis récompensée.

Elle posa la tête au creux de son épaule, aussi Grimm ne vit-il pas son air de triomphe.

8

Exodos

Après quelques mois de bonheur sans nuages, un matin de printemps, le shérif du comté de Palm Beach et son adjoint arrivèrent en voiture, à l'aube, chez Friedrich Grimm.

Ce dernier fut surpris de cette visite inattendue qui le tirait du lit. Il se renfrogna en voyant l'auxiliaire du shérif, le premier Noir du comté à collaborer avec les forces de l'ordre.

Ce fut pourtant lui qui, son couvre-chef à la main, lui apprit qu'en accomplissant une patrouille de police dans la marina proche de chez lui, sur le lac Worth, il avait fait une découverte macabre.

Le cadavre d'un vieil homme flottant entre les embarcations.

— Je suis vraiment désolé, monsieur, dit-il. J'ai une bien triste nouvelle à vous annoncer. Il s'agit de votre père.

L'Allemand, complètement sous le choc, dut aller identifier le corps à la morgue. C'était bien Jost.

Grimm fut interrogé par le shérif.

— Oui, mon jardin aboutit sur le lac Worth, avec

un long ponton. Mon père a pu tomber à l'eau, la nuit dernière, en se promenant... Il sortait souvent avant le lever du soleil...

Ce fut la consternation dans la famille.

Ada qui, toute sa vie, s'était montrée dure et impitoyable envers son mari s'effondra quand on lui apprit le décès.

De son côté, Grimm était accablé.

— J'ai très peu vu mon père après les débuts de la guerre, se lamenta-t-il auprès de France. À Coblence, je pensais sincèrement ne jamais le revoir, ni même pouvoir me recueillir un jour sur une tombe digne de ce nom en Allemagne. Voilà que, grâce à toi, mon père ressuscite. Et voilà que, maintenant, c'est un peu comme s'il retournait chez les morts. J'ai à peine eu le temps de profiter de son arrivée en Amérique.

On enterra Jost au Woodlawn Cemetery.

France n'eut que peu de temps pour consoler Grimm de la perte de son père, car ce fut au tour d'Ada de présenter des symptômes alarmants.

La vieille femme, à l'humeur naturellement acariâtre, s'était vite radoucie au contact de son fils et de son petit-fils. Dès son arrivée dans la maison de Flagler Drive, elle avait pris les choses domestiques en main avec France. Si elle n'avait jusque-là ressenti aucune affection particulière pour la Française, elle était bien obligée de reconnaître tout ce que cette jeune femme avait accompli pour leur bien à tous.

Une relation de confiance s'établit peu à peu entre les deux femmes.

Hier encore, hitlerolâtre convaincue, Ada ne trouvait plus de mots assez sévères pour fustiger le Führer. Mais elle ne lui reprochait pas sa folie, ses excès, sa monstruosité, ni les crimes commis envers les Juifs, elle lui reprochait son *échec*, et d'avoir replongé l'Allemagne dans le néant. Pour elle, il achevait par une défaite ce qui resterait dans l'histoire de son pays comme une nouvelle « guerre de Trente Ans » : 1915-1945.

— Je n'y remettrai jamais les pieds !

Pourtant, à Palm Beach, elle n'affichait que mépris pour la société américaine qui l'accueillait.

— C'est le pays enjuivé, corrompu et malsain par excellence. Le contre-exemple de la pureté germanique.

Seul le beau temps de Floride avait grâce à ses yeux.

France trouva cependant un point qui fit fléchir le dédain d'Ada. La jeune femme achetait régulièrement les magazines féminins nationaux. Au début, Ada se montrait pleine de morgue pour ces couvertures de papier glacé. Les mannequins du *Vogue* ne véhiculaient, selon elle, que la lente infantilisation des Occidentaux.

— Ce que la science nous fait gagner en espérance de vie, la société de consommation nous le retranche en âge mental. D'ailleurs, les hommes ne seront plus jamais des hommes. Ils ne connaîtront plus de *vraies* guerres comme avant. Mon Friedrich est le dernier soldat de la dernière armée de l'histoire. La Wehrmacht, même avec ses cuirassés et ses avions, ressemblait encore aux armées de Napoléon, de César et d'Alexandre le Grand. C'était une armée de *conquête*. Aujourd'hui, on ne se battra plus qu'en pressant sur des boutons, pour envoyer des missiles à l'autre bout du monde. D'ailleurs, c'est ça, l'Amérique ! Des boutons ! Rien que des boutons !

France n'avait pas oublié les photographies d'Ada le jour de son passage dans la maison des Grimm à Wittlich. Pour être l'épouse d'un paysan rhénan, elle n'en était pas moins coquette. En tout cas, plus soucieuse de son apparence que son tempérament ne le donnait à penser. La vue des magazines féminins laissés sur la table basse du salon de Palm Beach finit par intriguer l'Allemande. D'autant qu'elle avait remarqué certaines actrices du cinéma muet qui avaient aujourd'hui son âge et paraissaient dix ou quinze ans de moins sur les clichés.

Toujours choquée par la mort de son mari, Ada ne dormait presque plus et s'effrayait chaque matin en se contemplant dans la glace. Elle vieillissait à vue d'œil. France lui proposa d'aller, sans rien en dire à Friedrich, lui acheter quelques crèmes et poudres pour relever son teint.

Pendant quelques jours, Ada parut reprendre des forces et des couleurs, au grand soulagement de son fils. Mais bientôt, elle ressentit de vives douleurs pulmonaires.

Ada voulut aller consulter, seulement elle apprit que le médecin du quartier était juif ; elle s'interdit de le voir. Il fallut attendre qu'un confrère de Boca Raton accepte de venir.

Mais il était trop tard.

Lorsqu'elle perdit connaissance et qu'on put enfin, sans qu'elle s'y oppose, la transférer au Good Samaritan Hospital, elle décéda durant le transport en ambulance.

Un entrefilet dans le *Palm Beach Post* annonça que l'Allemande avait succombé suite à une forte fièvre tropicale, compliquée d'une subite dermatite séborrhéique.

Cette fois, à sa mort, Grimm éprouva une douleur

plus violente qu'après son passage à Coblence. Il sombra dans le désespoir.

Son père emporte, à présent sa mère. Cette mère aimée, chérie, qui lui avait tout appris, qui avait façonné l'homme qu'il était, qui lui avait inculqué son goût de vaincre.

Au cimetière, ce fut France qui déclama le discours d'adieu pour Ada Grimm, après le sermon du prêtre.

Friedrich s'en sentait incapable.

Il plongea dans l'alcool.

Des jours d'affilée, il resta au bar du Gulf Stream Club à boire des bières américaines au litre.

L'agent militaire américain de Boca Raton qui l'accompagnait deux semaines par mois en Virginie le menaça de le renvoyer avec sa famille en Allemagne s'il ne se reprenait pas rapidement.

Mais Grimm ne cessait de remâcher son malheur.

Pour lui, tout ce qu'avait réussi France, tout ce qu'elle avait construit, patiemment, autour d'eux, pour qu'ils soient heureux et en paix, était en train de s'effondrer.

Un jour, France sortit faire des courses pour la journée en voiture à Fort Pierce.

Grimm luttait alors pour arrêter la boisson. Mais la tentation fut la plus forte.

Après le départ de France, il quitta la maison, prit un bus et alla faire la tournée des bars de West Palm Beach, Westgate et Wellington.

Ce furent le shérif et son auxiliaire noir qui le retrouvèrent au Parley Bar, à la nuit tombée, après l'avoir traqué dans toute la ville.

Ne le voyant pas revenir à la maison, et ne le trouvant pas au bar du Gulf Stream Club, France avait paniqué après la tombée du jour.

— Où est Jost ? lui hurla-t-elle quand il fut ramené seul par la police.

— Jost ?

— Où est-il ? Où l'as-tu emmené ?

— De… de quoi parles-tu ?...

Il titubait.

— Je suis partie ce matin, dit France, tu devais garder un œil sur lui en mon absence ! Rappelle-toi !

— Comment ? Quoi ?...

— Réfléchis, Friedrich, bon sang, réfléchis !

Grimm sentit le monde vaciller encore plus sous ses pieds. Mais l'alcool n'y était pour rien. Il ne comprenait pas et *jurait* ne pas se souvenir de ce que France lui avait demandé ce matin-là. De quoi parlait-elle ?

Le lendemain, le *Palm Beach Daily News* titra sur la disparition du jeune garçon âgé de vingt mois. Toute la population se mobilisa. On placarda sa photo partout. En vain. On ne retrouva que quelques-uns de ses vêtements dans une partie désaffectée de la gare. On parla alors d'enlèvement, du passage d'un maniaque…

En même temps, la foule fustigea la négligence du père alcoolique.

Grimm devint une loque, rongé par le chagrin et la culpabilité. Il suppliait France de lui pardonner. Il se frappait la poitrine, se heurtait la tête aux murs, jurait vouloir en finir avec la vie. Cependant, tous les matins, il espérait encore une heureuse nouvelle.

Il harcelait la police de questions sur les progrès de l'enquête.

Il pensait qu'on lui rendrait son fils.

La population se montra très sévère envers lui.

Elle plaignit d'autant la malheureuse mère.

La presse s'intéressa de près à ce couple nouvellement installé à West Palm Beach. Les journalistes voulurent enquêter sur leur passé et répondre à la curiosité du public : des irrégularités et des contradictions dans l'attribution de leurs passeports apparurent bientôt et laissèrent entendre qu'un trafic se dissimulait derrière leurs autorisations d'entrée sur le territoire américain.

Un scandale qui risquait d'impliquer Washington et sa politique ambiguë face aux anciens nazis recrutés, officiellement, pour lutter contre le péril communiste.

Grimm avait raison.

Tout ce qu'avait réussi à construire France était en train de s'effondrer…

9

Dies irae

Quand elle ouvrit les yeux, la lumière du jour pénétrait déjà entre les lamelles des persiennes de sa chambre. Un rayon de soleil se réfléchissait dans un grand verre d'eau posé sur sa table de nuit, un cachet blanc posé à côté. La veille, France avait cru qu'un somnifère lui serait indispensable pour trouver le sommeil.

Depuis un mois, Grimm s'était repris tant moralement que physiquement et, en attendant les éventuelles conséquences des articles de journaux qui le ciblaient comme un ancien nazi, il était parti travailler pour ces deux semaines mensuelles au fort militaire d'Alexandria en Virginie

Ce matin-là, la maison de Flagler Drive était déserte et silencieuse.

Après avoir traîné au lit, France endossa un peignoir et longea le couloir devant la porte de la chambre qui avait accueilli les parents de Friedrich, et celle du petit Jost.

Depuis la cuisine ouverte sur le salon, le ronflement régulier du réfrigérateur avait quelque chose de réconfortant.

Il était neuf heures passées, ce 26 juin 1946.

La lumière du jour franchissait les baies vitrées coulissantes et inondait les lieux décorés de blanc.

France se saisit d'un moulin à café et prépara son moka.

Puis elle alluma le gaz et le poste de radio.

La station diffusa une nouvelle chanson, à la gaieté agréablement contagieuse : *I don't need millions !...*

France sortit sur la terrasse avec son bol de café, face au jardin et au ponton qui avançait sur le lac Worth. L'air était chaud et humide. Il sentait un mélange d'embruns, d'hibiscus et d'arbres fruitiers.

Le jardin des Grimm à West Palm Beach était délimité par des cocotiers et de grands palmiers des sables qui frissonnaient dans le vent.

Ce matin, le soleil se reflétait à la surface à peine froncée du lac. Songeuse, France s'étendit sur une chaise longue et contempla les miroitements de l'eau.

Un jeune iguane, à la peau écailleuse vert fluorescent, avançait, prudent et inquiet, sans perdre le moindre geste de la femme.

France repensa à ces récits qu'étudiait autrefois son père, féru d'histoire et de mythologie. Dieu qui interrompait la marche du soleil dans le *Roman de Roland*, pour que Charlemagne puisse espérer secourir son neveu ; la course du soleil qui s'inversait dans la mythologie grecque, le jour où Atré fit manger à Thyeste ses propres enfants.

Ce genre de choses…

Elle hocha la tête, finit son café et rentra prendre une douche.

Elle n'avait aucun impératif. Elle resta longuement dans son peignoir, une serviette nouée sur la tête.

Elle s'installa dans le salon avec son nécessaire de maquillage pour vernir ses ongles de pied. Dans le poste, après un bulletin d'informations sur les nouveaux essais atomiques américains dans le Pacifique, la station de radio diffusa un *Dies irae* de Charpentier. Dans la voix du présentateur, on devinait que ce choix était lié aux explosions prévues sur l'atoll de Bikini.

Pour France, Marc-Antoine Charpentier était surtout le compositeur d'une *Médée* qui l'avait bouleversée.

« J'ai rempli ma vengeance.
Voyant Corinthe en feu, ses palais embrasés,
Pleure à jamais les maux que ta flamme a causés... »

chantait Médée à Jason.

Le temps que sèche son vernis, France retourna dans le dressing de sa chambre. Là, elle dégagea plusieurs boîtes à chaussures empilées et en tira une valise.

Sa valise.

Celle qu'elle tenait à la main quand elle était entrée pour la première fois Chez Marcel, le matin du 21 novembre 1940, attendant que Paul Thénard vienne la chercher pour la conduire au Sphinx.

Elle la déposa sur une console dans un coin du salon, avant de la déverrouiller.

Une heure plus tard, habillée et coiffée, elle était de nouveau en cuisine. Grimm devait rentrer aujourd'hui de Virginie. Elle lui prépara son déjeuner favori : des choux farcis et une tarte à l'oignon.

Elle avait coupé le poste de radio. Pour la première fois depuis des jours, elle chantonna. Elle sourit en pensant que si ses voisins l'entendaient, après tout ce qui lui était arrivé, ils la jugeraient comme seuls des Américains savent juger.

La voiture de l'aérodrome militaire de Boca Raton, avec son chauffeur de l'US Air Force, s'arrêta à midi devant la maison.

Friedrich Grimm en sortit. À trente-cinq ans, il faisait aujourd'hui beaucoup plus que son âge. Le jeune commandant flamboyant du Majestic avait cédé la place à un orphelin exilé, un père sans enfant, un homme brisé.

Il avança lentement jusqu'à l'entrée.

Dès la porte ouverte, le parfum des oignons cuits lui rappela agréablement son passé.

France se précipita vers lui. Elle l'embrassa, lui prit son chapeau et sa mallette de cuir. À l'extérieur, la température était caniculaire. Grimm était en sueur. Il se passa de l'eau sur le front, voulut s'allumer une cigarette, mais y renonça : l'atmosphère était vraiment trop lourde.

— Comment se sont passées ces deux semaines ? demanda France d'une voix claire.

— Je me suis plongé dans le travail. Une façon de ne penser à rien. Je crois que les Américains sont contents de moi. Ils ont des tonnes de documents allemands saisis sur notre territoire. Il y a de tout et de rien. Les papiers les plus importants ont été détruits avant l'arrivée des Alliés. De temps en temps, je tombe quand même sur quelque chose de troublant…

— Comme quoi ?

— Je ne préfère pas en parler. Dis-toi seulement qu'à Paris on était vraiment loin de tout…

France avait dressé la table du déjeuner sur la terrasse, à l'ombre d'un grand parasol.

— J'ai bien réfléchi, tu sais, lui dit-elle, on ne peut plus vivre comme nous le faisons. Il est temps de nous reconstruire. Aujourd'hui, je t'ai préparé une surprise, dit-elle. Attends, et surtout, ne bouge pas.

Pendant qu'il mangeait, elle retourna dans le salon et tira les rideaux.

Après le café, intrigué par ses préparatifs, Friedrich alla voir ce qu'elle avait installé.

France avait disposé dans le salon un projecteur de film 8 mm, acheté la semaine précédente au Central Market.

Elle avait aussi tendu un écran de toile sur pied.

— Assieds-toi, lui dit-elle, radieuse.

Amusé et curieux, Grimm s'installa dans un fauteuil placé en face de l'écran. France tira le dernier rideau ouvert et la pénombre enveloppa la pièce.

Elle prit place derrière l'appareil de projection, puis lança la première bobine.

— J'ai retrouvé ces quelques films, dit-elle. Et comme j'avais du temps en ton absence, j'en ai fait un petit montage, pour nous rappeler nos bons moments.

L'écran s'illumina. Grimm vit soudain apparaître des images colorées, au grain épais : Notre-Dame de Paris, puis la statue du Vert-Galant. Il se vit ensuite à l'écran dans son uniforme de commandant.

France et lui flânaient à Paris, au printemps 1941.

C'étaient les petits moments filmés par France grâce à la caméra américaine portative qu'elle avait soutirée à August von Sachs.

— Je croyais que tu avais laissé ces bobines à Paris, s'exclama Grimm, après notre départ pour Épernay. Je les pensais perdues.

— Non. Elles étaient toujours avec moi.

Un beau sourire éclaira le visage de Friedrich. Depuis combien de temps n'avait-il pas souri ? Ce rapide voyage dans le temps l'émerveilla. Il revécut en images les mois de bonheur partagés avec France dans Paris occupé. Pour eux, le Paris de l'insouciance… Ils étaient ensemble au Louvre, à la piscine Deligny, ils déjeunaient à la Mère Catherine place du Tertre, ils sortaient de séances de cinéma au Rex et au Marignan des Champs-Élysées, ou à la foire de la porte de la Muette, etc. Il revit, ému, le petit appartement du quai d'Anjou qui avait abrité leurs premiers ébats. Il battit des mains, hilare, lorsqu'il reconnut la tête bouleversée qu'il avait faite, à la sortie du zoo de Vincennes, le jour où France, pour la première fois, l'avait embrassé en public.

— C'est magnifique d'avoir conservé tout ça, dit-il, ému. Merci de me le montrer. C'est délicieux.

France avait fait un excellent usage de la caméra de von Sachs : rien de son passé à Paris ne lui avait échappé.

Dans le salon de West Palm Beach, le bruit régulier du moteur de l'appareil de projection rythmait les images captées au Sphinx : le grand bar qui alignait ses filles ! Les grandes fêtes costumées ! Les rires des pensionnaires au dortoir ! Alphonsine, Mme Freda, Paul Thénard (qui était le seul à rechigner à être filmé), les monceaux de cadavres… de bouteilles de champagne. Grimm reconnut même Walter Odewald dans le fond d'une image.

Tout cela paraissait déjà appartenir à un lointain passé. C'était à la fois joyeux et cruel. France avait filmé leur emménagement dans l'appartement des Avaugour, avenue de Malakoff, et ce moment, si important pour eux, sur les quais de Seine, après un dîner à la Tour d'Argent, où elle lui avait avoué qu'elle était enceinte.

Soudain, l'écran se fit blanc.

— C'est tout ? demanda Grimm.

— Non. Je change de bobine.

Grimm alluma une cigarette. Toutes ces images réveillaient en lui des sentiments qu'il croyait oubliés.

— Tu sais, dit-il après un silence, alors que France s'apprêtait à relancer la projection. Peut-être… peut-être avons-nous été *trop heureux*.

Son front s'était assombri.

— Comment ça ?

— Le ciel s'est vengé, voilà tout. On n'avait pas le droit d'être heureux en ces temps-là. C'était un sacrilège.

— Peut-être…

À l'écran, l'image revint sur une vue de l'appartement de l'avenue Malakoff.

France était seule.

Elle filmait les beaux meubles anciens qui décoraient les pièces.

Et puis soudain, elle se filma elle, nue sous une trop grande chemise blanche, presque transparente.

Elle était magnifique.

Elle regarda à plusieurs reprises en direction de la caméra, souriante, comme si elle observait Grimm aujourd'hui, à des années d'intervalle. Elle se saisit de sa valise, cette fameuse valise qu'elle emportait partout et qu'elle avait absolument interdit à Grimm de déverrouiller.

La valise était ouverte.

France l'approchait de la caméra.

Dans son fauteuil, intrigué, Grimm se redressa.

Il vit enfin, pour la première fois, très nettement, le contenu de la valise.

De vieilles enveloppes, un missel, l'exemplaire d'un roman de Bernanos, une croix de bois, deux ou trois bibelots de faïence.

Et des photos.

La main de France, sur le film, saisit un cliché.

Elle l'approcha de la caméra. C'était une photo ancienne.

France devait y avoir dix ans, entourée de ses parents.

Attendri, Grimm s'exclama :

— Tu étais déjà très jolie !

Puis il fronça brusquement les sourcils.

Une nouvelle image était apparue sur l'écran.

France était avec son père, mais en gros plan cette fois.

Puis une troisième, dans un grand jardin, avec une imposante bâtisse dans le fond.

Grimm blêmit.

— Mais qu'est-ce...

Une quatrième image.

Il se leva.

— Vois-les toi-même ces photos, si tu le désires, dit France. La valise est là, sur la console.

Dans la pénombre, Grimm se précipita. Un peu fébrile, il arracha une poignée de photos de la valise et se plaça dans le rayon de lumière du projecteur pour les observer.

La jeune France… Elle était… à Bonneville ?

Grimm reconnut les lieux.

Dans le manoir des Riquier ?

Dans les bras de son père, Alfred ? Puis de sa jeune mère, Émilienne ?

France, à dix-sept ans, portant son petit frère François ?

Il reconnut les visages !

France ?...

France ?...

Bonneville ?...

Les Riquier ?...

Tout lui revenait.

Il sentit ses genoux se dérober.

— Mais…

— Rassieds-toi, lui ordonna soudain France.

L'éclat de lumière du projecteur aveuglait Grimm ; il discernait mal France.

Elle avait avancé le bras et tenait un pistolet pointé sur lui.

— Rassieds-toi dans le fauteuil, répéta-t-elle brutalement.

Frappé d'une terrible appréhension, Grimm était d'une pâleur effrayante. Il était passé, en une fraction de seconde, de la nostalgie joyeuse à l'incompréhension totale.

— Tu...

— Oui.

Il s'assit, avec l'air d'un automate. France stoppa la projection. Le film sur l'écran se figea sur une photo d'elle avec le manoir des Riquier dans le dos.

— J'étais bien là, dit-elle. La nuit de votre arrivée. Du viol. Du meurtre.

— Mais…

— Le matin de l'incendie ! Il y a six ans aujourd'hui. Jour pour jour. J'étais là.

Grimm avait l'impression de ne plus reconnaître sa voix. De ne plus connaître cette femme.

— Je m'en suis sortie de justesse... Après ton départ, je suis restée à genoux, sur le gazon, seule devant la maison de mon enfance qui se consumait dans les flammes, en emportant ma famille. Sans que je puisse rien y faire ! Je n'ai pu sauver que ces objets qui étaient en ma possession dans les combles. Ça, un livre, ce pistolet, et une brûlure au bras. Mes yeux ont vu le toit de mes ancêtres s'effondrer et enfouir les trois personnes que j'aimais le plus au monde, sans que personne vienne à la rescousse !

Grimm tourna la tête et contempla l'image fixe de l'écran, d'un air halluciné.

— J'étais furieuse, éperdue, je me suis mise à courir autour du brasier. Mon visage me brûlait à force d'approcher les flammes. Je criais, je gémissais, je suffoquais, les larmes m'empêchaient de voir, les sanglots m'empêchaient de respirer. Je voulais me jeter dans le feu, mais une force intérieure me retenait. La haine. Ça, comme ma rage débordait déjà !... Je priais Dieu de faire résonner le ciel tout entier de son tonnerre, de me remettre les deux coupables allemands, et de les dépecer. Je ne vivais déjà plus que pour ça. Mais je n'étais qu'une enfant ; et pire, une enfant seule. Je ne pouvais rien réussir sans aide. Je suis allée voir un vieux professeur d'allemand, à proximité de Bonneville, un homme de confiance, connu au collège : Jean-Baptiste Meyer. Je me savais très belle, et que cette beauté serait l'arme de ma vengeance. Seulement Meyer sut me conseiller plus sagement. « Ta beauté ne suffira pas, me dit-il. Pour plaire aux officiers de la Wehrmacht, circuler de l'un à l'autre jusqu'à retrouver tes proies, tu dois te *donner* à l'Allemagne ! Je vais faire de toi la collabo parfaite, la collabo *idéale*. Je les connais, moi, ces Français qui n'ont plus foi en rien et qui, avant même que ne viennent les Boches, étaient prêts à se donner à n'importe qui. Ceux qui, aujourd'hui, voient une victoire dans notre défaite, trouvent une issue et non une impasse dans l'occupation allemande, et se disent qu'après soixante-dix ans de démocratie, la France a bien mérité sa déculottée de Hitler ! Je vais te façonner *à leur image*. Tu vas brûler du même feu, savoir comment ils pensent, comment ils agissent, ce qu'ils croient, ce qui les désespère, ce qui les fascine. Et renoncer à tout ce que tu as aimé : la république, la justice, le droit, l'honneur, le respect de la différence, ta foi elle-même. Je vais faire naître en toi une aigreur franco-française, une aigreur de cinquante ans qui va complaire aux Allemands. Oh oui, tu vas leur plaire ! Ce caractère te permettra de te diriger dans ce marigot de traîtres, de soumis et de collabos que tu vas rencontrer à Paris. Comprends-moi bien, il ne s'agit pas d'une protection, il s'agit d'une *arme* ! Avec ta beauté, il ne te manque plus que de devenir l'incarnation du refus du déclin, et de la confiance en Hitler, pour que toutes les portes de la France d'aujourd'hui s'ouvrent devant toi. » En plus de m'expliquer la France, Meyer m'expliqua l'Allemagne : le chaudron d'histoire d'où était sorti, tout armé, l'hitlérisme. J'ai appris. Assidûment. Ensuite, ce fut à mon corps de se faire une science infaillible des hommes. Meyer m'a envoyée à Poitiers, auprès d'une prostituée qui avait été son élève et qui saurait tout m'enseigner des choses de l'amour. Avant de partir, nous avons créé un personnage, Meyer et moi. Je me suis choisi un prénom de guerre, un nouveau passé, des circonstances, un scénario qui empêcheraient quiconque de remonter jusqu'à ma véritable identité. À Poitiers, où j'ai été conduite par les Simonin, d'autres amis de Meyer qui me serviraient aussi d'alibis. La putain Émeline Perrin a fait de moi son égale, en quelques semaines. J'ai froidement et consciencieusement appris les ressorts du vice. Elle m'a aussi enseigné à séduire. À attirer un homme en le fuyant. À se l'accrocher en faisant mine de le rejeter. Les putains, Dieu merci, savent le cœur humain ! J'étais prête pour Paris. Mon corps et moi. Moi et mon « fascisme de guerre » que j'emportais comme une botte secrète. J'aspirais à l'Affreux. Je méditais le Pire. Ce n'était pas un crime banal ou ordinaire que j'appelais de mes vœux. En montant vers la capitale, je priais le Ciel de m'inspirer quelque chose de terrible, de cruel, d'impie même ! Après avoir fait traduire par Meyer ce que vous vous étiez dit à Bonneville, Böhm et toi, je savais où vous étiez affectés. Ce fut simple de retrouver Böhm à Paris. Son physique jouait contre lui. Il me suffisait de le décrire pour qu'on me le situe. Je l'ai suivi deux soirs de suite. J'ai vu dans quels bouges il se vautrait. Cet infect personnage me facilitait la tâche. Je l'ai envoûté au Gai-Guêpier. Ivre, il ne pouvait plus m'échapper…

Elle sourit.

— Je le sais maintenant : la vengeance ne vaut rien, si on ne se souille pas les mains !

Silence.

— Böhm… grommela Grimm, hagard. Peter Böhm…

Il ne parlait pas : c'étaient des sons plutôt que des paroles qui sortaient de sa bouche.

— Mais à mes yeux, reprit France, c'était toi le pire des deux. Celui qui avait tué. Qui avait incendié. Le seul véritable meurtrier. Ça, je n'allais pas me contenter de t'égorger, comme Peter Böhm ! J'ai retrouvé ta place à Paris. Je te savais en poste au Majestic. Mais l'avenue Kléber était bouclée par l'armée. Puisque je ne pouvais pas t'approcher, il me fallait trouver un moyen pour me faire connaître, et te laisser venir à moi. Émeline m'avait indiqué à Poitiers les « maisons » de Paris les plus fréquentées par l'état-major allemand. J'avais le choix entre le Sphinx, le Chabannais et le One Two Two. Ça a été le Sphinx. Bien m'en a pris : le premier soir, je découvrais que tu en étais un client assidu. Et puis le miracle est venu. Oui, un miracle ! Mon Dieu, merci. Le soir au palais Garnier. L'opéra sur Médée. Dieu répondait à mes prières ! En découvrant, sur scène, l'histoire de cette femme qui se venge de son mari, j'ai compris une règle d'or : tuer ne suffisait pas ! Après tout, je n'étais pas morte, *moi* ! Je vivais avec ma souffrance, *moi* ! Je ne jouissais pas du « refuge du tombeau » ! Et si la vengeance de Médée emportait tout sur son passage, si elle épargnait quand même le sang de Jason, c'était pour qu'il demeure seul, mort vif, dans le dénuement, condamné à regretter. J'avais demandé au ciel une machination qui dépasse les limites d'un méfait ordinaire : voilà qu'il me tendait un miroir sur une scène d'opéra. Voilà qu'il me dictait mon rôle. C'était simple : j'étais heureuse à Bonneville, tu le seras. Je me croyais en sûreté, tu le croiras. Je me savais aimée, tu le ressentiras. Enfin : tu m'avais tout pris, je te prendrai tout !

— Mais… tu es un monstre, s'écria soudain Grimm. Et tout ce temps, tu m'as dissimulé ce…

— La vengeance déclarée n'en est pas une, le coupa France, furieuse. Elle n'en est que l'ombre. Avant de nous séparer, Meyer m'avait confié un dicton de Heine, en guise de talisman : « Il faut pardonner à ses ennemis, mais pas avant de les avoir vus pendus. » Je te jure que je ferai graver ces mots en guise d'épitaphe sur ma tombe. Regarde !

Elle ralluma le moteur et la projection reprit.

Grimm était tétanisé.

À l'écran, on voyait France à Paris, en compagnie de son ancien amant du Sphinx : le comte et diplomate Willibald von Hofmannsthal.

— Par quel miracle crois-tu que de 1942 à 1944, tu n'as pas été envoyé sur le front russe ? demanda-t-elle. Penses-tu que tes seuls résultats avec Szkolnikoff te protégeaient ? Qu'ils étaient suffisants pour t'épargner la purge SS ? Stalingrad ? Sache que trois convocations pour Berlin ont été rédigées à ton intention, avec ordre de rejoindre les armées à Smolensk et à Koursk ! Grâce à son poste, Hofmannsthal a toujours été tenu au courant et a pu agir pour toi *à ma demande*. Trois fois ! Je ne voulais pas laisser à une balle russe le soin de me venger…

D'autres images stupéfièrent Grimm.

Cette fois, France était avec le général de la SS Scheid ! L'homme que Grimm n'avait vu qu'une fois, à Strasbourg, présidant la réunion secrète de l'hôtel de la Maison-Rouge. Celui qui avait déclaré : « Messieurs, nous allons perdre la guerre. »

France reprit :

— Il en va de même pour l'intérêt que Klein, l'homme de Scheid, t'a soudain porté à partir de septembre 1943. Tu n'as pas été choisi par hasard. Et

Szkolnikoff et Maeier n'y ont été pour rien. Grâce à Alphonsine, je savais tout sur les nouveaux visages importants du Reich au Sphinx. J'ai approché Scheid. Il a été coriace, mais j'ai réussi à le convaincre d'étudier ton cas en priorité. Klein a pris le relais... Et voilà comment, au lieu d'aller mourir à Smolensk, tu as négocié la fin de la guerre en te retrouvant dans le camp de ceux qui « retombent toujours sur leurs pattes ».

Le film montrait France qui brûlait des lettres dans la cheminée de l'avenue de Malakoff.

Elle avait filmé chaque interception de courrier envoyé d'Allemagne par la mère de Grimm depuis leur nouvelle maison de Coblence.

— Dans les lettres que tes parents t'envoyaient, dit-elle, ils s'inquiétaient des bombardements en Allemagne, et du fait que tu ne leur répondais plus. C'est moi qui ai détourné leurs missives. C'est moi qui les ai fait aller se réfugier en Autriche, à Innsbruck. Puis en Italie, grâce à un faussaire du réseau d'Henri Boucan qui imita la signature quasi exacte de ton supérieur, von Stülpnagel ! Puis enfin grâce à Meyer qui, seul, savait ce que j'entreprenais. Maintenant, je ne doutais pas qu'en te laissant croire à leur mort à Coblence, je me réservais le beau rôle, pour plus tard. Oh, comme tu as été heureux quand ils sont reparus en Floride ! J'étais heureuse, tu l'étais. Je me croyais en sûreté, tu le croyais, en nous installant ici. Je me savais aimée, tu l'étais aussi. L'heure avait sonné : tu m'avais tout pris, j'allai tout te prendre.

— Mais ? Qu'est-ce que tu as...

À l'écran, les images devinrent très sombres. Une demi-lune éclairait le jardin des Grimm à Palm Beach.

Friedrich reconnut son père. Le vieil homme apparut devant la caméra. Il parlait à France. Puis ils marchèrent côte à côte.

Jost Grimm s'était toute sa vie levé avant l'aube pour surveiller ses champs. À soixante-dix ans, son corps continuait de respecter cette routine, en dépit du décalage horaire entre l'Europe et l'Amérique. Dès lors, chaque nuit, il était debout à une heure du matin et traînait dans la maison jusqu'à ce que le sommeil le rattrape.

France et lui approchèrent de la rive.

— Le plus dur, ça n'a pas été de le jeter à l'eau, déclara froidement France. Il a essayé de s'agripper au ponton. J'ai dû le repousser du talon. Plusieurs fois… Heureusement, il ne savait pas nager. Regarde l'image, là ! Oui, maintenant, ça y est ! Il disparaît pour de bon.

Grimm n'avait plus la force de parler, ni de réagir. Il se sentait glacé de la tête aux pieds. Il aurait voulu se jeter sur France, mais le film la montrait à présent en train de manipuler avec précaution un sachet de poudre blanche qu'elle mixait à une crème de soin.

— Décidément, le mythe de Médée ne cessait de m'accompagner, s'exclama-t-elle. Dans la légende antique, les filles d'un certain vieux roi, ennemi mortel de Jason, demandent conseil à la sorcière Médée pour faire rajeunir leur père. Médée, amoureuse folle de Jason et prête à tout pour lui, découpe un bélier en morceaux et le fait bouillir dans une marmite. Pour démontrer l'étendue de ses pouvoirs, elle prononce ses incantations magiques et fait ressortir de la marmite un agneau. Elle suggère alors aux filles d'en faire de même avec leur père. Ces dernières s'exécutent, découpent le monarque en morceaux et le plongent dans une marmite bouillante. Cependant, Médée reste muette et se garde bien de prononcer ses sortilèges. Ainsi, elle fait périr l'ennemi mortel de l'homme qu'elle chérit plus que tout. Ta mère, Ada, après la disparition de ton père, a voulu que je lui achète des crèmes de soin anti-âge. Elle voulait rajeunir comme le roi de la légende. J'avais en ma possession ce sachet de poudre d'arsenic, arraché à Paris au bon docteur Malassis qui n'a jamais su me refuser quoi que ce soit. L'idiot, je lui ai fait croire que c'était pour tuer un gros chien méchant ! J'ai mixé l'arsenic à la crème et j'ai pu lentement empoisonner ta mère sans que personne s'interroge. Surtout que, grâce à sa pudeur ridicule, elle avait refusé que quiconque sache qu'elle utilisait des soins esthétiques !

Silence.

— Et Jost ? s'alarma soudain Grimm, d'une voix terrifiée. Et Jost, France ? Tu n'as pas ?...

Elle coupa le film.

— Quand Jost est né, dit-elle d'une voix calme, je te jure sur tout ce que j'ai de plus cher que j'aurais aimé devenir la mère de quatorze autres enfants… pour pouvoir te les ravir tous, un à un, et être plus impitoyable encore que Médée ! Le couronnement de ma vengeance devait être extrême : c'était donc au fils d'expier les crimes de son père.

— Mais…

— Notre enfant était innocent ? Mon petit frère François aussi l'était ! Mes parents, Alfred et Émilienne Riquier, l'étaient !

France allait remettre le film à défiler, mais Grimm s'était retourné, méconnaissable. Il la regardait avec haine.

Elle sourit.

— Tu vois, dit-elle, je crois bien que toute mon aventure serait tombée à plat, si je n'avais pu gagner cela, aujourd'hui : que tu sois mon spectateur ! Ce que j'ai accompli de sacrifices et d'humiliations pendant six ans l'aurait été en pure perte si je n'avais pas pu voir ton visage en ce moment. Maintenant, oui, je jouis de mon crime. Pour toutes les larmes versées, j'avais *droit* à cette journée.

Elle remit le défilement du film.

On la voyait verser un peu de poudre d'arsenic dans un biberon de lait.

Puis elle avança le récipient vers le petit Jost qui le saisit et le but sereinement.

Grimm hurla !

Il se leva, se précipita et arracha l'écran à pleines mains.

Ensuite il renversa les meubles avec le trépied de projection, puis se retourna brusquement vers France.

— N'y songe même pas, dit-elle en pointant son arme vers lui. Tout est terminé.

— Alors tue-moi ! Pourquoi tu ne me tues pas, hein ? demanda Grimm. Tu as gagné. Je ne te sers plus à rien !

— Si je te tuais, Friedrich, cela voudrait dire que j'ai pitié de toi. Pour moi, ce serait échouer.

Elle ouvrit un rideau d'un coup sec.

Le soleil envahit le salon.

À bout de nerfs, comprenant tout ce qu'impliquait la manipulation de France depuis leur rencontre, Grimm retomba à genoux.

Prostré.

Il gémissait.

France consulta sa montre, puis détacha la dernière bobine de film de l appareil de projection. Elle la jeta dans l'évier de la cuisine, tout en conservant un œil sur Grimm qui ne bougeait ni ne disait plus rien.

Avec un peu d'alcool à brûler, elle incendia le film qui se consuma en quelques secondes.

— Je ne comprends pas… murmura Grimm, immobile, après un silence interminable, d'une voix presque inaudible.

— Il n'y a rien à comprendre. Je suis juste morte, Friedrich. Je suis morte depuis six ans, aujourd'hui.

— Le 26 juin…

— J'étais morte en arrivant à Paris. J'étais morte dans tes bras. J'étais morte quand je suis devenue mère. J'étais morte quand je te consolais. J'étais morte quand je me réjouissais avec toi. Ne crois pas que je me repentirai un jour de ce que je t'ai fait. Je n'ai plus de cœur pour ça !

On entendit le bruit de deux voitures qui s'arrêtaient devant le perron de la maison des Grimm.

— Tu verras, lui dit encore France, d'un air presque détaché, tu vas t'y faire. Toi aussi, tu vas te consumer lentement. Comme Jason… Tu seras mort pour le reste du monde

On sonna à la porte.

France alla ouvrir. C'était le shérif et son adjoint. Ils étaient accompagnés de trois Français, dont OC et l'un des fils du comte d'Avaugour !

— Ces messieurs sont porteurs d'un mandat d'arrêt international émis par la France contre votre mari, dit le shérif. Il a été validé par notre gouvernement. Il s'agit bien du lieutenant-colonel Friedrich Grimm ?

En France, depuis la fin de la guerre, OC était

devenu chasseur de nazis ; quant à Charles-Edmond d'Avaugour, le cadet de la famille que Grimm avait rencontré lors de son premier dîner avenue de Malakoff, rescapé des camps, il était ici pour représenter son père qui avait investi des dizaines de milliers de francs dans la traque de Grimm.

France le savait.

Un simple coup de téléphone avait suffi pour les faire arriver à Palm Beach en moins de vingt-quatre heures.

Ça y était.

Elle se sentait le cœur plus léger.

Sa pièce était jouée.

— Oui, répondit France au shérif Kirk, c'est bien le lieutenant-colonel Friedrich Grimm. Entrez. Il est là. C'est lui.

Elle hocha la tête.

— Ce qu'il en reste.

10

Le sermon du professeur Meyer

Dans la valise de France, conservée précieusement depuis son départ de Bonneville à l'été 1940, une lettre était restée enfermée dans une enveloppe jaune, écrite de la main du vieux professeur Jean-Baptiste Meyer.

Elle contenait les toutes dernières recommandations de l'homme qui avait *mentalement* armé France, avant qu'elle ne se rende à Poitiers, puis à Paris, dans la France de l'Occupation. Il savait que d'une Aphrodite, il avait fait une Athéna.

« Mon enfant, tu n'as pas idée de l'ignominie et de la fausseté du monde dans lequel tu vas mettre les pieds. Il te faut oublier tout ce que tu as appris. Les hitlériens sont des fanatiques. Des années durant, on a cherché à ne pas interrompre le dialogue avec le chancelier du Reich, dans l'espoir que la diplomatie aiderait la raison à triompher et que des pourparlers sauveraient la paix en Europe. Beau triomphe, en effet ! Et "pour-parler", voilà bien un mot qui ne dit que ce qu'il est. La démocratie finit toujours par endosser le mauvais rôle quand elle croit qu'elle peut, indéfiniment, faire valoir ses droits moraux sans *se salir les mains.* L'Allemagne a rasé de fond en comble la ville de Rotterdam en mai 1940 ? soulevé l'indignation universelle des humanistes ? Soit. Mais que l'Allemagne attende. Nous sommes en 1940. Son tour viendra. Les bons humanistes, qui s'insurgent aujourd'hui, raseront un autre jour, à leur tour, Berlin, Munich, Dusseldorf, Leipzig, jusqu'à la dernière parcelle du Reich, s'il le faut ! On ne dialogue pas avec des fanatiques, on ne prône pas le compromis ni le souci de la paix ou du plus grand nombre avec des hommes qui n'entendent que le langage de la force, et qui le revendiquent. Au lieu de cela, pardonne-moi l'expression : *on leur fracasse le crâne !* Il est un moment où, pour se sauver, la démocratie elle-même n'a plus d'autre choix que d'user des armes de la dictature. De faire taire ses états d'âme. Alors, enfin, on ne fera plus le départ entre le bien et le mal, entre les coupables et les innocents, entre les femmes et les enfants : on vaincra. Tu vas entendre et voir beaucoup de choses à Paris. N'écoute jamais les Allemands. N'écoute pas les collabos. Cherche encore moins à les comprendre. N'espère pas les ramener à la raison. *Dissimule.* Lorsque le premier coup de feu a été tiré dans notre direction, il n'est plus temps d'invoquer la chrétienté ou les droits de l'homme. Dissimule, et attends. N'oublie jamais qui tu es, d'où tu viens, et ce que tu défends. Cela seul importe. Ensuite, le moment venu : *fracasse-leur le crâne !* De toutes tes forces. De toute ton âme. Tu verras, la paix suivra, et nous pourrons alors reparler, à loisir, de Voltaire et de Ronsard, et se dire que, malgré tout, l'homme est doué pour de grandes et belles choses… »

11

Elle demanda pardon

France ne retrouva le sol français que le 15 juillet 1946, au Havre, sur le quai de débarquement ensoleillé du paquebot le *Charleston/New York/Le Havre.*

Elle posta tout de suite une lettre rédigée au cours de la croisière. Elle y prévenait le vieux professeur Meyer de son arrivée prochaine et lui confirmait que sa mission contre Friedrich Grimm avait porté ses fruits. Elle avait la certitude que, s'il n'était pas condamné à la peine capitale il passerait au moins toute sa vie sous les verrous.

Elle prit ensuite la route, encore endommagée par les séquelles de la guerre, et arriva dans la maison de Meyer, le 6 août.

C'était un charmant petit relais de chasse du XVIIe siècle, couvert de lierre et d'ardoises.

France marcha sur l'étroit sentier de terre et de cailloux qui conduisait à la maison, songeant que c'était par là qu'elle était arrivée, éperdue et pleurante, seule, en courant, après l'incendie du manoir de Bonneville…

Devant la maison de Meyer, elle aperçut le professeur âgé et sa bonne, Baptistine, une vieille fille dévouée comme l'étaient les servantes de curé du siècle passé.

Ils étaient tous les deux au jardin. Entre les massifs de fleurs.

Et près d'un enfant.

Jost.

Le garçon avait appris à marcher en son absence.

Il courut dans ses bras.

Elle l'étreignit et l'embrassa pendant un long moment.

À West Palm Beach, elle avait demandé à Meyer de la rejoindre en secret. Elle lui avait confié le petit Jost et il l'avait emmené en Europe. Meyer s'en était occupé avec Baptistine comme s'il était son propre enfant. En Floride, France s'était simplement filmée en train de simuler l'empoisonnement du lait avec de l'arsenic. En réalité, de la simple farine ; mais pour Grimm, comme pour Jason, son enfant avait forcément péri sous les coups de sa mère, et rien d'autre ne comptait.

Les effets avaient terrassé la cause.

À Bonneville, elle alla revoir la maison de ses parents. Les ruines calcinées n'avaient pas été relevées.

Elle pleura longtemps, et pria.

Et demanda pardon.

À présent que sa vengeance était assouvie, que son histoire touchait à sa fin, à présent que l'heure était venue d'éprouver si le dicton qu'elle s'était fait tatouer sur la cheville à Poitiers avec Émeline avait quelque fondement de vérité : *Dulcius ex asperis,* « la vie est plus belle après l'adversité », il lui restait un dernier acte à accomplir.

Elle ressentit le besoin viscéral d'aller voir tout ce qu'elle n'avait pas *vu* durant cette guerre. Tout ce qu'elle n'avait pas *voulu voir* pendant cinq ans, obsédée par sa propre trajectoire.

Plongée dans l'insouciance frivole qui régnait au Sphinx, dans le confort trompeur de l'immense appartement des Avaugour avenue de Malakoff, elle était volontairement demeurée aveugle et sourde aux réalités de la guerre.

Bien sûr, elle savait que Grimm régentait l'industrie française pour le compte du nazisme ; l'aryanisation des conseils d'administration et des effectifs avait, sous ses ordres, entraîné de nombreuses déportations dans des camps de l'Est.

Sur la question de l'extermination des Juifs, elle ne se contenta pas de livres, d'images filmées ni de témoignages de rescapés, elle se sentait l'obligation d'aller prendre conscience par elle-même des forfaits inhumains de ces Allemands qu'elle avait côtoyés quatre ans durant.

Elle passa de longs mois à visiter les camps de la mort, passant outre les autorités occidentales ou soviétiques qui voyaient d'un d'œil circonspect cette jeune et jolie femme venir mystérieusement sur des lieux que tout le monde fuyait.

Auschwitz.

Belzec.

Maïdanek.

Sobibor.

Treblinka.

Chelmno.

Aussi le ghetto de Cracovie.

De Lviv.

De Lublmin.

De Lodz.

De Varsovie.

De Bialystok.

Au-delà des horreurs qui lui sautaient au visage à chaque étape, France découvrait, de temps en temps, sur place, effarée, les noms de dignitaires allemands associés à ces lieux d'extermination.

Des noms d'officiers qu'elle avait connus à Paris.

Des noms d'officiers avec lesquels elle avait couché au Sphinx…

Ce pèlerinage personnel n'était pas seulement, pour elle, une manière d'ouvrir les yeux sur les ignominies du IIIe Reich de Hitler, c'était son chemin de croix.

*

* *

Elle rentra en France, mais ne retourna pas vivre à Bonneville.

Elle s'installa dans le Sud, près de Menton, avec son fils. Puis à Lourmarin.

Personne ne savait d'où elle venait.

Nul ne connaissait son histoire.

Malgré de nombreuses sollicitations, elle demeura célibataire.

Et ne partagera jamais plus le lit d'un homme.

Elle éleva seule son fils, tout en travaillant dans une manufacture de lavande.

L'enfant ne sut jamais rien de son véritable géniteur, ni de l'histoire que celui-ci partageait avec sa mère.

Il se croyait le fils d'un Français mort à la guerre.

Pourtant, très jeune, il éprouva une attirance spontanée pour l'Allemagne et l'histoire germanique. France s'en étonna, avant de s'en inquiéter. Le fils de Friedrich Grimm devint historien, il se spécialisa dans les années 1870-1940 qui avaient préparé et façonné l'Allemagne de Hitler. Plus étrange encore, il épousa une Allemande de Rhénanie, rencontrée lors de ses voyages d'études, et qui vivait à Fustbach, à seulement dix kilomètres de Wittlich.

France, la Médée du Sphinx, renonça à comprendre.

Elle vieillit avec ses secrets. Comme toutes les femmes. Ses secrets, c'étaient ses petits compagnons. Elle ne chercha jamais à les chasser. Elle n'oublia rien. Elle ne regrettait pas non plus.

Cinq années après son internement en prison, Grimm fut retrouvé pendu dans sa cellule.

Cette nouvelle ne lui fit rien. Absolument rien.

Elle se demanda seulement s'il avait laissé une note pour expliquer son geste, ou peut-être rédigé une grande confession sur leur passé.

Sa version.

Mais il n'avait pas eu cette bassesse.

Elle mourut très vieille, chez elle, comme on s'endort.

Les habitants de son village et ses amis dirent d'elle que c'était une conscience légère qui s'était envolée.

Ce fut sans doute pour cela qu'ils se montrèrent très surpris et même choqués de lire l'épitaphe que, dans ses derniers vœux, elle avait exigé qu'on inscrivît sur sa tombe :

« Il faut pardonner à ses ennemis, mais pas avant de les avoir vus pendus. »

Surtout, ils découvrirent, stupéfaits, que France n'était pas son véritable prénom.

Depuis son départ pour Poitiers et Paris, personne, jamais, n'avait plus prononcé son nom de baptême.

Jeanne

Jean-Baptiste Meyer ne demeura pas non plus dans la Somme après la guerre. Entré dans ses très vieux jours, il préféra retourner dans son Alsace natale, à Feuerbach. Là, attendant la mort, ce vieil homme né au lendemain de la défaite de la France contre la Prusse en 1870 passa ses heures de solitude à coucher sur le papier toute l'aventure de Jeanne Riquier, que celle-ci avait pris soin de lui conter dans les moindres détails.

Une aventure singulière, révoltante sans doute, mais peut-être pas isolée.

Lorsqu'en 1950, il s'assit à sa table d'écriture, soucieux d'être le plus clair possible, la première phrase de son récit lui vint avec une facilité déconcertante :

En 1945, quand les Allemands ont capitulé devant les Alliés, une certaine partie des Français a été déçue.

Et il poursuivit la biographie du personnage qu'il avait aidé à façonner…

QUELQUES PRÉCISIONS

Page 11

« On dit d'un homme : il était brave tel jour ; il faudrait dire, en parlant d'une nation : elle paraissait telle sous tel gouvernement et en telle année. »

Voltaire, *Discours sur l'histoire de Charles XII*

Cette épigraphe de Voltaire est particulièrement pertinente quand on l'applique à la France de la Seconde Guerre mondiale. On ne dira jamais assez combien, tant politiquement, militairement, socialement que moralement, l'année 1940 est différente de celle de 1941, qui l'est de 1942, 1943, 1944 et 1945, et que tout jugement porté sur un individu ou un groupe de personnes doit d'abord être scrupuleusement *daté*. Prenons pour exemple la seule année 1940.

Le 10 juillet, moins d'un mois après l'armistice du 22 juin, la représentation nationale réunie à Vichy (celle-là même élue en 1936 et qui porta les réformes du Front populaire) remettait les pleins pouvoirs au maréchal Pétain, liquidant par là même soixante-dix ans de république. La très grande majorité des Français se montra tout d'abord soulagée de voir une figure historique aussi révérée que celle de Pétain prendre les rênes de la nation. Garant de l'unité nationale (unité qui, aux yeux de beaucoup, était l'unique « outil de rédemption » envisageable), la gloire du vainqueur de Verdun semblait aussi rejaillir sur l'armée française défaite et sur un peuple forcé d'héberger ses nouveaux maîtres. Les Français du 10 juillet 1940 espéraient surtout que, grâce à Pétain, un traité de paix succéderait rapidement à l'armistice du 22 juin. Traité de paix qui rendrait sa souveraineté à la France et qui permettrait le retour au pays de près de deux millions de soldats français détenus dans des camps en Allemagne (prisonniers de guerre dont Hitler use, et usera pendant plus de quatre ans, à la fois comme une monnaie d'échange et comme une épée de Damoclès suspendue au-dessus de Vichy et du peuple français). À ce moment (été 1940), Pétain apparaît, y compris dans sa caricature, comme un bouclier et une réelle bouffée d'espoir. Seulement, entre autres signes (comme les premières lois antisémites rapidement édictées par Vichy), quatre mois plus tard, la photo de la poignée de main entre le Maréchal et Hitler à Montoire commence à circuler, et déjà certains se demandent *à quel prix* le traité de paix va être arraché à l'Allemagne. « C'est une chose d'avoir perdu la guerre, se dit-on, une autre est de la continuer aux côtés des armées de Hitler pour nuire aux Anglais[1] ! » Déjà, l'image du bouclier Pétain est enfoncée et sème le doute chez certains. Et puis, trois mois plus tard interviennent les événements du 13 décembre. Pétain, mal satisfait de son vice-président du Conseil et dauphin désigné, Pierre Laval, qu'il juge trop coopératif avec les Allemands et qu'il accuse de lui cacher certaines négociations avec le Reich, le limoge du gouvernement et l'assigne à résidence dans son fief de Châteldon. Fureur de Hitler qui ordonne sa libération. Des Allemands en armes, conduits par Otto Abtez, franchissent la ligne de démarcation et libèrent Laval en le plaçant sous leur protection en zone occupée. L'autorité de Pétain est ouvertement désavouée par l'occupant. À qui sait voir : le Maréchal est nu. Il a beau désigner Flandin, puis Darlan comme successeurs de Laval, tous pro-allemands, il est désormais évident pour certains que, « Pétain ou pas Pétain », les Allemands feront ce qu'ils veulent de la France.

Voilà par quoi est passé, en seulement six petits mois, un maré-

1. La position à adopter pour la France et ses forces armées au sein de son empire colonial face à l'Angleterre a été le principal sujet de l'entrevue de Montoire.

chaliste français qui a cru sincèrement à Pétain au lendemain du 10 juillet 1940. Bien sûr, beaucoup n'ont rien vu et sont restés fidèles jusqu'à la fin de la guerre à la première idée qu'ils se faisaient du Maréchal, mais d'autres avaient déjà une autre perception de l'avenir. Aussi, pour conclure avec ce simple exemple de 1940, lorsqu'on parle d'un collabo « spontané » (et il y en a eu !), il faut d'abord se demander, comme nous y invite Voltaire, de quel *mois* de l'année parle-t-on.

Pour la longue période de l'Occupation, cette épigraphe n'aide pas seulement à la compréhension des choses : elle est la clef de tout.

Page 13

« En 1945, quand les Allemands ont capitulé devant les Alliés, une certaine partie des Français a été déçue. »

Cette phrase du personnage fictif Jean-Baptiste Meyer fait d'abord penser à ces Français de la fin de la guerre qui, nourris d'idéal « anti-judéo-bolchevique », se sont engagés sous l'uniforme allemand pour aller lutter avec la Wehrmacht contre les Alliés.

Cependant, elle se rapporte aussi à beaucoup d'autres Français.

Ceux-là mêmes qui ont *réellement* cru au projet du « Nouvel Ordre européen » envisagé par Hitler (dans lequel s'épanouirait une France « moralement régénérée » par Pétain et qui avait retrouvé son prestige passé).

Pour eux, l'invasion allemande se présentait comme une issue pour la France, et non comme une impasse.

Nous pourrions les nommer les primo-collabos. Comme le dit Meyer, leur esprit ne date pas de la défaite, ses racines remontent loin dans l'histoire du pays.

Après la Libération, démasqués, ils se justifieront toujours avec les mêmes arguments captieux : le national-socialisme plutôt que le bolchevisme, l'ordre plutôt que le désordre et l'antisémitisme traditionnel des familles catholiques.

Page 15

« Pour son malheur, martelaient-ils, la France n'était pas assez appliquée, pas assez chaste, pas assez… "allemande". »

Bien entendu, la France d'avant 1940 n'était pas tout entière les yeux tournés en direction du Rhin, le cœur battant et les bras tendus, loin de là ! Même les ligues nationalistes, comme les Croix-de-Feu ou l'Action française, étaient farouchement germanophobes. Pour autant, l'influence et la fascination exercées par l'Allemagne sur des esprits en France, et ce, depuis 1871, ne sauraient être niées. Il suffit de relire la littérature française sur le sujet depuis Ernest Renan jusqu'à Jean Giraudoux. Presque toujours, les critiques adressées à la France (et à ses faiblesses) sont contrebalancées par des exemples de supériorité empruntés à l'autre côté du Rhin.

Il est aussi surprenant de constater à quel point les défaites françaises de 1870 et de 1940 ont généré en France des analyses et des conclusions parfois similaires. *La Réforme intellectuelle et morale* d'Ernest Renan, publié en 1871, et *L'Étrange Défaite* de Marc Bloch, publié à titre posthume en 1946, en sont le témoignage. Livres miroirs. Pour le premier, l'Allemagne a vaincu parce qu'elle avait la supériorité intellectuelle. Pour le second, parce qu'elle avait la supériorité technique et la modernité.

Quoi qu'il en soit, l'Allemagne l'emportait toujours grâce à son avance sur les manques « congénitaux » de la France.

Page 15

« Pour les hommes de ma génération, en dépit de deux entre-deux-guerres, jamais notre pays n'aura été réellement en paix : obsédé par la trahison, querelleur, corrompu, tra-

quant “l’autre” dans ses propres enfants, divisé jusqu’à la table familiale, la moindre différence d’opinion y devenant un antagonisme irréconciliable... »

Avec cent quatre gouvernements à son actif, presque toujours composés des mêmes têtes, deux assassinats de présidents de la République et maintes tentatives de coup d’État, il est difficile de dire que ce régime ait jamais été *aimé* par l’ensemble de ses administrés.

Presque chaque grande avancée politique s’est réalisée sur le dos d’une partie des Français, qui s’empressait, dans sa colère et sa frustration, de désavouer la République elle-même !

De pourfendre cette infâme « politique » qui, selon eux, corrompait tout et était la cause de tous leurs malheurs.

Le témoignage d’Hélie de Saint-Marc, publié en 1999 dans son ouvrage commun avec August von Kageneck, est édifiant :

« Il est certain que ce régime [la IIIe République] était contesté à cause de ses compromis incessants, son clientélisme, sa corruption. J’ai grandi à l’ombre de mon père, royaliste et conservateur, qui méprisait la “politique”. Mon grand-père maternel, lui, était sénateur de la Gironde. C’était un homme honnête, mais en politique il servait d’abord ses intérêts. Durant sa carrière au palais du Luxembourg, il n’a proposé que deux amendements : le premier pour protéger les vignobles de l’Entre-deux-Mers, où il avait une propriété, et le second sur le commerce des bananes, alors que sa famille possédait une plantation à Madagascar. C’était ça, la IIIe République ! »

Plus importante encore, sa conclusion :

« Face à la crise morale et économique des années 1930, le modèle parlementaire paraissait incapable de se soustraire aux petits arrangements, ce que les Italiens ont appelé la *combinazione*. »

Page 16

« Vichy n'a pas été un accident de parcours, mais le vidage en France de comptes mal réglés entre Français.
La consommation de conclusions déjà anciennes, aveuglément adaptées à la donne de l'occupant allemand. »

Jean Guéhenno l'écrit dans son *Journal des années noires*, dès juillet 1940 et l'avènement du gouvernement de Vichy :

« Nous en sommes là. Une haine de cinquante années pense aujourd'hui tenir sa revanche. […] Tel des partis peut croire gagner quand la patrie perd. Ainsi le malheur de la France est-il pour tel groupe de Français l'occasion d'une victoire qu'ils n'osaient plus espérer. (Une "divine surprise", devait dire Charles Maurras.) La République a perdu, ils ont donc gagné. […] Tout ceci n'est qu'un règlement ignoble de politique intérieure. »

Page 16

« À l'orée de juin 1940, plus d'un homme et plus d'une femme étaient "mûrs" pour l'Allemagne. »

Le propos d'un Français recueilli en septembre 1940 est cité par Jean Galtier-Boissière dans *Mon journal pendant l'Occupation* :

« L'annexion de notre pays par l'Allemagne serait peut-être la solution la moins fâcheuse pour nous, d'autant que l'Allemagne seule serait capable de mettre un peu d'ordre dans ce chaos. Une fois disparus de la carte d'Europe, personne ne pourra se gausser de notre décadence. »

C'est d'hommes comme celui-là que parle Meyer…

Page 23

« À 2 h 40 du matin, le bar des pilotes de l'aérodrome militaire de Cologne-Ostheim était presque désert. »

L'aérodrome se situait à l'est de Cologne et possédait trois pistes de décollage. L'ensemble du complexe militaire comprenait plus d'une vingtaine de bâtiments, dont deux *Kantinen*. Une au nord et l'autre au sud (la « *Kantine* Eifeler »).

Page 24

« Ce quadragénaire était l'un des rares aviateurs de l'armée allemande de 1940 encore actifs à pouvoir se targuer d'avoir tenu un manche au combat en 14-18. [...] Hermann Göring, aujourd'hui chef suprême de l'aviation allemande, jadis jeune commandant de l'unité à laquelle appartenait alors Peter Böhm, ne l'avait jamais oublié. »

Peter Böhm est un personnage de fiction. Cependant, pendant la Grande Guerre, le lieutenant Hermann Göring, âgé de vingt-cinq ans, s'est bien retrouvé à la tête d'une importante escadrille de combat aérien, en juillet 1918, baptisée la Jagdgeschwader I.

Page 27

« — Vous êtes les héritiers des grands pionniers de l'art de la guerre ! Ceux qui ont œuvré à la bataille de Chypre,

du Crécy, de Charleston, de Verdun, de Villers-Bretonneux, comme de tant d'autres. Montrez-vous dignes de ce haut lignage. À vos machines ! »

Respectivement : première bataille navale de l'histoire, première bataille où furent employés les canons à poudre, première bataille navale où un sous-marin a coulé un navire, première bataille aérienne et première bataille blindé contre blindé. Toutes ont imprimé une innovation technique décisive dans l'art de conduire la guerre.

Page 32

« "Nous y allons", avertit simplement le pilote quand son point d'atterrissage [sur le fort d'Eben-Emael] fut à portée de vue.

[...] Ce n'est qu'à ce moment que les premiers nuages blancs de la DCA belge éclatèrent dans le ciel autour des appareils. »

Il était plus de quatre heures du matin. La garnison d'Eben-Emael avait pourtant été mise en alerte maximale depuis 0 h 30, heure à laquelle le Quartier Général de Liège avait averti le fort d'inquiétants mouvements de troupes de l'autre côté de la frontière allemande. On estimait alors que quelque sept cents Panzers de la VIe armée du Reich s'apprêtaient à rouler en direction de Maastricht et de la Belgique.

Jusqu'à ce qu'il braque ses jumelles vers le ciel, à 4 h 15 (heure de Bruxelles), alerté par une tourelle d'observation, le commandant d'Eben-Emael s'était préparé à repousser des unités motorisées terrestres allemandes de l'autre côté de la Meuse, n'imaginant pas un seul instant que le danger menaçait, silencieusement, depuis le ciel.

De surcroît, il perdit de précieuses minutes à tenter d'identifier les appareils qui tourbillonnaient au-dessus du fort. La Belgique revendiquant haut et fort sa neutralité, il ne pouvait se permettre d'ouvrir le feu sans un minimum d'assurance. Il pensa d'abord avoir affaire à des avions de reconnaissance britanniques. Les Allemands de l'unité Granite avaient habilement effacé toutes les inscriptions nationales sur leurs planeurs, ne laissant que de discrètes croix gammées sur leurs queues.

Quand le commandant du fort belge, ne pouvant nier plus longtemps le danger, ordonna la riposte, il était trop tard. Les planeurs de l'opération Granite arrivaient déjà en rase-mottes.

Page 33

« À 4 h 25, Alfred Sapper réussit la pose la plus extraordinaire de son unité sur le gazon d'Eben-Emael, à moins de vingt-cinq mètres de sa première cible. »

Pour réduire la distance de dérapage au sol des planeurs sur le toit herbeux d'Eben-Emael, les Allemands les avaient modifiés en ajustant sous les appareils une longue résistance de bois recouverte de fils barbelés qui devait s'enfoncer dans la terre.

Page 37

« Cinquante-cinq !

« Au final, privés des groupes de deux planeurs qui n'avaient pas atteint Eben-Emael, ils n'avaient été que cinquante-cinq assaillants allemands sur le fort belge.

« Cinquante-cinq sapeurs-parachutistes venaient de désemparer la forteresse la plus puissante du monde. Cinquante-cinq Allemands contre mille deux cents Belges, pour seulement six morts et treize blessés… »

En réalité, ce sont deux planeurs, dont celui du chef de l'expédition Rudolf Witzig, qui n'atteindront pas Eben-Emael comme prévu.

Pour les besoins de la narration, l'évolution du groupe de Friedrich Grimm a été simplifiée et empruntée à d'autres mouvements réels de l'unité Granite. La coupole 120 a été plus longue à désemparer qu'il ne l'apparaît dans le roman. Aussi, les soldats belges n'étaient pas mille deux cents, comme ils auraient dû l'être, et comme le pensaient les Allemands : des erreurs de logistique avaient laissé plusieurs centaines de soldats dans leurs cantonnements d'une ville voisine !

Les défenses antiaériennes du fort ont bien été défaites en quelques dizaines de minutes, mais les Belges ne se rendront complètement que le lendemain.

Les participants du groupe du planeur de Grimm sont authentiques (de leurs noms : Alfred Supper, Erwin Franz, Helmut Stopp, Josef Müller et Gustav Merz). Seul Grimm est inventé. Dans le roman, il occupe la place qu'occupait alors un dénommé Peter Arendt, tué en 1942.

Pages 39

« Le doyen de l'unité, Peter Böhm, honora sa parole.

« Il retourna bien au bar des pilotes de Cologne-Ostheim après avoir largué son planeur, pour boire sa bière.

« Les communications radio étaient rétablies depuis l'entrée en lice des blindés allemands. Radio-Stuttgart ne diffusait plus que des bulletins d'informations du haut commandement des forces armées du Reich.

« L'exploit des hommes d'Eben-Emael était déjà connu de tous. »

« Eben-Emael est le résultat d'une audace unique et d'une signification déterminante. Une poignée de paras d'élite a ouvert le chemin d'une armée tout entière. J'ai étudié l'histoire de la Seconde Guerre mondiale, et sur tous les fronts. Parmi tous nos brillants faits d'armes et ceux de nos adversaires, je n'ai pas trouvé d'équivalent du magnifique succès de ce 10 mai 1940. »

Général Kurt Student

Page 42

« Alfred Riquier, comme tous les habitants du Nord français, avait en mémoire les exactions commises par les troupes allemandes sur les populations du cru en 1914. »

Pour en savoir plus sur ce sujet, se reporter à l'excellent ouvrage de John Horne et Alan Kramer : *1914. Les atrocités allemandes. La vérité sur les crimes de guerre en France et en Belgique*, aux éditions Tallandier.

On ne peut s'expliquer l'importance de l'exode français de juin 1940 que si on a en tête les souvenirs terrifiants de ceux qui partirent sur les routes sitôt l'arrivée des Allemands annoncée. La crainte des uns entraînant celle des autres, ce furent des millions qui abandonnèrent leurs maisons…

L'encadrement de la Wehrmacht avait donné des instructions sévères à ses troupes afin qu'aucun débordement ne soit laissé impuni en France.

Il en allait de l'image de l'armée nazie.

Page 57

« Au quatrième étage [du Sphinx], une vaste pièce ressemblait à un bureau d'homme d'affaires. Beaux meubles

en bois épais, suspensions dorées, des dossiers empilés un peu partout, une odeur de tabac froid et un gros coffre-fort blindé.

« Hormis qu'aux murs s'étalait un accrochage de photos peu ordinaire…

« Une femme, qui n'était pas la dame présente, corpulente elle aussi, mais plus souriante, se tenait successivement au bras de Maurice Chevalier, de Mistinguett, de Jean Cocteau, de Colette, des aviateurs Nungesser, Navarre et Guynemer. L'acteur Wallace Beery, la star de *The Champ*, lui mordillait l'oreille, entouré d'une nuée de "filles". Il y avait de même des politiques français de haut vol et des grands flics, tels le préfet Chiappe et le commissaire Métra. Henry Torrès côtoyait Georges Simenon. Maurice Garçon surplombait Joseph Kessel. Une photo enfin, aux côtés des truands marseillais Carbone et Spirito, suscitait particulièrement la curiosité, accompagnée d'une dédicace où se lisait "Love" écrit en grosses lettres : Al Capone. »

La femme qui se trouve sur ces photos aux côtés de toutes ces personnalités est Marthe Lemestre, plus connue sous le nom de Martoune.

C'était elle, la véritable tôlière du Sphinx ; celle qui avait mené à bien son ouverture en 1932 et qui en avait été l'âme jusqu'en 1940, année où elle fuit l'entrée des Allemands à Paris pour aller se réfugier sur la Côte d'Azur, d'où, selon ses mémoires, *Madame Sphinx vous parle*, elle a activement soutenu les groupes de Résistance.

À Paris, c'est bien Freda, la maîtresse d'un des propriétaires du Sphinx, qui prend sa relève pendant les années d'Occupation.

Ce mur de photos est fictif, mais il prend en considération toutes les personnes que Martoune a réellement fréquentées de près, certaines dont elle fut la maîtresse à Paris ou lors de ses années passées en Amérique, à Chicago et à Los Angeles d'où elle avait rapporté non seulement un excellent carnet d'adresses, mais un savoir-faire dans le « monde de la fesse » qui hissa très vite le Sphinx au niveau des autres maisons prestigieuses de Paris, comme le Chabannais ou le One Two Two.

Page 93

« La boutique de la couturière du Sphinx se situait à l'angle des rues Victor-Massé et Henri-Monnier.

« Deux jeunes soldats du Reich y terminaient leurs achats.

« — Tu as vu comme ils sont beaux, dit la couturière à Alphonsine quand ils furent partis. Et il y en a partout ! »

Dans son petit livre *La Vie à Paris sous l'Occupation*, Gérard Walter commente un témoignage publié dans les pages de l'hebdomadaire *La Gerbe*, en date du 11 juillet 1940.

Il s'agit d'un ouvrier parisien évoquant ce qu'il a vu le jour de l'apparition des Allemands dans Paris :

« À midi, on fraternisait déjà avec les Fridolins. Y en a même qui allaient un peu fort. Rue Lafayette, pendant le défilé, une grosse bonne femme pouvait pas tenir en place. Elle arrêtait pas : "Oh ! Qu'y sont beaux ! Et ces chevaux ! Ah ! Ils avaient pas mangé depuis dix ans, voyez-moi ces beaux hommes ! Et ces canons ! Et ces motos ! Ah ! Ils avaient pas d'essence ? Et pas de matériel ? On s'est foutu de nous !"

« À la fin, je voyais qu'elle allait applaudir. J'ai été obligé de lui dire :

« — Dites donc, la petite mère, tenez-vous un peu ! Y a des gens qui sont morts… »

Gérard Walter : « Le déchaînement d'enthousiasme admiratif manifesté par cette "petite mère" (et qui avait sans doute incité *La Gerbe* à accueillir ce texte dans ses colonnes) reflète, comme un verre grossissant, l'état d'esprit du petit peuple parisien, son immense dépit de s'être vu si odieusement trompé. S'il regardait avec un ébahissement émerveillé ces militaires confortablement habillés et chaussés, c'est que pendant des mois et des mois ses journaux lui avaient affirmé que les soldats allemands n'avaient pour se vêtir que de misérables loques et manquaient de tout. Si, dans les quartiers populaires, les ménagères tombaient en extase en voyant sortir des cuisines roulantes des rations de bœuf bouilli et de pommes de terre qui auraient bien fait l'affaire de toute une famille, c'est que, jusqu'aux tout derniers jours, ces mêmes journaux leur avaient rebattu les oreilles avec le "pâté de harengs sans harengs" et "l'omelette sans œufs" dont se nourrissaient les Allemands. Il est à peu près certain que si le contraste entre le mensonge dont on avait gavé les Parisiens et la réalité telle qu'elle leur apparut brusquement n'avait pas été si frappant, le sentiment naturel d'hostilité envers l'ennemi aurait joué dès le début, avec une suffisante intensité. Pour tout dire, cette admiration du vainqueur n'était qu'une expression brutale du mépris que leur inspiraient désormais leurs dirigeants... »

On notera qu'en 1914, la propagande militaire française avait aussi assuré aux Français que les balles allemandes étaient molles et s'écraseraient sur nos soldats sans jamais les blesser...

Les erreurs se répètent. Les mensonges aussi.

Toujours dans *La Gerbe* du 11 juillet 1940 :

« Dans les files d'attente, les gens parlent.

« Voici ce qui les frappe :

« 1. Les soldats allemands sont bien équipés. Des femmes ont craintivement touché leurs vareuses felgrau. C'est de la vraie laine, disent-elles.

« 2. Ils sortent de la bataille, et pourtant sont rasés et mieux tenus que les soldats français qui, rescapés du combat, viennent de retraverser Paris.

« 3. Ils sont polis. Ils demandent les choses et les paient avec des marks. Personne ne sait ce que vaut le mark ; aussi leur donne-t-on tout pour rien, mais ils sont polis !

« 4. Le peuple est furieux... On parle de trahison, de vendus... »

Bien entendu, *La Gerbe* est un organe collaborationniste. Il n'imprime que ce qui l'arrange. Pour autant, de nombreux témoignages, dans des livres de souvenirs ou dans des journaux intimes rédigés à l'époque, notent aussi l'effet produit par les Allemands sur la population à leur apparition...

L'exclamation de la couturière de la rue Victor-Massé ressort de cet effet.

Page 94

« Depuis quelques mois déjà, [Alphonsine] trouvait que les artisans et les petits commerçants de Paris ne savaient plus se tenir. Ces nouveaux tyrans du tiroir-caisse, enrichis par l'inflation des pénuries, devenaient insupportables.

« Une autre forme de revanche : le vendeur sur la clientèle. »

Sur ce sujet, deux témoignages de Parisiens de l'année 1941 :

« — Qu'est-ce que vous ferez après la guerre, quand la prospérité sera revenue ?

— Moi, je mettrai le feu chez mon épicier ! »

« — Tous les soirs, quand je rentre chez moi, je suis tenté d'aller casser la figure de mon épicier et de ma crémière. Je n'exagère pas. La muflerie, l'imbécillité du commerçant deviennent quelque chose de sensationnel. Les arguments qu'emploie ma femme qui a passé la journée à faire la queue et à subir les avanies des mercantis, des commis d'épiciers, les insolences du garçon boucher, ces arguments ne font que m'exaspérer davantage. “Ça ne t'avancera à rien, me dit-elle. Mieux vaut les flatter. Tu n'en tireras rien autrement.” »

Page 123

« — Qui est-ce ? demanda Göring.

« Tout proche, August von Sachs, qui avait entendu la question, s'avança :

« — La plus belle attraction du Sphinx, Excellence. Et de surcroît une femme parfaitement disposée aux succès du Reich en France.

« — Oui ?

« — J'ai appris, de sa bouche, que son grand-père a été un militaire révolté par l'affaire Dreyfus.

« — Hm ?

« — Il n'avait rien de particulier contre les Juifs, mais, comme anti-dreyfusard, il souhaitait surtout défendre l'honneur de l'armée française. De ce qu'il a enduré comme humiliation, plus sa mise en fiche, plus tard, par les francs-maçons, parce qu'il était fervent catholique, il est ressorti antisémite et farouchement anti-républicain. »

L'évolution de ce personnage n'a rien qui doit étonner dans le contexte de l'époque. Sur le sujet plus délicat des dreyfusards de 1898 qui deviendront antisémites et collaborateurs en 1940, comme sur celui des antisémites qui participeront à la Résistance, on lira avec profit les livres de Simon Epstein : *Un paradoxe français* et *Les Dreyfusards sous l'Occupation.*

Page 184

« Se demandant toujours où elle mettait les pieds, France se retrouva dans une chambrette changée en bureau de travail d'étudiant, remplie de livres en braille.

« — Pardon pour le désordre, mademoiselle, dit l'aveugle en allumant une courte pipe, je prépare le concours de l'École normale. Asseyez-vous.

« — Qui êtes-vous ? Qu'est-ce que je fais ici ? Je voulais juste voir Henri Boucan.

« — Asseyez-vous, répéta l'aveugle d'une voix calme. »

Ce personnage d'aveugle a réellement existé. Son nom est Jacques Lusseyran.

Immense héros de la Résistance, rescapé miraculeux des camps, ses Mémoires, *Et la lumière fut,* est un ouvrage à mettre absolument entre toutes les mains.

J'aurais aimé en dire davantage sur lui dans ce roman, mais, malheureusement, sa trajectoire ne pouvait que « croiser » celle de Fräulein France.

Si Lusseyran n'est pas nommé dans le livre, c'est aussi parce que, pour les besoins de l'intrigue, j'ai été contraint de modifier quelque peu la chronologie des événements auxquels il a participé, comme de substituer le réseau bien réel de Philippe Viannay et Robert Salmon : Défense de la France, dont Lusseyran a été un des agents les plus méritoires, au réseau fictif d'Henri Boucan.

Page 186

« Cette guerre n'est pas une guerre nationale. Il n'y aura plus de guerres nationales. Mettez-vous ça dans la tête ! Le monde est Un. Cela n'est peut-être pas confortable, mais c'est un fait. Et tout nationaliste est un attardé, un vieux croûton ! »

Texte authentique, prononcé en classe par le professeur de Jacques Lusseyran dans les premiers mois de l'Occupation.

Page 237

« En ce printemps 1944, France repensa à la profession de foi d'Henri Boucan, à l'époque de leur première rencontre au Sphinx : il était alors maréchaliste et convaincu que Pétain et De Gaulle étaient de mèche. "Leur opposition politique à travers les ondes n'est qu'un leurre pour tromper les Allemands, disait-il. Ils se connaissent trop bien. Et depuis longtemps ! De

Gaulle a été la plume de Pétain... Pétain est même le parrain du fils de De Gaulle." »

Effectivement, De Gaulle et Pétain étaient loin d'être des étrangers l'un pour l'autre en 1940.

Avant de se brouiller pour des histoires de paternité littéraire, De Gaulle avait été le protégé et le « nègre » du Maréchal.

La rumeur selon laquelle son fils serait le filleul de Pétain avait été lancée par Vichy au début de l'Occupation pour troubler les esprits. Elle était complètement fausse. Un nombre incalculable de mensonges de la même veine circulaient alors en France... Aujourd'hui que l'Histoire a fait en grande partie le tri, on ne mesure plus l'impact que pouvaient avoir ces informations sur la population.

En 1994, le président Mitterrand accorde une interview télévisée à Jean-Pierre Elkabach. Interrogé sur ses années à Vichy, le président évoquera une « pétaudière », où il n'était pas simple d'y voir clair.

« À ce moment-là, on a beaucoup vécu sur l'idée idiote mais très répandue que Pétain et De Gaulle étaient d'accord. C'est ce qu'on pensait dans les camps. Dans les camps, il y avait les cercles Pétain. [...] C'est pour vous dire que les choses sont plus compliquées qu'on ne le croit. Nous on disait : "Voyons ce général et ce maréchal, qui étaient très amis, l'un, Pétain est le parrain du fils du général De Gaulle, leurs relations ne pouvaient qu'être bonnes !" »

Page 285

« Dès mai 1944, [von Sachs] déserta en emportant une copie de tous les dossiers d'espionnage de son pays sur les communistes, et il se présenta peu après au Quartier Général américain en France. Il avait compris que l'alliance des Américains avec les Russes ne pouvait être que temporaire et ne survivrait pas à la victoire.

« Les informations et la trahison de von Sachs furent saluées à leur juste valeur par le haut commandement américain. Ses documents sur les Russes étaient inestimables ; ses agents doubles encore postés à Moscou, inespérés alors que la guerre froide se profilait.

« — Von Sachs est maintenant un partenaire objectif des Alliés, dit France à Grimm. Rien ne peut plus lui être reproché de son passé nazi. Son organisation poursuit ses travaux pour le compte de Washington. »

Et cette organisation fonctionnera jusqu'en 1956, activement employée par les Américains durant la guerre froide, avant de devenir… le Service fédéral du renseignement de l'Allemagne de l'Ouest !

August von Sachs est un personnage fictif. En revanche, son organisation chargée de recruter en Russie des rebelles pour se joindre à la guerre allemande anti-bolchevique est bien réelle. Elle était commandée par l'officier de la Wehrmacht Reinhard Gehlen qui, comme le fait von Sachs dans le roman, se rapprochera des Américains à la fin de la guerre pour se mettre à leur service.

Pendant des années, il emploiera des ex-nazis pour espionner les Russes pour Washington.

Son organisation sera bien à l'origine des services officiels de contre-espionnage de la RFA !…

Reinhard Gehlen est mort en 1979.

Général de brigade des forces armées du Reich, critique du Führer dès 1942, il est resté à son poste de chef du Renseignement de la république allemande jusqu'en 1968.

Bibliographie

Henri Amouroux, *Pour en finir avec Vichy,* tome 1, *Les Oubliés de la mémoire 1940* ; tome 2, *Les Racines des passions 1940-1941*, Robert Laffont, 2005

—, *Pétain avant Vichy*, Fayard, 1967.

—, *La Grande Histoire des Français sous l'Occupation*, Robert Laffont, coll. « Bouquins » 1999.

Mathilde Aycard, Pierre Vallaud, *Allemand IIIe Reich*, Perrin, 2008.

Emmauel Berl, *La Fin de la IIIe République*, Gallimard, 1968.

Georges Bernanos, *Les Enfants humiliés*, Gallimard, 1949.

—, *La Grande Peur des bien-pensants, Édouard Drumont*, Le Livre de Poche, 2011.

Marc Bloch, *L'Étrange Défaite*, Gallimard, édition de 1990, Folio n° 27.

Georges Blond, *L'Agonie de l'Allemagne*, Fayard, 1952.

Patrick Buisson, *1940-1945 Années érotiques*, tome 1, *Vichy ou les infortunes de la vertu* ; tome 2, *De la Grande Prostituée à la revanche des mâles*, Albin Michel, 2008-2009.

Fabrizio Calvi, Marc J. Masurovsky, *Le Festin du Reich. Le pillage de la France occupée 1940-1945,* Fayard, 2006.

Éric Conan, Henry Rousso, *Vichy, un passé qui ne passe pas*, Fayard, 1994, Folio « Histoire » n° 71, 1996.

Léon Daudet, *Médée,* Flammarion, 1935 (roman).

Cécile Desprairies, *L'Héritage de Vichy. Ces 100 mesures toujours en vigueur*, Armand Colin, 2012.

—, *Ville Lumière, années noires. Les lieux de la collaboration*. Denoël, 2008.

—, *Paris dans la collaboration*, Le Seuil, 2009.
Gaël Eismann, *Hôtel Majestic, Ordre et sécurité en France occupée 1940-1944*, Tallandier, 2010.
Simon Epstein, *Les Dreyfusards sous l'Occupation*, Albin Michel, 2001.
—, *Un paradoxe français. Antiracistes dans la collaboration, antisémites dans la Résistance*, Albin Michel, 2008.
Ladislas Farago, *À la recherche de Martin Bormann et des rescapés nazis en Amérique du Sud*, Belfond, 1975.
Joachim C. Fest, *Les Maîtres du IIIe Reich*, Grasset, 1965, Le Livre de Poche, 2011.
Jean Galtier-Boissière, *Mon journal pendant l'Occupation*, La Jeune Parque, 1944.
Fabrice Grenard, *La France du marché noir 1940-1949*, Payot-Rivage, 2008.
Jean Guéhenno, *Journal des années noires 1940-1944*, Gallimard, 1947, Folio, 2002.
John Horne, Alan Kramer, *1914. Les atrocités allemandes. La vérité sur les crimes de guerre en France et en Belgique*, Éditions Tallandier, 2005.
Glenn B. Infield, *Skorzeny, chef des commandos de Hitler*, Éditions Pygmalion/Gérard Watelet, 1984.
Eberhard Jäckel, *Hitler idéologue*, Calmann-Lévy, 1973.
Ernst Jünger, *Premier journal parisien 1941-1943* et *Second journal parisien 1943-1945*, Éditions Christian Bourgeois, 1980.
Franz Kurowski, *Major Rudolf Witzig. Le vainqueur d'Eben-Emael*, Heimdal, 2012.
Barbara Lambauer, *Otto Abetz et les Français ou l'envers de la collaboration*, Fayard, 2001.
Laurent Lemire, Corinna von List, *Où sortir à Paris ? Guide du soldat allemand*, Alma, 2013.
Albert Londres, *Le Chemin de Buenos Aires*, Arléa, 2009.
Peter Longerich, *« Nous ne savions pas ». Les Allemands et la solution finale 1933-1945*, Éditions Héloïse d'Ormesson, 2006.
Dominique Lormier, *La Gestapo et les Français*, Pygmalion, 2013.
—, *La Bataille de France jour après jour, mai-juin 1940*, Le Cherche Midi, 2010.
Keith Lowe, *L'Europe barbare 1945-1950*, Perrin, 2013.
Jacques Lusseyran, *Et la lumière fut*, Éditions du Félin, 2005.

Martoune, *Madame Sphinx vous parle*, Eurédif, 1973.
Jean Orieux, *L'Aigle de fer*, Flammarion, 1972 (roman).
Léon Poliakov, *Le Mythe aryen*, Calmann-Lévy, 1971.
Peter Reichel, *La Fascination du nazisme*, Odile Jacob, 2011.
E.-M. Remarque, *Un temps pour vivre, un temps pour mourir*, Folio n° 4403, 2006 (roman).
Ernest Renan, *La Réforme intellectuelle et morale*, 1872, nouvelle édition 2011, Perrin, coll. « Les Mémorables ».
Renaud de Rochebrune, Jean-Claude Hazera, *Les Patrons sous l'Occupation*, Odile Jacob, 2013.
Henry Rousso, *Le Syndrome de Vichy de 1944 à nos jours,* Le Seuil, 1990.
Baptiste Roux, *Figures de l'Occupation dans l'œuvre de Patrick Modiano*, L'Harmattan, 1999.
Hélie de Saint-Marc, August von Kageneck, *Notre histoire 1922-1945, conversation avec Étienne de Montety*, J'ai Lu, 2004.
William Shirer, *Le IIIe Reich, des origines à la chute*, Stock, 1959-1960.
Gérald Steinacher, *Nazis on the Run. How Hitler's Henchmen Fled Justice*, Oxford University Press, 2011.
Zeev Sternhell, *Ni droite ni gauche, l'idéologie fasciste en France*, Folio « Histoire » n° 203, 2012.
Elsa Triolet, *Le premier accroc coûte cent francs*, Denoël, 1945 (nouvelles).
Georges Valance, *Petite histoire de la germanophobie*, Flammarion, 2013
Dominique Venner, *Histoire critique de la Résistance*, Pygmalion 2006.
Fabrice Virgili, *La France « virile ». Des femmes tondues à la Libération*, Éditions Payot-Rivage, 2000 ; Petite Bibliothèque Payot, 2004.
Gérard Walter, *La Vie à Paris sous l'Occupation 1940-1944*, Armand Colin, 1960.

Composé par Nord Compo
à Villeneuve-d'Ascq (Nord)

Imprimé en Espagne par

CPI
BLACK PRINT

en août 2015

POCKET – 12, avenue d'Italie – 75627 Paris cedex 13

Dépôt légal : septembre 2015
S25474/01